クリスティー文庫
91

愛の重さ

アガサ・クリスティー

中村妙子訳

JN266176

THE BURDEN
by
Agatha Christie
Copyright ©1956 by
Agatha Christie Ltd, a Chorion group company
All rights reserved.
Translated by
Taeko Nakamura
Published in 2004 in Japan by
Hayakawa Publishing, Inc.
This book is published in Japan by
arrangement with
Agatha Christie Ltd, a Chorion group company
through Timo Associates, Inc.

Agatha Christie Ltd, a Chorion group company, owns all intellectual property in the names of characters, locations and in the title of this translated work.
AGATHA CHRISTIE® is a registered trade mark of
Agatha Christie Ltd. All rights reserved.

「私の軛《くびき》は負いやすく、
私の荷は軽いからである」
マタイによる福音書一一・三〇

「主よ、み心にかなう利《と》き劍《つるぎ》を取って
わたしの魂を刺し
目覚めたる者とならせて下さい。
頑《かたくな》ならば、主よ
鋭き痛みと罪とを選び
死せるがごときこの心を
刺し貫いて下さい」
R・L・スティーヴンスン

目次

愛の重さ

登場人物

ローラ……………………………………………主人公
シャーリー………………………………………ローラの妹
アーサー・フランクリン………………………ローラの父
アンジェラ………………………………………ローラの母
チャールズ………………………………………ローラの死んだ兄
ジョン・ボールドック…………………………学者。アーサーの友人
ヘンリー・グリンエドワーズ…………………シャーリーの夫
サー・リチャード・ワイルディング…………旅行家
ルウェリン・ノックス…………………………伝道者

プロローグ

教会堂の中は冷えびえとしていた。まだ十月で、暖房をいれるには早すぎた。戸外には薄日がさし、いくぶんは気温もあがって、気持ちのいい日和になりそうな気配さえ感じられたが、冷たい灰色の壁に囲まれた会堂の中はどことなく湿っぽく、冬がそう遠くないことを思わせた。

ローラは糊《のり》のきいた襟飾りとカフスに威儀を正した乳母《ナニー》と、牧師補のヘンソン師にはさまれて立っていた。風邪気味で引きこもっている牧師に代わって命名式を司っているヘンソン師は、痩せぎすの、まだ若い男で、咽喉ぼとけが突き出し、鼻にかかった甲高い声の持ち主だった。

産後の疲れで弱々しげに見えるが、まだなかなかに魅力的なミセス・フランクリンは、夫の腕に身をもたせかけていた。フランクリン氏は背をぐっと伸ばし、謹厳な面持ちで妻と並んで立っていた。赤ん坊の誕生も、長男のチャールズを失った悲しみを癒やしてはくれなかった。生まれてくる子が男の子だったら――せめてもそう望みをかけていたのだが、期待は裏切られた。しかも医師のいうところによれば、今後はもう子宝は望めそうになかった。

彼は長女のローラから、ナニーの腕に抱かれて機嫌よく咽喉を鳴らしている赤ん坊へと視線を移した。

娘が二人か……もちろん、ローラはおとなしい、いい子だし、赤ん坊は赤ん坊で、なかなかの器量よしだ。しかし、男はむしょうに息子がほしいものなのだ。

チャールズ――金髪の頭をそらせて朗らかな笑い声をたてていたチャールズ。惚れぼれするような美少年で、打てば響く、頭のいい子だった。じっさい、あれだけの子はちょっといない。いっそ死んだのがローラだったら……

フランクリン氏はふと幼い長女と目を合わせた。小さな青白い顔に、目だけが不釣合いに大きく、悲しげに見える。何がなし後ろめたいものを感じて、彼は顔を赤らめた――何てことを考えるのだ？　この心の動きをローラに気取られでもしたら。むろん、自分はローラを愛している――ただ――ただ――ローラはチャールズではないのだ。チャールズの代わりにはなり得ないのだ、けっして。

目を半ば閉ざして夫の腕にもたれながら、アンジェラ・フランクリンもまた胸のうちで繰り返していた。

〝ぼうや――わたしのかわいいぼうや……とても信じられないわ。なぜ、ローラでなく、チャールズが……〟

衝動的に兆した思いを、アンジェラは後ろめたいとも思わなかった。夫より非情で、ある意味ではもっと正直だった彼女は、原始的な欲求を強く意識するたちだった。二番目の、それも女の子であるローラの存在は彼女にとって、長男のチャールズほど重要な意味を持たなかった。今後もそれに変わりはないだろうということを、彼女は認めていた。チャールズにくらべるとき、ローラはいわばアンティクライマックスだった。物静かなパッとしない子ども。行儀がよく、おとなに面倒をかけることなどおよそないが――何というか――個性というものが欠けていた。

アンジェラは考えていた。

〝わたしのチャールズ――どんなものもあの子を喪《うしな》った埋め合わせにはならないだろう〟

夫がそっと自分の腕を押さえるのを感じて、彼女はパッと目を見開いた。命名式に心を向けなくては。それにしてもヘンソンさんの声は、何て人をいらいらさせるのかしら！

ヘンソン師の唱える式文に耳を傾けながらアンジェラは、ナニーの腕に抱かれた赤ん坊を、ちょっと笑いを含んだ目で見おろした。こんな小さな赤ん坊の命名式に、ごたいそうな、しかつめらしい文句だこと。

それまでうとうとしていた赤ん坊が、そのときまばたきをしてパッと目をあけた。眩しいほど輝かしい青い目――チャールズそっくりの――赤ん坊はうれしげに咽喉を鳴らした。

チャールズの笑い顔だわ。母親らしい愛情が不意に胸にみなぎり溢れるのを、アンジェラは覚えた。わたしの子――わたしのかわいい赤ちゃん。チャールズの死が、このとき初めて過去のとばりの中に退いたのだった。

アンジェラはローラの暗い、悲しげな瞳を見やりながらふしぎに思った。

〃この子はいったい、何を考えているのかしら？〃

ナニーもまた、自分の傍らに押し黙って行儀よく立っているローラの存在を、強く意識していた。

〝おとなしいおちびさん。でもわたしにいわせれば、ちょっとおとなしすぎるわ——子どもがこんなに静かでおとなしいなんて、普通じゃあない。旦那さまも奥さまも、ローラさんのことはあまり気になさったことがないが。本当ならもっと——これでいいんだろうか？〟

命名式が終わりに近づくにつれて、ユースタス・ヘンソン師はいつものように落ち着かぬ気持ちにとりつかれだしていた。こうした式を司った経験はあまりなかった。牧師がいれば、こんな思いをせずにすんだのにと、今さらながらに恨めしく思った。ローラの静かなまなざしと生真面目な表情に、ヘンソン師は、年のわりに行儀のいい子だと感心していた。しかし、何を考えているんだろう？

牧師補やナニーや両親が、ローラの胸に去来する思いを知らなかったのは幸せなことだった。

不公平だわ……

ひどい……

マミーはこの子を、チャールズと同じくらいかわいがっている。

そんなのってない……

大嫌い、こんな赤ちゃん——嫌い、大嫌い！

〝死んじゃえばいい〟

洗礼盤の脇に立って、厳粛な式文を聞くともなく耳に留めながら――ローラはその文句よりはるかにはっきりした、現実的な思いをひそかに噛みしめていたのだった。

〝死んじゃえばいい、こんな赤ちゃん……〟

ナニーがそっと彼女を突つき、赤ん坊を差し出した。

「気をつけて――しっかり抱いて――落とさないように牧師さまにお渡しするんですよ」

「わかってるわ」とローラは囁きかえした。

腕の中の赤ん坊を、ローラはじっと見おろした。もしも今、あたしが腕をパッと開いてこの子を下に落としたら――この石の床の上に落としたら――死んじゃうかしら？

固い灰色の石の床――でも赤ちゃんは幾重にもくるまっているから――まるで縫いぐるみの人形みたいに。第一、そんな勇気があたしにあるだろうか？

ローラはためらった。そしてその危機の一瞬は、それっきり過ぎ去ってしまった――赤ん坊はすでに、いささか心もとなげなユースタス・ヘンソン師の腕に抱かれていた。こういう儀式に慣れている、万事にそつのない牧師と違って、ヘンソン師の物腰はいかにもぎごちなかった。彼は赤ん坊の名前を訊き、ローラの後について繰り返した。「シャーリー・マーガレット・エヴリン……」聖水が赤ん坊の額からしたたり落ちた。赤ん坊は泣かなかった。とびきり愉快なことが自分の身に起こっているかのように、うれしげにクークーと咽喉を鳴らした。牧師補はしりごみしたい気持ちを抑えつつ、おずおずと赤ん坊の額に接吻した。牧師がいつもそうするからだった。それから彼は安堵の吐息をつきながら、赤ん坊をナニーに引き渡した。

命名式は終了した。

第一部　ローラ（一九二九）

第一章

1

洗礼盤の脇にひっそりと立っていた少女ローラの胸のうちには、やるかたない憤りと打ちひしがれた思いがくすぶっていた。

兄のチャールズが死んでからというもの、もしやという希望がローラのうちに芽ばえはじめていたのだった。むろん、チャールズが死んだのは悲しかった(彼女は本当にこの兄が好きだった)。けれどもわくわくするような憧れと期待が、その悲しみの影を薄くしていた。チャールズが生きていたときには、ハンサムで、人目を引く二歳上の兄、快活で屈託のないこの少年が、家族の愛をひとり占めにしていた。ローラはそれをしごく当然のことだと思っていたし、不公平だなどとはさらさら考えなかった。彼女自身はいつもおとなしい、パッとしない子どもだった。望まれもしないのに上の子の後を追うようにして生まれた、二番目の子どもにたいして、父親も母親もやさしかったし、かわいがってもくれた。しかし、二人が心を傾けて愛していたのはチャールズだったのだ。あるとき、母親がお客にこういっているのをローラは聞いてしまった。

「ええ、そりゃ、ローラはいい子ですわ。でもちょっと、面白みがありませんの」

その言葉の正当さを、ローラは高望みをしない人間にしばしば見られる率直さで受け入れていたのだった。面白みのない子、それに違いなかった。彼女は小柄で青白く、髪の毛もチャールズのようにカールしていなかった。チャールズが何かいうと、おとなはよく笑った。しかし彼女が何をいっても、誰も笑ったりしなかった。たしかにいい子だった。よくいうことをきくし、駄々をこねることもなかったが、一家の重要人物ではなかったし、今後もそうなる見込みのまったくないことを、彼女自身よく知っていたのであった。

ローラはあるとき、ナニーにいった。

「マミーはあたしより、チャールズの方が好きなのね……」

ナニーはピシャリといい返した。

「馬鹿なことをいうものじゃありません、そんなことがあるものですか。おかあさまはあなたがたお二人を、同じように公平にかわいがっていらっしゃるんですよ。おかあさまってものには、どの子もかわいいんですから」

「猫はそうじゃないわ」とローラは、最近生まれた何匹かの仔猫のことを思い出しながらいった。

「猫は動物ですからね。それに」とナニーは、単純明快な前言の勢いをいささかそぐような但しがきを付け加えた。「どっちにしろ、神さまはあなたをかわいがって下さいますよ」

ローラはこの言明を素直に受けいれた。神さまはかわいがって下さる——神さまなんだもの、当たり前だわ。だけど神さまだって、あたしよりもチャールズの方が好きなんじゃないかしら……なぜって、チャールズを創《つく》ったときの方があたしを創ったときよりうれしかったに違いないもの。

「でも、もちろん」とローラは自ら慰めた。「あたしは自分をいちばん好きでいられるわ。チャールズより、マミーより、ダディーより、誰よりも自分をいちばん」

こんなやりとりのあった後、ローラは以前にもまして青白い、おとなしい、目立たない子になった。あまりよくいうことをきくので、ナニーすら、不安を感じたくらいだった。ああいう子は長生きできないんじゃないかしら、こう彼女はメイドに洩らした。

けれども長生きできなかったのはローラではなく、チャールズだったのである。

2

「あの子になぜ、犬を飼ってやらないんだね？」ボールドック氏は突然こう訊いた。アーサー・フランクリンはちょっと驚いた顔をした。宗教改革の意義についての激論の最中に、なぜこんな突拍子もない質問が飛び出したのか、友人の真意を測りかねたのである。

「あの子って、誰のことだね？」と彼は怪訝そうに訊ねた。

ボールドック氏は、庭の木立ちの間を縫って子ども用自転車を乗りまわしているローラの方に大きな頭をしゃくった。危険とか、事故にはまるで縁がなさそうに、ローラは冷静にペダルを踏んでいた。生まれつき、慎重なたちだったのだ。

「どうしてそんな必要があるんだね！」とフランクリン氏は問い返した。「泥だらけの足で跳びこんできて敷物を台なしにしたり、犬なんてうるさいばかりじゃないか？」

「犬はね」とボールドック氏は聞き手をいらいらさせる、いつもの講義口調でいった。「犬は人間の自我を発達させるうえに、すばらしい助けになる。犬にとって、飼い主は神のように崇高な存在だ。崇めかしずくべき神というだけではない。退廃した現代文明の下にあっては、神は崇められるより、愛される存在らしいが、飼い主は犬にとって、愛の対象である神ともなるんだよ。たいていの人間は、犬を飼うことによって、自分を重要な、えらい人間のように思いこむものだ」

「ほう」とフランクリン氏はいった。「それがいいことだって、きみはいうのかね？」

「そうはいわん」とボールドック氏は答えた。「しかし、わしには、人の幸せそうな顔を見たいという、始末の悪い気弱さがあってね。ローラの幸せそうな顔が見たいんだよ」

「ローラは申し分なく幸せだよ」とローラの父親は答えた。「それに仔猫を飼っているし」

「やれやれ」とボールドック氏はいった。「猫と犬じゃ、まるで違う。ちょっと考えてみりゃ、きみにだってわかるだろうが。そこが問題なんだな。きみって男は、物事をじっくり考えてみようとしない。宗教改革当時の経済情勢についての、さっきのきみの議論はどうだ？　きみは、かりにも考えているのかね、その――」

それっきり二人はふたたび宗教改革について、口角泡をとばして論じはじめた。ボールドック氏が途方もない議論を吹っかけると、アーサー・フランクリンが応酬し、他意のないやりとりを二人とも大いに楽しんでいたのだった。

アーサー・フランクリンの心の片隅にはしかし、そこはかとない不安が残った。その夜、食事前の着替えをしている妻の部屋に入って行って、彼は唐突に訊ねた。

「ローラは元気なんだろうね？　健康で幸せに暮らしている、そう思っていいんだろうな？」

アンジェラはびっくりしたように、美しい目でまじまじと夫の顔を見つめた。チャールズそっくりの、矢車菊のように深い青い瞳であった。

「まあ、もちろんですわ。ローラはいつだって健康ですのよ。子どもによくあるように、気分が悪くなって寝こむということもないようですし。ローラのことで心配する必要なんか、あったためしがありませんの。どこからいっても、申し分のない子ですわ、ありがたいことに」

真珠の首飾りの留め金をかけながら、ふとアンジェラは訊ねた。

「でもどうして？　なぜ、今夜に限って、ローラのことをとりたててお訊きになりますの？」

アーサー・フランクリンは言葉を濁した。

「いや、ボールディーが――ちょっと妙なことをいったんでね」

「ああ、ボールディーですの！」とミセス・フランクリンはおかしそうにいった。「あの人のことなら、あなたがいちばんよくご存じでしょうに。思わせぶりをいって人を驚かすのが趣味なんですわ」

二、三日後、ボールドック氏と昼食をともにしたフランクリン夫妻が食堂を出ようとしたところに、ナニーが通りかかった。ことさらに呼びとめて、アンジェラはよく透る声で、少々聞こえよがしにいった。

「ローラはどこも悪くないんでしょうね？　元気で幸せにしているわね？」

「はい、それはもう」とナニーははっきり断言した。咎めだてされたように感じたせいもあった。「ローラさんはおとなしくて、ちっとも手がかかりません、チャールズさんと違って」

「すると、チャールズは手がかかるのかね？」とボールドック氏が口をはさんだ。

ナニーは振り向いて、うやうやしくいった。

「男のお子さんでございますからねえ、なかなかのおいたさんで。今がお育ちざかりなんですわ。間もなく学校ですし、あのお年ごろには元気がありあまっておりますから。胃がお弱いのは、キャンディをしょっちゅうつまみ食いなさるからなんですけれど」

困ったものだというような寛大な微笑を浮かべて、頭を振り振り、ナニーは立ち去った。

「あれでナニーは、チャールズのことというと夢中ですのよ」客間に入るとアンジェラはいった。

「そうらしいね」とボールドック氏は答えて、それからつくづくといった。「女ってやつは、よくよく馬鹿だとは思っていたが――」

「ナニーは馬鹿じゃありませんわ――とてもよく気がつきますのよ」

「ナニーのことをいってるんじゃない」

「まあ、じゃあ、あたくしのことですの?」とアンジェラはきらりと目を光らせたが、大して腹を立ててもいなかった。ボールディーのいうことだ。いちいち気を悪くしてもいられない。有名な学者だが、変わり者で、おりおりぶしつけなことをいうのも、彼一流のポーズとして聞き流すようにしていた。

「わしは二番目の子どもの問題について、本でも書こうかと思っているんだよ」

「まあ、ボールディー、まさかあなたは、ひとりっ子の方がいいっておっしゃるんじゃないでしょうね? あらゆる点からいって、ひとりっ子は感心しないというのが一般的な見解だと思っていましたけれど」

「そうさな。十人家族の効用というものは理解できるよ。その効用が然《しか》るべく発揮された場合はね。めいめいが家の雑用をする、年上の者が小さい者の面倒を見る、という具合に、歯車がうまく嚙み合っていればね。子どもというものは、アンジェラ、本当に役に立たなくっちゃいけないんだよ——そう思いこまされるだけでなしに。ところがこの節はどうだ？　まったく馬鹿げているよ。子どもたちを勝手に分けて、同年配の子どもを寄せ集め、三歳児の、四歳児のとレッテルを貼る！　これをもって教育と称するんだから、何をかいわんやだね。自然の理法に逆らうのもいい加減にしてもらいたい！」

「またひと理屈、こねるのね」とアンジェラは何とでもおっしゃい、というような口ぶりでいった。「それで、二番目の子どもはどうだとおっしゃいますの？」

「二番目の子どもについて問題なのは」とボールドック氏は訓戒でも垂れるような口調だった。「ふつう彼らがアンティクライマックスだということだ。拍子抜けというやつさ。初めての子どもは冒険だ。出産自体が恐ろしいし、苦痛も激しい。母親は、自分はてっきり死んでしまうと決めこんでいるし、父親は父親で（このアーサーがいい例だ）、妻に先だたれてはとおろおろしている。万事終わったあとで二人の間に残されるのは、ギャアギャア泣き喚いているフニャフニャのちびだ。両親に地獄の責苦を味わわせたあげくに日の目を見た、チビくんさ。高い代価を払っただけそれだけ、貴重というわけだ。まったく新奇なる存在、我ら二人のもの、すばらしき宝、ということになるんだな。ところがだ、たいていは後を追っかけるようにして、第二号のご誕生だ――同じようなひと騒ぎ――しかし今度は大して恐ろしくもないかわりに、ずっと退屈だ。こうして生まれた子どもも二人のものだが、もう新しい経験というわけではないし、また、そう高いものにもつかなかった。したがってあまりすばらしくもないという寸法だ」

アンジェラは肩をすくめた。

「独り者の男性のわりには何でもよくご承知ですこと」と皮肉な口調で呟いた。「でも、三番目や四番目の子についてだって、同じことがいえるわけじゃありませんの？」

「いや、まるっきり同じとはいえないね。ふつう、第二号と第三号の間にはちょっとしたギャップがある。上の二人が親の手を離れかけて、親たちが少々さびしくなってきたところで第三号が生まれるというのが、よくあるケースだ。〝あたし、そろそろまた赤ん坊がほしくなってきたわ〟てなわけでね。奇怪な趣味というべきだね、およそかわいくもないチビさんをな。まあ、生物学的には健全な本能なんだろうが。とにかくそんな次第で、子だくさんの家庭では始末のいい子、悪い子、利巧な子ども、鈍な子どもと十人十色だが、兄弟同士、二人単位で多少とも緊密な愛情でつながれる。最後に上の子どもたちが育ったころにひょっこり生まれる末っ子というやつ、これはまた最初の子と同じように、不当にちやほやともてはやされることになる」

「不公平だって、おっしゃりたいのね？」

「いかにも。もっとも人生なんて、不公平の一語に尽きるからね」

「だからって人間に何ができまして？」

「何にも」

「だったらボールディー、あなたが何をおっしゃりたいのか、あたくしには見当もつかないわ」

「アーサーにもこの間話したんだがね。わしは法外におやさしい気持ちの持ち主で、ほかの人間が不幸せそうだと気にかかって仕方がないんだな。人間が持っていないもの、持つことのできないものの埋め合わせをつけてやりたいんだよ。少しは公平を欠かんようにな。それに、そうでもしないと——」と彼はちょっと言葉を切った。「危機を招く恐れがある……」

3

「ボールディーったら、下らないことばかりいって」客が帰った後で、アンジェラはちょっと考えこみながらいった。

「ジョン・ボールドックはわが国の有数な学者なんだがね」とアーサー・フランクリンはユーモラスにきらりと目を光らせた。

「わかっていましてよ、そんなこと」アンジェラの口調はかすかに軽蔑的だった。「ギリシア人やローマ人のこととか、エリザベス朝の無名の詩人たちのことについての御意見なら、謹んで承りますわ。でもボールディーに子どものことなんて、何がわかりますの?」

「わかるまいな、そりゃあ」とアーサーは答えた。「あの男、この間、ローラに犬を飼ってやれといったっけ」

「犬を? でもローラは仔猫を飼っていますわ」

「ボールディーのいうところによると、猫と犬ではまるっきり違うんだそうだ」

「妙ね……あの人、いつか、犬は嫌いだっていっていましたのに」

「まあね」

アンジェラは考え考えいった。

「そうね、チャールズに犬を飼わせるといいかもしれませんわ……牧師館の犬に跳びつかれたとき、あの子、ひどく怯えましてね。男の子が犬を怖がるなんて、いやですわ。

自分の犬がいればおいおい慣れるでしょうし。乗馬も習わせなくてはね。ポニーを買ってやりたいわ。少し空き地でもあれば馬場が作れますけどねえ」

「ポニーなんて、及びもつかないよ」とアーサーはいった。

台所では、このときちょうどメイドのエセルがコックに客の噂をしていた。

「ボールドックさまもね、気がついておいでらしいわ」

「気がつくって、何をさ?」

「ローラさんのことよ。ああいった子は長生きできないってこと。ナニーに訊いていらしたのよ、あれこれ。どこかこの世離れしているわよね、あの子は。チャールズさんと違って、何一つ悪さをしないんだもの。あたしはいい加減なことをいってるんじゃないわ。ローラさんは早死にするわよ、請け合ってもいいわ」

だが、死んだのはチャールズだったのだ。

第二章

1

チャールズは小児麻痺《ポリオ》にかかって死んだ。チャールズの行っていた寄宿学校では彼のほかにもう二人の生徒がこの病気になったのだが、死んだのはチャールズひとりだった。

このところ、とかく病気がちだったアンジェラは、息子の死の衝撃に完全に打ちのめされてしまった。彼女の自慢の息子、ハンサムで、快活な、元気いっぱいのチャールズがどうして……

カーテンを引いて暗くした病室に、アンジェラは天井を見つめて、泣く気力もなく横たわっていた。夫も、ローラも、そして使用人たちも、しんと静まりかえった家の中を足音を忍ばせて歩いた。そんな彼女に匙《さじ》を投げて医師はアーサー・フランクリンに、外国旅行を勧めた。

「まったく新しい空気と環境、それ以上の薬はないでしょうな。ま、何とか、気を引きたててあげることです。どこか空気のよいところ——山岳地方にでも。スイスあたりがいいかもしれません」

というわけでフランクリン夫妻が出発すると、ローラはナニーの監督下に留守番をすることになった。ミス・ウィークスという、人当たりはいいが、あまり面白みのない女性が家庭教師として毎日通ってきた。

ローラにとっては、両親の不在の数ヵ月は、楽しい休暇のようなものだった。立て前としては、幼い彼女が一家のあるじであった。毎朝彼女はコックを引見し、その日の献立についてあれこれと注文を出した。コックのミセス・ブラントンは人のいい、ふとった女だった。ローラの途方もない提案をうまくコントロールし、実際は彼女自身の思いどおりに献立をきめた。しかし、ローラの自尊心は傷つかなかった。両親の不在をとくにさびしいとも思わなかったのは、二人の帰宅の場面をひそかに想像して楽しい夢を思い描いていたからだった。

チャールズが死んだのはたしかに悲しいことだった。父親も母親も、当然ながら彼女よりチャールズを愛していた。それをとやかくいうつもりはなかった。けれども今は——今となってはチャールズのあけた王座につくべき人間は、彼女ローラであった。彼女は今や両親の一粒種であり、彼らのあらゆる希望がその一身にかかっているのだった。二人の愛情の対象は、今では彼女以外の何者でもないはずだった。ローラは心の中で両親が帰る日のことをさまざまに想像していた。母親がパッと腕をひろげていう……

「ローラ、かわいいローラちゃん、わたしにはもう天にも地にも、あなたしかいないのよ！」

ドラマティックな、感傷的な場面であった。実際にはアンジェラやアーサーが、そんな種類のことをいったり、したりするはずはまずなかったのだが。けれどもローラにとっては、それは心をほのぼのと温めてくれる、劇的場面であった。ローラはしだいにそうした夢を信じるようになり、ついにはそうしたことが現実に起こったような錯覚をさえ、いだいた。

村へ続く小径をたどりながら、その日もローラは想像上の会話を繰り返していた。眉を吊りあげ、首を振り、小声で思いつくままに、さまざまなことを呟きながら、足を運んでいた。

この感情的想像の饗宴にあまり深く没入していたので、村の方からこっちにやってくるボールドック氏をやりすごすところだ。ボールドック氏は買物を入れた車つきの籠を押していた。

「やあ、ローラ」

母親が失明し、そのために彼女がある子爵からの結婚の申し込みをしりぞける（「あたくし、結婚なんか一生いたしませんの。母があたくしのすべてでございますから」）という感動的場面からたちまちにして手荒く現実に引きもどされて、ローラは思わず顔を赤らめた。

「お父さんたちは、まだ帰らんのかね？」

「ええ、まだあと十日たたないと」

「ふむ。ところでどうだ、あした、うちにお茶にくるかね？」

「ええ、行きたいわ！」

ローラは興奮した。ひどく晴れがましい思いがした。十四マイル離れた大学に講座を持っているボールドック氏は、この村に小さな家を建てて、休暇や、時によると週末もここで過ごした。彼は近所づきあいというものを断乎拒否し、近隣の誰彼からの招待をかたっぱしから——それもたいていは無愛想に——断わって、ベルベリーの住民の自尊心を傷つけた。アーサー・フランクリンは彼の唯一の友人で、二人の友情は多年にわたるものだった。ジョン・ボールドックを親しみやすい人間ということはできなかった。学生に対しても手加減をせず、皮肉ばかり浴びせるので、少数の優秀な学生は何とか彼に認められようと骨身を削るが、たいていはついていけずに落伍してしまった。ボールドック氏は世に知られていない歴史の局面について、大部のむずかしい書物を数冊書いていた。その難解な文章は、著者が何をいおうとしているのか、ごく少数の読者にしかわからないところが取り柄らしかった。もう少しわかりやすく書いてもらえないかという出版社側の遠慮がちな申し入れを、彼は言下にはねつけた。自分の本を味わうことのできる読者だけが、真に価値ある読者だ、こういうのだった。わけても女性に対して、彼はひどく無礼であった。その無礼さが当の女性にはふしぎな魅力らしく、多くの者は剣突を食わされることを承知で、彼に接近した。ひどい偏見の持ち主で鼻持ちならないくらい傲慢だったが、それでいてそのごつい殻の下に思いがけずやさしい心を秘めていて、それがおりおり日ごろの主義を裏切るような行動となって現われた。

ボールドック氏の家にお茶に招かれるということが得がたい名誉なのは、ローラも十分に承知していた。だから彼女はその知遇にこたえようと、彼女なりに身づくろいをしたのだった。晴着を一着におよび、顔をきれいに洗い、髪の毛にブラシをかけてボールドック家を訪れた彼女は、一見たいへん落ち着いて見えたが、内心はひどく気後れを感じていた。ボールドック氏は、通常のものさしでは測りきれない人だった。

家政婦に案内されて書斎に行くと、ボールドック氏は本から顔をあげて、小さな客を見つめた。

「ほう、きょうはまた、何の用だね？」

「お茶に招待して下さったでしょ？」とローラは答えた。

ボールドック氏はしげしげと少女の顔を眺めた。ローラも相手をじっと見返した。真面目くさった、慇懃《いんぎん》なまなざしだった。その実、心中少なからず、どぎまぎしていたのだが。

「ふむ、たしかに招待したよ」とボールドック氏は鼻をこすりこすりいった。「たしかにね。だがわしはいったいまた、何だって——まあ、いい、坐りなさい」

「どこに？」とローラは訊ねた。

無理もない質問であった。書斎は、天井までぎっしり本のつまっている書棚に囲まれていた。そのうえまだ納まりきらぬ書物が床といわず、テーブルといわず、椅子の上にまで、山のように積みあげられていた。

ボールドック氏はいまいましそうな顔をして、「何とかせにゃならんな」と不承不承いった。そしていくらか小さめの本の山を、ぶつぶつ呟きながら喘ぎ喘ぎくずし、ふた抱えばかりの埃だらけの書物を肘掛椅子から床に移した。

「これでよしと」彼は両手を打ち合わせて埃を払い、そのはずみに激しくくしゃみをした。

「誰もはたきをかけないの、この部屋は？」つつましく椅子に腰をおろすと、ローラは訊いた。

「命が惜しけりゃね」とボールドック氏は答えた。「だが油断はできん。女ってやつは、どうしてああまで掃除好きなのかな。ちょっと気を許そうものなら、黄色い大きなはたきを得意満面振りまわすやら、テレピン油かなんぞの臭いのする脂っぽい缶を持ちこむやら。本は本でかたっぱしから拾い集めて、内容にはお構いもなく、ただ大きさで揃えて積みあげる。それからウーウーけたたましい音を立てる、あの悪魔のような器械を押しまくる。あげくに善行でも施したように、パンチの漫画よろしくそっくりかえって出て行く。おかげで少なくとも一カ月は、読みたい本も見つからん。まったく女ってやつは！　女をお創りになるなんて、神さまもつまらんことをお考えになったものさ。たぶんアダムが万物の霊長だとばかり、いい気になっているのを見かねてのこととは思うが。宇宙のあるじを気取って、獣に名前なんぞつけてな。神さまがこいつの鼻をあかせてやろうと思われたのも無理のないこったろうが、だからって女を創るとは、神さまもちと行き過ぎをなさったよ。おかげでアダムは原罪のまっただなかにのめりこむことになった。やれやれ」

「ごめんなさい」とローラはすまなそうにいった。

「何でおまえさんが謝ることがある？」

「女のこと、そんなふうに思っていらっしゃるんだったら。あたしも女なんですもの」

「いや、あんたの場合はまだ間があるよ。まだ当分はな、ありがたいことに。むろん、いずれは仕方あるまいが、不愉快なことは自分から先取りせんことだ。ついでにいっておくがな、わしはあんたがお茶にくることを、忘れてなんぞおらんかったぞ。いっときだって！　ただそんなふりをして見せただけじゃ、わけがあってね」

「わけって？」

「まあね――」ボールドック氏はふたたび鼻をこすった。「ひとつには、わしが忘れたふりをしたらあんたがどう出るか、見たいと思ったのさ」彼は大きくうなずいていった。「慌てた顔もしなかったな。感心にも……」

ローラはぽかんと相手の顔を見つめた。

「わけはもうひとつある。あんたとわしがこれから友だちになるとしたら――どうやらそういうことになるらしいが――あんたはこのままのわしを受け入れてくれなくっちゃいけない。礼儀知らずの、意地悪の年寄りをな。いいかね？　わしは、お世辞や甘い言葉などはいっさい口にせん。〝嬢ちゃん、よくきてくれたねえ。おじちゃん、そりゃあ待ってたんだよ〟なんてせりふは、口が裂けてもいわんからな」

金切り声にあからさまな軽蔑をこめたのがおかしくて、ローラは生真面目な顔をくずして、声を立てて笑った。

「そんなことといったら、おかしいわ」

「そうとも、ひどくおかしい」

ローラはまた真面目な顔になって、つくづくボールドック氏を眺めた。

「あたしたち、お友だちになれると思う？」

「お互い、それがいいと思えばな。あんたはどう思うね？」

ローラはちょっと考えた。

「そうね——ちょっと変な気がするわ」とあやふやな口調で、「お友だちって、同じ年ぐらいの遊び仲間のことをいうのかと思ったわ」

「わしがあんたと『かごめかごめ』なんて遊びをすると思ったら、大間違いだぞ」

「そんなの、ちっちゃい子のやることだわ」とローラは憤然といった。

「われわれの友情は、知的次元のものになるだろうな」

ローラはうれしそうな顔をした。

「ちてきじげん？　何のことだかわからないけど、でもその言葉好きよ」

「つまりだな、お互いに興味のある話題について意見をとりかわすんじゃ」

「どんなこと？」

「そうさな――たとえば食べものだ。わしは食べものが好きだ。あんたもたぶんそうだろう。だかわしはもう六十を越えとるし、あんたは――十か、そこらだろう。おのずと意見が違う。そこが面白いところなのさ。話題はまだまだあるぞ――好きな色とか、花、動物、イギリスの歴史――」

「イギリスの歴史って、ヘンリー八世の奥さんのことなんか？」

「そうそう。だがヘンリー八世というと、たいていの人間はすぐ細君のことを持ちだす。かつてはキリスト教世界のいとすぐれたる王子といわれた男にとって、これはゆゆしい侮辱だよ。ヘンリー八世は第一級の政治家だったのに、正統な男子の世嗣を得たいと結婚を重要視した。だからって、もっぱらそのことと結びつけて彼の名を記憶するのは酷だよ。ろくでもない細君どものことなんぞ、歴史的には問題にもならん」

「あ、あたしは奥さんて、とっても問題だと思うけど」

「それそれ」とボールドック氏はいった。「それが議論のきっかけになるんじゃ」

「あたし、ヘンリー八世の奥さんの中ではジェーン・シーモアがいっとういいと思うわ」

「なぜだね？」

「死んだから」とうっとりとした口調でいった。

「アン・ブーリンもキャサリン・ハワードも死んだぞ」

「違うわ。首を斬られたんだわ。でもジェーンは結婚してたった一年で、赤ちゃんを生んで死んだのよ。だからジェーンのことは、みんなとてもかわいそうに思ったでしょうね」

「なるほど――それも一つの見かたじゃ。さてと、あっちの部屋に行って、何かうまいものがあるか、見てこようじゃないか」

2

「すてきなご馳走」とローラはテーブルの上を見回して、感嘆の吐息を洩らした。乾葡萄入り丸パン、ジャムロール、エクレア、キュウリのサンドイッチ、チョコレートビスケット、ひどく消化の悪そうな、こってりした黒っぽいプラムケーキ。ローラはふとくすくす笑った。

「あたしがくるってこと、忘れてなんかいなかったのね。そうでなかったら——だってこんなご馳走、毎日食べてるわけじゃないでしょ？」

「うふっ」とボールドック氏は唸った。「胸糞が悪くなる」

二人は仲よくテーブルについた。ボールドック氏はキュウリのサンドイッチばかり六つ食べた。ローラはエクレアを四つと、そのほか、いろいろと取りあわせて食べた。

「食欲旺盛だね。結構なことだ」宴がようやく果てようとしたとき、ボールドック氏は満足げにいった。

「あたし、いつでもおなかがすいているの。病気なんて、ほとんどしたことないわ。チャールズはよく病気になったけど」

「ふむ……チャールズか。チャールズが死んでさびしいかね？」

「ええ、とっても。本当に、とってもさびしいの」

ボールドック氏はもしゃもしゃした灰色の眉毛をあげた。

「わかった、わかった。誰も嘘だなんて、いっておりゃせん」

「だってあたし、本当に悲しいんですもの」

熱心な口調にボールドック氏は重々しくうなずいて、小さな顔を打ち眺めた。その強調ぶりに何か引っかかるものを感じたのだ。

「チャールズがあんなふうに急に死んじゃって」ローラの声は、無意識に誰かおとなの口真似をしているような、物悲しげな響きをおびた。

「そうさな」

「マミーもダディーもとてもかわいそう。今じゃ、マミーたちにはあたししかいないのよ」

「なるほど、そういうことか」

ローラはきょとんと見返した。

彼女の心は、いっときあのひそかな夢の世界に遊んでいたのだった。〝ローラ、かわいい子、マミーにはもうあなたしかいないのよ。あなたはあたしのたった一人の子、あたしの宝よ……〟

「よくないバターだ」とボールドック氏は呟いた。これは彼が心を乱されたときに無意識に連発する、独特のいいまわしだった。「よくないバターだ。よくない！」ボールドック氏は腹立たしげに首を振った。

「おいで、ローラ、庭に出てバラでも見よう。あんたは一日中、どんなことをして過ごしているんだね？」

「午前中はミス・ウィークスがいらっしゃって、ずっと勉強」

「ミス・ウィークス？　あの婆さん猫か！」

「あの人、嫌いなの？」

「ガートン出身でございますって、体じゅうに書いてあるような女性だ。悪いことはいわん、あんたはガートンになんぞ、入るんじゃないよ、ローラ」

「ガートン？」

「女どもの行く大学さ、ケンブリッジにある。考えただけでも、背筋が寒くなるが」

「あたし、十二になったら寄宿学校に入るのよ」

「寄宿学校か。悪の巣だな」

「そんなにいやなところなの？」

「あんたはたぶん好きになるだろうね。そこが問題でもあるがね。友だちの踝《くるぶし》をホッケーのスティックでぶっ叩いたり、音楽の教師にセンチメンタルな恋をしたり、あげくはガートンとか、サマヴィルとか、そんな学校に進学するんだろうが。いずれにせよ、あんたがおとなになるまでには、まだ何年かある。許された時をせいぜい有効に使うことだ。ところで、おとなになったら、どんなことをやりたい？　これと思うことがあるんじゃないかね？」

「ハンセン病患者の看護婦さんになろうかと思ったこともあるわ」

「まあ、大して害もなかろう。ハンセン病患者を自分の家に連れて帰って、旦那さんのベッドに寝かせるなんてことをやらなければね。ハンガリーの聖エリーザベトはそれをやった。いやはや、狂信的というか。聖女には違いないが、細君としちゃあ、考えが足らん」

「あたしは結婚なんてしないわ」とローラはきっぱりいった。

「ほう、わしがあんたなら結婚するがね。わしにいわせれば、オールドミスは結婚した女よりもっと始末が悪い。そりゃ場合によっちゃ、目をつけられた男こそ、いい迷惑だろうが。あんたはたぶん、いい部類の細君になるよ」

「結婚はしない方がいいと思うの。マミーとダディーが年をとったら、あたしがお世話をしなくちゃならないし、マミーたちにはもう、あたししかいないんですもの」

「コックもメイドもいれば、庭師もいる。収入もあるし、友だちだってたくさんいる。マミーたちのことは心配するにはあたらないね。子どもは、時がくれば巣立つのが当然だ。親は別れに耐えなきゃならんのだ。肩の荷がおりてホッとする親もあるだろうよ」

ボールドック氏は、バラの花壇の脇で急に足を止めた。

「わしのバラをどう思う？」

「きれいだわ」とローラは礼儀正しくいった。

「わしはだいたい、花の方が人間より好きだ。第一、人間ほど長持ちせん」

ローラの手をぎゅっと握って、ボールドック氏はいった。

「さようなら、ローラ、もう帰った方がいい。友情も、飽きがこないようにほどほどにしておく方がいいからね。きてくれて、うれしかったよ」

「さようなら、ボールドックさん、お招き下さってありがとうございました。とても楽しかったわ」

別れの挨拶がすらすらと口をついた。ローラはたいへんよく躾けられた子どもだったのだ。

「よしよし」とボールドック氏は愛想よくローラの肩を叩いた。「決まり文句がちゃんといえるのが、礼儀ってものだからな。合言葉を知っていると、歯車の回転が滑らかになる。いずれこのわしぐらいの年になれば、いくらでも好きなことがいえるんだから」

ローラは微笑してボールドック氏の開けてくれた鉄の門から外に出た。出たところでふと振り返って、ちょっとためらう様子を見せた。

「どうしたな？」

「じゃあ、きまったのね、ボールドックさんとあたしがお友だちだってこと？」

ボールドック氏は鼻をこすった。

「そうさな」と溜息をつき、「そうらしい」

「いやじゃない？」と心配そうに訊いた。

「まあね……習うより、慣れろじゃ」

「ええ、あたしもそう思うの。でも――でもきっとすてきだわ。さようなら」

「さようなら」

遠ざかって行く後ろ姿を見送って、ボールドック氏はいまいましげに呟いた。「何てことを、おっぱじめたんだ、このセンチメンタルな老いぼれめが！」

ボールドック氏が家にはいると、家政婦のミセス・ラウスが訊いた。

「あの小さなお嬢さん、もうお帰りになったんですか？」

「ああ、帰った」

「あんまりゆっくりしていらっしゃいませんでしたねえ」

「十分ゆっくりしていったよ」とボールドック氏は素っ気なく答えた。「だいたい、子どもとか、しもじもの者は、帰るしおどきを知らん。こっちがいってやらなければ、いつまでもぐずぐずしとる」

「さようでございますか！」当てつけがましいいいかたに、ミセス・ラウスは気を悪くした様子で、ボールドック氏の後ろ姿を睨みすえた。

「失敬するよ」とボールドック氏はいった。「書斎でひと仕事するからな。もう邪魔はせんでほしい」

「あのお夕食は――」

「あんたの好きにしたらいい」とボールドック氏は大きく片手を振った。「それからあの甘ったるいものは、あんたが平らげるなり、猫にやるなり、早くかたづけてくれ」

「まあ、いただいてもよろしいんでございますか？　ありがとうございます。あたくしの小さな姪が――」

「あんたの姪になり、猫になり、始末さえしてくれれば誰にやろうと文句はいわん」

ボールドック氏は書斎にはいって、ぴしゃりと戸を閉めた。

「ほんとに」とミセス・ラウスは呟いた。「世の中にゃ、気むずかしやのひとり者の年寄りがごまんといるけれど！　わたしがあの人の癖を呑みこんでるからいいようなものの、どこの誰にでもつとまる仕事じゃないわ！」

ローラはひとかどの重要人物にでもなったようないい気分で、家に帰った。

メイドのエセルが手のこんだ鉤針編みと夢中で取り組んでいる台所の窓をひょいと覗きこんで、ローラはいった。

「エセル、あたし、お友だちができたのよ」

「へえ」とエセルは口の中でぶつぶつ呟きながら上の空で答えた。「鎖を五つ、次の編目にこま編みを二つ、それから鎖をまた八つ」

「エセルったら、あたし、お友だちができたの」とローラは力をこめて繰り返した。

「へえ」とエセルはあいかわらず、ぶつぶつ呟きながらいった。「長編みを五つ、次の編み目にこま編みを二つ——どうもおかしいわね——さあてと、どこでどう間違ったのか」

「新しいお友だちができたっていってるのよ、あたし」

せっかくの打ち明け話を取りあってもらえないので、ローラは業を煮やして叫んだ。

エセルはびっくりして顔をあげた。

「おやまあ、よくこすっておおきなさい。じき痛みが取れますわ」と彼女はぼんやりつぶやいた。

ローラはうんざりして踵《きびす》を返したのだった。

第三章

1

アンジェラ・フランクリンは家に帰る日を恐れていた。しかしいざその日がきてみると、思っていた半分も動揺していない自分に気づいた。

車が玄関の前にさしかかろうとしたとき、彼女は夫にいった。

「ローラが石段の上に立って待っていますわ。何だかひどく興奮しているみたい」

車から跳びおりると、アンジェラはいとしげに娘を抱きしめて叫んだ。

「ローラ、ただいま、会いたかったわ。お留守番させて、さびしかった?」

ローラは正直に答えた。

「あんまり。とても忙しかったし。でもマミーにラフィアのマットを作ったわ」

アンジェラの胸をふと、死んだチャールズの面影がよぎった。これがチャールズだったら、芝生を突進して彼女に跳びつき、力いっぱい抱きしめて「マミー、マミー！」と叫んだだろうに。

胸の痛む思い出を強いて念頭から押しやって、アンジェラはローラに笑顔を向けた。

「まあ、マットを？　すてきだこと」

アーサー・フランクリンは娘の髪の毛を引っぱった。

「何だか、ひと回り大きくなったようだね、小猫ちゃん」

一同は連れだって家に入った。

自分が何を期待していたのか、ローラにもわからなかった。

マミーとダディーが帰ってきた。彼女に会ってうれしいといい、あれこれかまってくれ、留守中のことをいろいろと訊いた。期待はずれだとしたら、それはマミーたちのせいではない。あたし自身のせいなのだ。あたしが――どうかしているのだ――でも――いったい、どうだったらよかったのか？

ローラは考えていた。あたしが悪かったんだわ。いおうと思っていたことをいわなかったし、うれしそうな顔もしなかった。マミーたちに会ったら、きっと胸がいっぱいになるだろうと思っていたのに、そんな気持ちになることもなかった。

こんなはずではなかったのだ。あたしは――チャールズの代わりになっていない。あたしがだめなのだ。でもあしたになればきっと……と彼女は自分にいいきかせた。あしたがだめなら、あさって……〃一家の中心〃と彼女はそっと呟いた。いつだったか、屋根裏部屋で見つけた古い子どもの本の中で、ふと彼女の目をひいた言葉だった。そうだ。今こそ、あたしは一家の中心なのだ。

心の奥底に、打ち消しがたい疑念が兆していたのは不幸なことだった。あなたはやっぱり、ただのローラじゃないの！

ただのローラ……

2

「ボールディーは、ばかにローラがお気に入ったようですのね」とアンジェラがいった。

「あの子、わたしたちの留守の間に、ボールディーの家にお茶によばれたそうですわ」

いったい二人でどんなことを話しあったのか、聞きたいものだ、とアーサーがいった。

「わたしね」ちょっと間をおいてアンジェラは言葉をついだ。「おりを見て、あのことをローラに話しておかなければいけないと思いますの。いずれ誰かから——メイドたちからでも聞くでしょうし。赤ちゃんをグースベリーの実みたいに摘んできたなんて話で満足するには、もう大きすぎますしね」

西洋杉の下に置かれた籐の長椅子に身を横たえて、アンジェラは傍らのデッキチェアの夫の方に頭を振り向けた。美しい顔には、まだ苦悩の影が濃かった。彼女の胎内に育ちつつある、新しい生命も、いまだに喪失の痛みを和らげることには成功していなかった。

「男の子だよ、きっと」とアーサー・フランクリンはいった。「男の子に決まっていると思うよ」

アンジェラは微笑して首を振った。

「あてにはなりませんわ」

「ぼくにはわかっているんだよ、アンジェラ、きっと男の子だとも」

アーサーはほとんど確信していたのだった。

チャールズのような男の子。青い目の、よく笑う、人なつこい腕白少年。

アンジェラは考えていた、男の子かもしれない――でもチャールズではないのだ……

「女の子だったとしても、うれしいことには変わりないがね」とアーサーはいささか取ってつけたようにいった。

「アーサーったら！　どうしても男の子がほしいんでしょう、あなたは？」

「ああ」と彼は溜息をついた。

男は息子を欲する。必要とする。「息子がね」娘では――まったく同じとはいえない。けれども何となくやましいものを感じて彼はいった。

「ローラは本当にいい子だね」

アンジェラも心から同意した。

「ええ、本当に。よくいうことをきくし、おとなしいし。それにずいぶんあれこれ手伝ってくれますのよ。寄宿学校に行ったら、さびしくなりますわ」

少し間を置いて彼女は付け加えた。「女の子じゃないといい、とわたしが思うのは、ローラのことを考えるからでもありますの。妹が生まれたら、ちょっぴりやきもちを焼くんじゃないかと思って。むろん、そんな必要はぜんぜんないんですけれど」

「当たり前さ」

「でも子どもってときどき――まあ、自然な感情ともいえますわね――だから前もって話して、心の準備をさせておいた方がいいかと――」

というわけで、アンジェラ・フランクリンは娘に訊いてみたのだった。

「もしかね、あなたに小さな弟ができたらどう思う？　それとも妹が？」アンジェラは思い出したように付け加えた。

ローラはぽかんと母親の顔を見つめた。何のことだろう？

アンジェラはやさしく説明した。

「あのねえ、赤ちゃんが生まれるのよ……九月に。すてきじゃなくて？」

わけのわからぬことを口走りながら、ローラは二、三歩後じさりした。母親のあずかり知らぬ感情に、その頬は赤く燃えていた。

アンジェラの胸をかすかな不安がよぎった。

「わたしたちの育てかた、間違っていたんでしょうか？」とアンジェラは夫にいった。「あの子には何も話してありませんの——赤ちゃんがどうして生まれるかっていうようなこと。もしかしたら何もわかっていないのかもしれませんわ……」

うちの猫は天文学的数字といっていいほど、次から次へと仔猫を生んでいるんだし、ローラが生命の厳粛な事実について、まったく無知だとは考えられないが、とアーサーは答えた。

「ええ、でも人間の場合はまたべつだと思っているのかもしれませんわ。それでショックだったのかも……」

たしかにショックであった。しかしそれは、生物学的な意味でのショックではなかった。母親に子どもが生まれるなどということは、ローラは夢にも考えていなかった。彼女にとっては、事態は単純きわまるものだった。チャールズが死んだ。今は彼女が両親の一粒種だ。〝天にも地にも〟マミーたちには自分ひとりしかいないのだ、そう考えていた。

それが——それが——第二のチャールズが、新しい赤ん坊が生まれるという。生まれてくる子が男の子だということを、ローラは少しも疑わなかった。ひそかに疑いの余地を残していた両親以上に、それを確信していた。

惨めな思いが胸に突きあげた。

長いことローラは、キュウリの苗の植わっているフレームの傍らにうずくまり、暗い気持ちと闘っていた。

ややあって彼女は心を決めた。そして立ちあがって小径から道に出ると、ボールドック氏の家に向かった。

ボールドック氏は歯を食いしばり、鼻息荒くあたりに毒気をまき散らしながら、学術誌の原稿執筆に余念がなかった。同業の歴史家の畢生《ひっせい》の大著をこっぴどくこきおろしていたのだ。

だから、家政婦が形式的にドアをノックし、「ローラさんがいらっしゃいました」といったとき、ボールドック氏は物凄い形相で振り返った。そしてたて続けに悪罵を浴びせかけようとして、あやうく思いとどまった。

「ああ、あんたか」

彼はうんざりしていた。時と場合をわきまえずに無遠慮にとびこんでくる小娘に、毎度、仕事の邪魔をされるんではたまったものじゃない。私生活にそこまで踏みこまれるとは考えていなかったのだ。まったく子どもってやつは、ちょっと甘い顔を見せるとすぐつけあがる。これだから、チビは嫌いなんだ。

ボールドック氏はこう考えながら、ローラの顔を見やった。だしぬけの侵入を詫びるゆとりもないほど、せっぱつまった少女のまなざしがひたと彼を見据えていた。思いこんだような、悩ましげな表情。しかし、こうしてここにいることについては、自分に絶対の権利があると確信しているらしかった。

ローラは何の前置きもなく、いきなりいった。「あたし、ボールドックさんにいいにきた方がいいと思ったの。弟が生まれるんですって」

「そうか」とボールドック氏は虚を突かれた思いで呟いた。「そうだったのか」

ボールドック氏は一瞬、押し黙った。何とか時を稼ぎたかった。ローラの顔は青ざめて無表情だった。

「そりゃちょっとしたニュースだな。で、うれしいかね？」

「いいえ」とローラはいった。「うれしくなんか、ないわ」

「赤ん坊なんて、厄介な代物だからな」とボールドック氏は同情するようにいった。

「歯はない、毛はない、ギャアギャア泣いてばかりいるわからずやだ。もちろん、母親は赤ん坊をかわいがる。それは仕方あるまい。母親でも好いてくれなきゃ、世話をしてもらえん。育つこともできんからね。だがね、赤ん坊も三つか四つになれば、そう捨てたものでもないぞ」と慰めるようにいった。「仔猫や仔犬程度には、面白くなるて」

「チャールズは死んだわ」とローラはいった。「今度の弟が死ぬってこと、あるでしょうか？」

ボールドック氏はきっと少女を見やって、断言した。

「いや、まず、そんなことはないね。雷は二度は同じところに落ちん」

「コックのブラントンおばさんもよくそういうわ。それ、同じことは二度は起こらないって意味でしょ？」

「そのとおり」

「チャールズは――」とローラはいいかけてやめた。

ボールドック氏は、ふたたびじろりと少女を一瞥した。

「何も弟と決まっているわけでもあるまい？　妹かもしれんじゃないか」

「マミーは弟だと思ってるようだけど」

「わしがあんただったら、人のいうことを、そう鵜のみにはせんがね。見当違いは、あんたのおかあさんに限ったことじゃない」

ローラの顔は急にパッと輝いた。

「ジホシャファトって、この前、うちの猫のダルシベラの生んだ仔猫なんだけど、初めのうち、雄だと思ってたら、雌だったの。だからブラントンおばさんは、今はジョセフィンって呼んでるわ」

「そういうことさ」とボールドック氏は力づけるようにいった。「わしは賭けごとは好かんが、こればかりは賭けてもいいぞ。女の子に決まっとる」

「ほんと？」とローラは勢いこんでいった。そしてありがたそうににっこり笑った。その顔が思いがけずかわいらしく見えたので、ボールドック氏は我知らずハッとしたのだった。

「どうもありがとう。あたし、もう帰るわ」ローラはこういって、慇懃に付け加えた。

「お仕事のお邪魔したんだったら、悪かったけど」

「かまわないさ」とボールドック氏はいった。「重大な用事なら、いつでも喜んで会うよ。無駄話なんかするためにやってきやせんだろうからね、あんたに限って」

「もちろん、そんなこと、しないわ」とローラは真剣な口調でいった。

ドアをそっと閉めて、彼女は立ち去った。ボールドック氏との会話で大いに力づけられていた。ボールドック氏が賢明な人だということをよく知っていたからだった。

「マミーよりも、ボールドックさんのいうことの方がたしかだわ」とローラは思った。女の赤ちゃんなら――我慢できないこともない。妹なら、ローラ自身と大して変わりないだろう。いや、むしろ劣っているともいえる。歯もない、毛もない、小さなわからずやなんだから。

3

柔らかく彼女を押し包んでいた麻酔から醒めたとき、アンジェラは矢車菊のように青い目を物問いたげに見開いた。ひそかな危惧を言葉にするのを憚《はばか》っていた。

「あの――赤ん坊は――?」とそのまなざしは訊いていた。

看護婦はいかにも職業的な滑らかな口調で、威勢よくいった。

「おかわいいお嬢ちゃまですわ、奥さま」

「女の子――女の子なの……」アンジェラはふたたび目を閉じた。失望が胸を浸していた。男の子だと思いこんでいたのに――確信していたのに……それが女の子――第二のローラであろうとは……

失った息子への痛恨の思いがあらたに胸を刺した。わたしのチャールズ、かわいい、快活な息子……

階下ではコックがローラに、愛想のいい声で話しかけていた。

「ローラさん、あなた、お妹さんができたんですよ。どんな気持ちです？」

ローラは落ち着いて答えた。

「あたし、ちゃんとわかっていたの、妹だってこと。ボールドックさんがそういったんですもの」

「へえ？　あんなひとりものの お年寄りに、何がわかります？」

「ボールドックさんは、とても頭のいい人なのよ」とローラは答えた。

産後のアンジェラは、なかなか気力を回復しなかった。アーサーは妻のそんな状態に気を揉んだ。赤ん坊が生まれて一カ月たったとき、彼は遠慮がちに訊ねた。

「そんなに気を落としていたのかね、女の子だったんで？」

「もちろん、そんなことはありませんわ――ただね、男の子だと決めていましたから」

「男の子だったとしても、チャールズとは違うんだからね」

「ええ、それはねえ」

看護婦が赤ん坊を抱いて入ってきた。

「ほうら、あたち、マミーちゃまのところに参りましたよ。おぶうにつかってきれいになって。さあさ、マミーちゃまに抱っこね」

アンジェラはものうげに赤ん坊を抱きとると、部屋を出て行く看護婦をうとましげに見送り、「ああいう人たちって、馬鹿げたことばかりいって」と不機嫌な口調で呟いた。

アーサーは笑っていた。

「ローラ、そこのクッションを取ってちょうだいな」とアンジェラはいった。

ローラは母親にクッションを渡し、赤ん坊を抱き直すそのしぐさを、傍らに立って見守っていた。自分をいっぱしのおとならしく、晴れがましく意識していたのだった。赤ちゃんなんて、ほんのちっちゃなわからんちんだわ。マミーはあたしを頼りにしているのよ。

うすら寒い晩であった。炉の火が心地よいぬくもりを感じさせた。赤ん坊はクークーと、うれしげに咽喉を鳴らしていた。

その深い青い目をアンジェラは覗きこんだ。小さな口は今にもほころびそうだった。ふとアンジェラはドキッとした。チャールズの目だ。赤ん坊のときのチャールズそっくりだ、ほとんど忘れかけていた、そのころのいとし子の面影に。

突如、愛がやみくもに彼女をとらえて、生き生きとその血のうちに脈打ちはじめた。わたしの赤ちゃん。こんなすばらしい子をこれまで冷たく、心なくあしらって、ろくに構いつけなかったなんて。どうしてこの子の愛らしさに目をつぶっていられたのだろう? こっちまで楽しくなるような美しい子、チャールズにそっくり。

「かわいい子」とアンジェラは囁いた。「大事な、わたしのいい子ちゃん」

狂おしいほどの愛情を感じつつ、赤ん坊の上にアンジェラは夢中で身をかがめた。傍らに立って見つめているローラのことは、まったく念頭になかった。しばらくしてこの長女が、足音を忍ばせて部屋を出て行ったのも、アンジェラはついに気づかなかった。

しかし、おそらくは漠然とした不安が、彼女にこういわせたのだった。

「ねえ、アーサー、メアリ・ウェルズが命名式には出られないっていってよこしましたのよ。ローラに赤ちゃんの名親になってもらったらどうでしょう? きっと喜びますわ」

第四章

1

「命名式はどうだった？　面白かったかね？」とボールドック氏が訊いた。

「いいえ」とローラは答えた。

「教会の中は寒かったろう？　しかし、あの洗礼盤は逸品だ。ノルマン時代のものだが、トゥルネーの黒大理石を使っている」

ローラは何の感興も示さなかった。どう切り出したものかと考えあぐねていることがあったのだ。

「ひとつ質問してもいい？」

「いいとも」

「誰かが死ぬようにお祈りするのは、いけないことなの？」

ボールドック氏は横目でじろりと少女の顔を見やった。

「わしにいわせれば、赦しがたいおせっかいだね」

「おせっかい？」

「ああ、采配をふるっているのは神さまなんだから、ちょっかいを出すなんてもってのほかだよ。第一、おまえさんの知ったことか」

「でも神さまにはどうでもいいことなんじゃないかしら？　洗礼を受けた赤ちゃんが死ねば、天国に行くんでしょ？」

「まあ、ほかに行くところもあるまいな」

「それに神さまは子どもが好きでしょ？　聖書にそう書いてあるわ。赤ちゃんが天国に行けば、神さま、喜ぶと思うけど？」

ボールドック氏は落ち着かない様子で部屋の中を行ったり来たりしはじめた。少なからず動揺していたのだが、それをローラに気取られたくなかった。

「いいかね、ローラ」と彼はようやくいった。「あんたは――あんたは自分のことだけ、考えていればいいんだ」

「だって、それ、自分のことかもしれないわ」

「いや、ひとのことさ。あんた自身にかかわることだけが、あんたの問題なんじゃ。自分についてなら、何を祈ってもよい。青い耳を生やして下さいとでも、ダイヤモンドの宝冠をとでも、美人コンテストで一位になりたいとでも。自分のことなら、まかり間違っても、愚かしい願いが叶えられるというだけのことだからね」

ローラは合点がいかぬという顔をしていた。

「これは真剣な話だよ」とボールドック氏はまたいった。

ローラは丁寧に礼をいって、もう帰らなければと呟いた。

少女が去ると、ボールドック氏はひとしきり顎を撫で、頭を掻きむしり、鼻の穴をほじり、それからやっと仕事に取りかかった。しかしいっこうに気が乗らず、結局は論敵の著書について、乳と蜜のしたたるようなお手柔らかな書評を書いてしまった。

ローラは思いに沈みながら家路をたどった。カトリックの小さな教会堂の前で、彼女はふと足を止めた。台所の手伝いに通ってくる村の女がカトリック教徒で、ローラはこの女のおしゃべりを断片的に小耳にはさんでいた。それを今、ひょいと思い出したのだった。聞き慣れないだけに物珍しい、未知の、禁じられた果実の魅力が、ローラをひきつけて耳をそばだてさせたのだった。日曜ごとにきちんきちんと教会に行く、生粋の国教徒のナニーはカトリック教会のことを、〝緋の衣の女〟と呼んで、強い反感を示していた。ローラはバビロンがどうとやらという以外には、緋の衣の女が誰だか何だか、まったく知らなかった。

彼女が今思い出したのは、村の女モリーが願かけについてしゃべっていた話の内容であった。たしか、蠟燭をささげるというようなことをいっていた。ローラはいっとき躊躇し、それから深く息を吸いこみ、道の左右に忙しく目を走らせると、身をすべらせるようにして教会堂の入口から中に入った。

会堂の中は狭く、ほの暗かった。ローラが毎日曜日に行く教区の教会堂とは違う匂いがした。緋の衣の女らしいものはどこにも見当たらなかったが、青いマントをまとい、手に盆を捧げもった女性の石膏の像が立っていた。像の前には針金の蠟燭立てがあって、数本の蠟燭が燃えていた。傍らに新しい蠟燭と献金箱が置かれているのが目についた。

ローラはしばらくためらっていた。彼女の神学上の知識は混沌として、ひどく貧しかった。神を彼女は知っていた。神であるが故に彼女を愛さなければならない神。それから悪魔。角としっぽを生やした悪魔は、誘惑の名人だった。緋の衣の女はその悪魔と神の中間に位するような気がした。しかしこの青いマントの女性はいかにも慈悲深そうで、願をかければ快く配慮してくれそうに思えた。

ローラはほっと深い溜息をつき、ポケットの中をさぐった。毎週もらう六ペンスの小遣いが、まだ手つかずに残っていた。

献金箱の口から銅貨をいれて、ローラはそのチャリンという音を、かすかな心の痛みを覚えつつ聞いた。もう後もどりはできない！　ローラは蠟燭を一本取って火をともし、針金の蠟燭立てにそれを立てた。そして低い声でうやうやしく呟いた。

「お願いです、どうか赤ちゃんを天国に行かせて下さい」ちょっと言葉を切り、彼女はまた付け加えた。「どうか、できるだけ早く」

祈り終えた後、彼女はちょっとの間、身動き一つせずに佇んでいた。蠟燭は静かに燃え、青いマントの女性はあいかわらず、慈悲深げな面ざしで見おろしていた。一種索莫《さくばく》とした思いが一瞬彼女を襲った。少し眉を寄せて、ローラは会堂を後にした。

家に入ろうとしたとき、テラスの上の乳母車がローラの目を引いた。彼女は近よってその傍らに立ち、すやすやと眠っている赤ん坊を見おろした。

ややあって、柔らかい金髪に覆われた頭が動き、瞼《まぶた》があいた。そして、まだ焦点の定まらない青い目が彼女を見つめた。

「あんたはね、じき天国に行けるのよ」とローラはそっといった。「天国って、そりゃあ、いいところよ」機嫌をとるように、彼女は付け加えた。「どこもかしこも黄金でできていて、宝石がちりばめてあるんですって。そしてね、誰もがハープを持ってるのよ。本物の羽を生やした天の使いがたくさんいるわ。このお家よりか、ずっとすてきなところよ、天国は」

ふと思い出して、彼女はまたいった。

「それにチャールズに会えるわ。すばらしいじゃない？　チャールズに会えるのよ」

アンジェラがこのとき、客間のフランス窓からテラスの上に降り立った。

「お帰り、ローラ、赤ちゃんとお話してるのね？」

アンジェラは乳母車の上に身をかがめた。「おはよう、いい子ちゃん、起っきしてたの？」

妻の後に続いてテラスに出てきたアーサーが笑った。

「女ってやつは西も東もわからない赤ん坊相手に、意味もないことばかりいうんだな。ねえ、ローラ、おかしいと思わないかい？」

「意味がなくはないと思うわ」とローラは答えた。

「へえ？　だったら、いったい、どんな意味があるんだね？」とアーサーはからかうように微笑した。

「愛してるってことだわ」とローラはいった。

アーサーはちょっと度胆を抜かれて、口をつぐんだ。

風変わりな子どもだ、このローラは。まともに人を見据える、無表情なまなざしの陰で、この子は何を考えているんだろう？

「モスリンか何かで、乳母車に覆いを取りつけなければいけませんわね」とアンジェラがいった。

「乳母車を外に出したときに掛けておきますの。赤ん坊の顔の上に、猫が跳びのりでもしたら、窒息してしまいますわ。わたし、いつも気が気じゃありませんの。だいたい、猫が多すぎますわ、この家は」

「何を下らない」と彼女の夫はいった。「年寄りじみた取り越し苦労だよ。猫が赤ん坊を窒息させるなんて」

「あら、現にありますのよ、そんな例がいくつも、新聞によく出てるじゃありませんか」

「新聞に出たからって、本当だということにはならんね」

「とにかくわたし、何とかしますわ。ときどき窓から覗いて様子を見てくれって、今度のナニーにも、よくいっておきましょう。あの何でも心得ている、以前のナニーがいますとねえ。姉さんが危篤で駆けつけなければならないって暇をとったんですけれど、代わりにきたナニーは——何だか心もとなくて」

「どうしてだね？　感じは悪くないじゃないか？　赤ん坊をかわいがってくれるし、照会先もちゃんとしているし」

「ええ、それはね。一応は立派なものでしてよ。でもたしかに何かありますわ……履歴に一年半というブランクがあるのも、気になるんですの」

「母親が病気で帰省していたっていうんだろう？」

「訊かれればそんなことをいいますのよ、ああいう人たちって！　確かめたくても確かめようがないんですから。何かわたしたちに知られたくないことでもあるんだわ」

「身二つになったとか、そういうたぐいのことかい？」

しっ、ローラがいましてよ、というような一瞥をアンジェラは夫に与えた。

「気をつけて下さいな、アーサー。いいえ、そういうことじゃなく——」

「じゃあ、何だね？」

「わたしにもわかりませんの」とアンジェラは考え考えいった。「ただ——ときどきあの人と話していると、何か知られたくないことがあって必死で隠しているって気がしますの」

「警察から指名手配されているとでもいうのかね？」

「アーサー！　下らない冗談をおっしゃっちゃいや」

ローラはそっとその場をはずした。利巧な子どもだったから、両親が新しいナニーのことを、自分の存在に妨げられずに話しあいたいのだと見てとっていた。彼女自身は新しいナニーに何の関心もなかった。顔色の冴えない、黒い髪の、物柔らかな若い女で、ローラにも親切にしてくれたが、とくに彼女に関心を示すこともなかった。

ローラはナニーよりも、青いマントの女性のことを考えていたのだった。

2

「おいで、ジョセフィン」とローラはいらいらと呼びかけた。

ジホシャファトあらためジョセフィンはあからさまな反抗こそ示さなかったが、受動的抵抗を全身で表現していた。裏庭の温室の脇でいい気持ちで眠っていたところを抱きあげられ、半ば引きずられるようにして家のまわりを回って、テラスまで連行されたのだった。

「さあ！」ローラはジョセフィンをひょいと下におろした。二フィートばかり離れた砂利の上に、乳母車が安置されていた。

ローラはゆっくりと芝生を横切り、大きなライムの木のところまで歩いて行って振り返った。

ジョセフィンは不当な仕打ちを怨ずるように、ときどき神経質にしっぽを振りながら、体と不釣合いに長く見える後ろ足を突き出して腹部をせっせと磨きたてはじめた。ひとまず身づくろいが完了すると、猫はあくびをしてあたりを見回し、それからあまり気が無さそうに、耳の後ろをこすりかけたが、途中で思いとまってふたたびあくびをするとおもむろに起きあがり、何か考えているようにのろのろと歩きだし、家の角を曲がった。

ローラは猫の後を追い、有無をいわさず抱えあげると、いやがるのをまた連れもどした。ジョセフィンはローラに不興げな一瞥《いちべつ》をくれ、うずくまってしっぽを動かした。そしてローラがライムのところにひきさがると、またもや起きあがってあくびと伸びを繰り返してから、また歩きだした。ローラは懲りもせずにまた連れもどって、やさしくいって聞かせた。

「こっちの方が日が当たってるわ、ジョセフィン、ずっと気持ちがいいわ」

ジョセフィンがこの意見に承服していない、ということははっきり見てとれた。猫は今やひどく機嫌を損ね、しっぽをピンピンと激しく振り、耳をぴったりと寝かせていた。

「やあ、ローラ」

ローラはびくっとして振り返った。ボールドック氏が後ろに立っていた。芝生の上をゆっくり横切ってこちらへやってくる彼の姿にも足音にも、ローラはまったく気づかなかったのだ。いっときローラの注意が自分からそらされたのをいいことに、ジョセフィンは傍らの立木に向かって突進し、幹を駆けあがった。そして途中の枝でひと休みし、ざまを見ろというような意地の悪い満足感をあらわにして、老人と少女を見おろしていた。

「人間にはああいった芸当はできないから、その点は猫に後れをとるね」とボールドック氏はいった。「人と顔を合わせたくないときには、猫には木のぼりという手がある。こちとら人間はせいぜい、便所にでもとびこむぐらいが関の山だが」

ローラはちょっとショックを感じた。便所なんていう、下《しも》がかった言葉はナニー（暇をとった方のナニー）のいわゆる〝いい家のお嬢さま〟の口にすることではなかった。

「しかし、便所にもそうそう長居はできん。第一、ほかの人間が入りたがっているのに、いつまでも占拠しているわけにもいくまい。そこへ行くと、あんたのあの猫は、二時間がとこは木の上からおりてこんだろうよ」

ボールドック氏がこういったとたんに、ジョセフィンは猫族特有の不測の行動に出て、やにわに木から駆けおりて二人に近づくと、ごろごろ咽喉を鳴らしながら、ボールドック氏のスボンの裾にせっせと体をこすりつけはじめた。

〝ほうら、あたしはこれがやりたかったのよ〟といわんばかりだった。

「いらっしゃい、ボールディー」とアンジェラがフランス窓からおりてきていった。

「うちの赤ちゃんにこんにちはをいいにきて下さいましたの？　いやだこと、また猫がきているわ。ローラ、ジョセフィンを連れて行って台所に閉じこめておいてちょうだい。乳母車の覆いがまだ出来ていないのよ。ねえ、ボールディー、アーサーは笑うんですけれど、猫って不意に赤ん坊の上に跳びのって、窒息させることがありますのよ。猫がテラスに寄りつくようになると困りますわ」

ジョセフィンをかかえて立ち去るローラの後ろ姿を、ボールドック氏は考えこんだ様子で見送った。

昼食後、アーサー・フランクリンは友人を書斎に誘った。

「きみに見せたい論文があってね――」といいかけるのを、ボールドック氏は例によっていきなりぶっきらぼうに遮った。

「ちょっと待ちたまえ。こっちも、いいたいことがあるんだ。なぜあの子を、早いとこ、学校に入れちまわないんだね？」

「ローラのことかね？　たぶんクリスマスがすんだら、そうすることになるだろう。ちょうど十一になるし」

「それじゃ遅すぎる。すぐ学校にやりたまえ」

「しかし、まだ学期の途中だしね。それにミス・ウィークスは、あれでなかなか――」

ボールドック氏はここぞとばかり、ミス・ウィークスについての歯に衣着せぬ意見を開陳した。

「脳味噌のこってり詰まった、頭でっかちの、ひからびた女学士なんぞから、学問を教わる必要はないよ、あのローラは。むしろあの子には気晴らしが必要だ。ほかの女の子とのつきあい、――いってみれば違った種類の悩みごとを与えてやることだ。さもないと、とんでもない悲劇が起こらんとも限らない」

「悲劇？　どんな悲劇だね？」

「つい先だってのことだ。無邪気な男の子が二人して、乳母車から赤ん坊の妹を引っぱり出して川にほうりこんだ。赤ん坊の世話でマミーが忙しすぎてかわいそうだからって、奴さんたち、いったそうだ。彼らなりの大義名分を信じこんでいたんだろうが」

「じつは嫉妬心からって、きみはいいたいんだね？」

「まさにね」

「馬鹿なことを。ローラは嫉妬ぶかいたちの子じゃあない。今までいっぺんだって――」

「どうしてわかる？　嫉妬心は内向的なものだよ」

「そんな素振りは見せたことがないからね。おとなしい、気持ちのやさしい子だが、強い感情に支配されることはまずないと、ぼくは見ている」

「ぼくは見ている、か！」とボールドック氏は鼻を鳴らした。「わしにいわせりゃ、きみとアンジェラは、自分たちの子どもについて何一つわかっておらんよ」

アーサー・フランクリンは気を悪くした様子もなく、微笑を浮かべた。ボールディーの毒舌には慣れていた。

「赤ん坊のことはよく注意しよう、きみがそのことを懸念しているならね。アンジェラにもそれとなく、気をつけるようにいっておこう、赤ん坊のことばかり大騒ぎせずに、もうちょっとローラのことも構ってやれって。それでいいんだろう？」アーサーはふと好奇心にかられたように付け加えた。「いったい、きみがローラのどこをそう見込んだのか、前からふしぎに思っていたんだがね。あの子は――」

「ローラにはまれに見る、非凡な精神の芽がある。少なくとも、わしはそう見ているよ」とボールドック氏は答えた。

「とにかく――アンジェラに話しておこう。どうせ笑いとばすだろうが」

しかしアーサーの驚いたことに、アンジェラは笑わなかった。

「ボールディーのいうことにも、たしかに一理ありますわ。上の子が赤ん坊に対していだく嫉妬はごく自然の——むしろ不可避の感情だっていうのが、児童心理学者の一致した見解ですし。もっともローラの場合、率直にいってわたし、そうした兆候に気づいたためしはないんですけれどね。おっとりした子ですし、わたしにたいして、常軌を逸するほどの愛着をいだいているわけでもありませんしね。まあせいぜい、あの子を頼りにしているってことを示すようにしますわ」

というわけで、一週間後、旧知の家で週末を過ごすために家をあけることになったとき、アンジェラはローラにこういったのだった。

「わたしたちの留守中、赤ちゃんのことをよく気をつけてくれるわね、ローラ？　あなたがお留守番をして、いろいろなことに心をくばってくれると思うと、とても安心なのよ。ナニーもまだ家のことに慣れていないし」

母親の言葉はローラを喜ばせた。おとな扱いされたような、晴れがましい気持ちがした。青白い、小さな顔をパッと輝かして、ローラはうなずいた。

ところが残念なことに、アンジェラの依頼のこの慶賀すべき効果は、ほとんどすぐにかたなしになってしまったのだった。子ども部屋でナニーとエセルのかわしていた不用意な会話を、ローラは洩れ聞いた。

「かわいいわねえ、まったく」とエセルは太い指で、いかにもかわいげに赤ん坊の柔らかい頬を突ついていった。「ほんとに食べちゃいたいくらい。どういうんでしょうねえ、ローラさんはちっとも見ばえがしないのに。旦那さまや奥さまがチャールズさんやこの赤ちゃんほど、ローラさんをかわいがらないのも無理はないわ。そりゃ、ローラさんはおとなしい、いい子だけど、ほかに取り柄ってないものね」

その夜ローラは、ベッドの傍らにひざまずいて祈った。青いマントの婦人は彼女の願いを聞きとどけてくれなかった。だから今度は本家本元の神さまに直訴しよう、そう思ったのだ。

「神さま、どうか赤ちゃんを死なせて、天国に連れて行って下さい。どうか、できるだけ早く」

祈り終えると、ベッドに入って横になった。胸がどきどきと激しく高鳴り、罪深い、後ろめたい思いを禁じ得なかった。ボールドック氏の厳禁したことをやってしまったのだ。ボールドック氏はとても賢い人だ。青いマントの女性の像に蠟燭をささげて祈ったときには、罪の意識はまったくなかった――おそらく祈りの効果を本気で期待していなかったからだろう。ジョセフィンをテラスに連れてきたことについても、とりたてて悪いとは考えなかった。自分の手で猫を乳母車の上に載せるなんてことをする気は、もともとなかったのだし。それはむろん、いけないことだ。でももしか、ジョセフィンが自分からひょいと……

しかし、今夜、彼女はルビコン川を渡ったのだ。神さまにはどんなことでもできるのだから……

少しふるえながら、ローラは眠りに落ちたのだった。

第五章

1

アンジェラとアーサーは車で出かけた。二階の子ども部屋では新しいナニーのギネス・ジョーンズが、赤ん坊を寝かしつけていた。

今夜は妙に胸騒ぎがする、と彼女は思った。近ごろ奇妙に感情が揺らぐことがあったが——いってみれば、何かの予感のようなもの——とくに今夜はおかしい……〝下らない想像にすぎないんだわ〟と彼女は自分にいい聞かせた。〝馬鹿げた妄想よ！それだけのことだわ〟

あの医者は彼女に、発作が再発しないということもあり得るといったのではなかったか？

子どものころにはよくひきつけを起こした。けれどもおとなになってからは、あの恐ろしい日まで、そんなたぐいの兆候は一度もなかったのに。

彼女を育ててくれた叔母は、子どものころのそれを一種の知恵熱だといった。しかし、長じて後のその一度の発作のとき、医者はそれを別な名前で呼び、斟酌《しんしゃく》を加えずに病気の性質を説明した。

「乳幼児の面倒を見る仕事につくことは、絶対にいけません。危険ですよ」はっきりそういったのだった。

けれども保母としての訓練を受けるために、彼女はあのように高額の月謝を払ったのだ。それは彼女にうってつけの職業であった。保母としての職務について、彼女はよく心得ていた――免許状もあるし――給料もいい――それに赤ん坊の世話は大好きだった。一年は事もなく過ぎ、発作はそれっきり再発しなかった。何でもなかったのだ。なのにあの医者は威し文句を並べて。

というわけで、彼女は職業紹介所に求職の申し込みをした。むろん以前とは違う紹介所だった。うまくありついたこの家での仕事に、彼女は十分満足していた。赤ん坊はとてもかわいらしかった。

ギネスは赤ん坊を寝台に寝かせて、夕食をとるために階下におりた。

夜中にギネスは目を覚ました。何か不安な、ほとんど恐怖といってもいいような感じがつきまとって離れなかった。

「熱いミルクでも少し飲んだら、落ち着くかもしれない」

ギネスはアルコール・ランプに点火し、窓ぎわのテーブルのところに持って行こうとした。そのとき——今度は何の前ぶれもなかった。ギネスはドタリと床の上に倒れ、激しく痙攣しながらそのまま横たわった。取り落としたアルコール・ランプの炎が敷物の上を這い、モスリンのカーテンの裾に移った。

2

ローラはハッとして目を覚ました。

何か恐ろしい夢を見ていたのだが、くわしいことは思い出せなかった。夢の中で彼女は何者かに追われていた——でも今はこうして自分の家の——ベッドの中にいる。

ローラは手さぐりで枕もとのスタンドのスイッチをひねり、明かりをともした。小さな時計の針は十二時を指している。真夜中だ。ローラは起きあがった。なぜか、明かりを消す気になれなかった。

彼女はふと聞き耳をたてた。妙な音がする……何かが軋《きし》るような……

「泥棒かしら?」子どもによくあるように、ローラは夜中に目を覚ますと、家に泥棒が入っているんじゃないかと心配するのがつねだった。彼女はそっとベッドからおりて、戸口に行き、ドアを細目にあけておそるおそる覗いた。廊下は真っ暗で、しんと静まりかえっている。

突然、奇妙な、いがらっぽい臭いが鼻をついた。なおも鼻をうごめかしながら踊り場を横切って、メイド部屋に通ずるドアをあけた。異状はない。

反対側のドア——子ども部屋とナニーの寝室に続く短い通路との境になっている——をあけて、ローラはぎょっとして後じさりした。ドアをあけたとたんに、大きな煙の輪が続けざまに押しよせてきたのである。

「火事よ、家が火事よ!」

悲鳴をあげてローラはメイドたちの部屋に走った。

「火事よ、家が燃えているのよ!」

後はもう、何が何やらわからなかった。エセルが階段を駆けおりて、消防署に電話した。コックはいったん子ども部屋へのドアをあけたが、煙に押し返された。「大丈夫ですよ、大丈夫ですよ」と取りとめなく囁いて、コックはローラをなだめようとした。

「消防車がすぐきます――赤ちゃんとナニーを窓から出してくれますよ。心配しないでも大丈夫」

しかし大丈夫どころではないことをローラはよく知っていたのだった。

昨夜の祈りが聞きとどけられたことを知って、彼女は愕然としていた。神さまが――時を移さず行動なさったのだ――何という恐ろしい――これが神さまのなさりかたなのだ。こんなふうにして赤ちゃんを、天国に連れていらっしゃるのだ！

コックはローラの手をぐいぐい引っぱって、階段を駆けおりようとした。

「いらっしゃい、ローラさん、ぐずぐずしていてはだめ――早く外に出なければ」

けれどもナニーと赤ん坊は――外に出ることなんかできないのだ――あの子ども部屋の煙の中に閉じこめられているのだ！

階段を駆けおり、玄関のドアをあけて、芝生のエセルのところに行こうとした時、ふとコックの手がゆるんだ。ローラはとっさにくるりと身を翻して、ふたたび階段を駆けあがった。

もう一度彼女はあのドアをあけた。どこか煙の奥の方で、赤ん坊のむずかる、か細い泣き声が聞こえた。

そのときだった、ローラのうちの何かが突如として目覚めたのだった。熱い、情熱的な、必死の努力、測り知れないふしぎな感情、すなわち愛が。

ローラは落ち着きを失わなかった。どうしたらよいか、彼女にははっきりわかっていた。火の中から人を救い出すには、濡れタオルで口を覆うことだと何かの本で読むか、聞くかしたことがあった。彼女は自分の部屋に走って行き、バスタオルを水差しの水に浸すと、口のまわりに巻きつけて、踊り場を横切り、煙の中へとびこんだ。炎はすでに通路を舐めはじめ、柱や羽目板が焼け落ちかけていた。おとなであれば危険と成功の見込みを計算してひるむところを、ローラは子どもの無謀な勇敢さで、夢中で突進した。赤ちゃんのところに行かなければ、早く助け出さなければ。彼女が助けなければ、赤ちゃんは焼け死んでしまう。失神しているギネスの体につまずいたが、それとは気づかずにローラは進んだ。息を詰まらせ、喘ぎながら、ようやっと小さな寝台のところにたどりついた。まわりに張りめぐらされているカーテンに阻まれて、ベッドはいまだに煙の最悪の影響から守られていた。

ローラは赤ん坊を鷲摑みにして、濡れタオルの下にしっかりくるみこんだ。そしてつまずきながら、ドアに向かって突き進んだ。むしょうに息苦しかった。

しかし、もう通路に出ることはできない相談だった。炎がすでに行く手を阻んでいたのだった。

ローラはこの期《ご》に及んでも、落ち着きを失わなかった。屋根裏の水槽室へのドアがあるはずだ。手さぐりでそれを見つけて押すと、がたがたの階段を駆けあがった。いつかチャールズと一緒に、そこから屋根の上に出たことがあった。もしうまく屋根の上をつたって逃げることができれば……

急報に駆けつけた消防自動車に、寝間着姿の女が二人、あたふたと駆けよってしどろもどろに訴えた。

「赤ちゃんが——赤ちゃんとナニーがあの上の部屋に」

消防士は口笛を吹いて、キュッと口を結んだ。指さされたその一部は、すでに火炎に包まれていた。

「だめだ」と彼は口の中で呟いた。「とても救い出せっこない」と。

「ほかには？」と彼は訊いた。

コックがあたふたと見回して泣き声をあげた。

「ローラさんは、ローラさんはどこに？　たしかに一緒におりたんですが——どこへ行ったんでしょう？」

そのときだった。別な消防士が叫んだ。「おい、見ろ、誰か、あの屋根の上にいるぞ

「――ずっと端の方だ。早く梯子をかけろ」

数分後、消防士たちは、やっと抱えおろした大切な荷を、そっと芝生の上に横たえた。見わけのつかぬほどに煤け、両腕に火傷を負って、半ば気を失っているローラ。そしてその腕にまだしっかりと抱かれている小さな包み。命拾いした赤ん坊は手荒な扱いに腹を立てて、大声で泣き喚いていたのだった。

3

「もしもローラがいなかったら――」アンジェラは昂ぶる感情を抑えて言葉を切った。

「あのナニーのことが、すっかりわかりましたの。病気持ちだったらしいんです。お医者は、保母として働いてはいけないと厳重に警告したそうですのに。発作を起こして倒れたはずみにアルコール・ランプを落としたんだろうって、消防署ではいっていましたわ。どこか妙なところがあるとは思っていたんですけれど――何か隠していることがあるんじゃないかって」

「かわいそうに」とアーサーはいった。「そのために自分の命を落としたんだからね」

子どもを危険に曝された母親として、ギネスに同情する心のゆとりのまったくなかったアンジェラは、夫にとりあわずに言葉を続けた。

「ローラがいなかったら、シャーリーは焼け死ぬところでしたのよ」

「ローラのことはもう心配ないんだね？」とボールドック氏は訊ねた。

「ええ、一時はショックでぼうっとしていましたし、腕を火傷していますけれど、でも大したこともなくて。じきよくなるって、お医者さまもいって下さいました」

「偉いことをやってのけたな」

アンジェラは憤然といった。

「それをボールディー、あなたったらアーサーに、ローラが赤ん坊にやきもちを焼いている、危害を加える恐れがあるなんておっしゃったんですってね！　本当にひとりものの男の人って」

「まあ、何とでもいうがいい」とボールドック氏はいった。「わしの目にめったに狂いはないんだが。勘ってやつは、そうしょっちゅう当たらん方がためになる」

「あの子たちに会って行って下さいますわね？」

いわれるままに子ども部屋を覗くと、赤ん坊は炉の前の敷物の上で、よくふとった足をかわるがわる蹴りあげながら、しきりにクークーおしゃべりをしており、腕に包帯をしたローラがその傍らに坐っていた。睫毛《まつげ》が焼けてなくなっているので、ローラの顔はどことなくコミカルな感じがした。彩色を施したいくつかの輪をかざして、ローラは赤ん坊をあやすのに余念がなかったが、ボールドック氏が入って行くと、ちょっと振り返った。

「やあ、ローラ、どうだね？　小説の主人公そのままのような働きぶりだったそうじゃないか。偉かったね」

ちらっと彼を見ただけで、ローラはまた一心に輪を振りはじめた。

「腕はどうだ？　痛むかね？」

「はじめのうちはちょっと。でもお薬をつけてもらったから、もうそんなに痛くないわ」

「あんたはおかしな子だね」どっかと椅子に腰をおろしてボールドック氏はいった。「猫が赤ん坊を窒息させればいいと思ったこともあったのに――そうとも、わしは知っていた。わしの目は騙せんよ――そのつい翌日には屋根づたいに赤ん坊を助け出したんだからね。自分の命をまとにして」

「あたし、この子を救ったのよ」とローラはいった。「この子、けが一つしなかったわ――どこにも」小さな妹の上に身をかがめて、激しい口調で彼女は宣言した。「これからだって、あたしがきっと守るわ。悪いことが起こらないように——一生、守ってあげるわ」

ボールドック氏はゆっくり眉を吊りあげた。

「すると、今じゃあ、心からかわいいんだね？」

「ええ、そう！」あいかわらず熱っぽい口調であった。「あたし、この子が世界中の何よりも好き」

振り向けた顔を、ボールドック氏ははっとして見つめた。まるで繭《まゆ》がぽっかりと割れたようだ、と彼は思った。少女の顔は激しい感情に洗われて上気していた。眉毛も睫毛も焼け焦げて、グロテスクにさえ見えるその面ざしには一種強い感情がみなぎり、瞬間的に美しくさえ見えたのだった。

「なるほど」とボールドック氏は呟いた。「なるほどね……、で、いったいこれからどういうことになるのかな？」

ローラは怪訝そうな、少し心配げな顔で老人を見つめた。

「いけないの？　この子を好きになっちゃいけないの？」

ボールドック氏は考えこんだ様子で少女を見やった。

「いや、あんたにはそれでいいよ。あんたにはいいんだが……」

言葉を切って、ボールドック氏はふたたび考えこんだ、無意識に片手で顎を叩きながら。

歴史家として、彼はこれまで主として過去に関心を持ってきた。しかし未来を予知できないという事実が、彼の心をしつこくいらだたせる瞬間があった。今がまさにそうした瞬間だった。

彼はローラと、上機嫌でクークーいっているシャーリーを見くらべ、怒ったように眉を寄せた。〝十年もしたら、この子たちはどうなっているだろう――二十年後――二十五年後には？　そしてわし自身はどうなっていることか？〟

最後の疑問に対する答は、即座に返ってきた。

〝墓の中に決まっておる〟

彼はそのことを知っていた。しかし、本当にそう信じていたわけではなかった。生の実感にみちみちている積極的姿勢の人間が、おしなべて自分の死を信ずることができないのと同様に。

未来とは、何と暗く、神秘的なものだろう。二十年後にはどんなことが起こっていることか？　またしても戦争が（よもや、そんなことはあるまいが）、それとも新しい疾病が、人類を悩ましているだろうか？　人間は人工の翼をつけて、街筋をいかさまな天使のように飛びまわっているだろうか？　火星への旅が実現するか？　ビフテキとみずみずしいグリンピースのかわりに、いやらしい錠剤を服んで、栄養を補給するということになっているかもしれない。

「何を考えていらっしゃるの？」とローラが訊ねた。

「未来だよ」

「あしたのこと？」

「もっとずっとさきのことさ。あんたは本が読めるんだろうな？」

「もちろんよ」わかりきった質問に驚いて、ローラは答えた。『ドリトル先生』はほとんど全部読んだし、『クマのプーさん』や、それから――」

「まあ、くわしいことは勘弁してくれ」とボールドック氏はいった。「で、どんな読みかたをするね？　初めから読み通すのか、それとも？」

「もちろん初めからよ。ボールドックさんは初めの方は読まないの？」

「いや。わしはまず初めの方をちょっと見て、中に何が書いてあるかを頭にいれ、それからおしまいのところを開いて、どんな締めくくりをつけたか、何を証明しようとしたかを調べる。その上で前にもどって、どのようにしてそういう結論に達したか、何が著者にそうした考えを与えたかを見ていく。その方がずっと面白いからね」

ローラは興味をひかれたような、しかし、あまり感心できないといった顔をした。

「書いた人は、そんな読みかたをしてもらおうとは思わなかったんじゃない？」

「そりゃ、そうだ」

「本は、書いた人が読んでほしいと思うやりかたで読まなくっちゃいけないと思うけど？」

「まあね」とボールドック氏はいった。「だがそれじゃあ、法律家のいう、もう一方の当事者のことを忘れることになる。つまり、読者さ。読者にも当然、なにがしかの権利はあるはずなんだから。著者は好き勝手なやりかたで本を書く。打ちたいところで句読点を打ち、意味をこねまわして気随気儘にたわむれまわる。読者は読者で、自分の気に入った方法でその本を読む。著者にもそれを止めることはできないのさ」

「まるで戦争みたい」とローラはいった。

「わしはそういう戦争が好きだ」とボールドック氏はいった。「われわれは本当のところ、誰しも時という要因に奴隷のように臣事している。時の連鎖など、意味もないものさ。永遠を問題とするなら、限られた時の中でいくらでも勝手にはねまわっていいはずじゃないか。ところが、人はおよそ、永遠を考察の対象としない」

ローラはもう彼に注意を向けていなかった。永遠はたしかに、彼女の考察の対象ではなかった。彼女の考えているのは、もっぱらシャーリーのことであった。そのうっとりとした献身的な表情を見守りながら、ボールドック氏はふたたび漠然とした不安をおぼえたのだった。

第二部　シャーリー（一九四六）

第一章

1

シャーリーは小径づたいに弾んだ足どりで歩いていた。小脇に抱えたラケットの柄から、テニスシューズがぶらさがっている。顔には微笑が浮かび、少し息を弾ませていた。急がなければ夕食に遅れる。本当のところ、最後のセットはやめておけばよかったのだ。どのみち、大していい試合ではなかったのだし。へまばかりやるパムがゴードンと組んだのだから、あたしとあの——何ていったかしら——そう、ヘンリーには歯が立つはずもなかった。ヘンリー——苗字は何だっけ？

ヘンリーのことを思い出すうちに、シャーリーの足どりは我知らずのろくなっていた。ヘンリーは、これまでおよそ彼女の出会ったことのない新鮮な何かであった。このベルベリー近郊の若者たちとは、まるっきり違う。できるだけ公平に、シャーリーは知りあいの青年たちのことを思い浮かべた。牧師の息子のロビンは感じがいいし、彼女に献身的だ。いささか昔風の快い騎士道的精神を備えていて、東洋語学を専攻するというだけに、少々インテリ臭がある。それからピーター。とても子どもっぽく、世馴れていない。エドワード・ウェストベリーはずっと年長の銀行員だ。多分に政治好きらしい。みんな、このベルベリー生えぬきの若者なのだ。しかしヘンリーは外の世界に属している。そもそも誰かの甥だといって、紹介されたのだ。ヘンリーはこのベルベリーの小さなサークルに、一種超然とした、自由な雰囲気を持ちこんだような気がする。

超然とした、自由な雰囲気――とシャーリーは好もしげに心に繰り返した。それは彼女の讃美する資質であった。

ベルベリーには、そうした雰囲気はまったくなかった。みんながみんな、密接にかかわり合っている。この土地にはいったいに、家族的な連帯の空気が強すぎる。どの人間も土地に深く根をはり、分かちがたくここに属しているのだった……

あまりうまくいえないが、自分の考えていることを強いて表現しようとすれば、ざっとこんなところだろう、と彼女は思った。

一方、ヘンリーは誰に属する人間でもない。それははっきりしている。せいぜい近郊の誰かの甥に当たるというだけで、それもどうやら血はつながっていないらしい。

〝でもどこにも、誰にも、属していないなんて、滑稽だわ〟とシャーリーは考えた。〝ヘンリーだって人なみに両親や家族があったに違いないんですもの〟けれども彼の両親は、世界のどこか辺鄙《へんぴ》な土地で死んだのじゃないだろうか。たぶんまだ若いうちに。それともあの人のお母さんは、一生をリヴィエラあたりで暮らし、夫を何度もとりかえたような人なのかもしれない。

「おかしな話」とシャーリーは呟いた。「本当いって、あたしはヘンリーについて、何一つ知らないんだわ。苗字さえ――誰が今日、あの人を連れてきたのかということさえ」

しかし、それがヘンリーの、ヘンリーたる所以《ゆえん》なのだ。何一つこちらにわかっていないということが。ヘンリーはどんなときでも、あんなふうなのだろう――どこか摑みどころがなく、背景もはっきりしない――そのうちにふっと姿を消すが、名前も、誰の親類かということも、わからないままなのだ。ただ笑顔のひどく魅力的な、テニスの抜群に上手な青年というほかは。

「どういう組み合わせにしましょうか？」とメアリ・クロフトンがいったとき、ヘンリーは言下に平然と「ぼくがシャーリーと組んで、あなたがた二人を向こうにまわしますよ」といった。その人もなげないいかたが、シャーリーには好もしかった。それからへンリーはラケットをくるくるっと回していった。「どっちがサーヴする？」

ヘンリーは、いつでも自分のしたいように事を運ぶに違いない、とシャーリーは思った。

「こちらに長くいらっしゃいますの？」こうシャーリーが訊いたとき、ヘンリーは曖昧に答えた。

「さあ、たぶんそう長くは」

また会いたいとはいわなかったのだ。シャーリーはちょっと眉を寄せた。もう一度会いたいといってくれれば、うれしかったのに……

彼女はまた腕時計に目をやり、足どりを早めた。この分ではだいぶ夕食に遅れそうだ。ローラが小言をいうわけではないが。ローラはけっして怒らない。いつもやさしくしてくれる……

家が見えてきた。ジョージ王朝初期の様式で、なだらかな線が美しい。ちょっと不均衡な感じがするのは、十何年も前に建物の一翼が焼けたからで、建て直されることもなく、そのまま今日にいたったのだった。

シャーリーはまた、知らず知らずのうちに足どりをゆるめていた。どういうわけか、今日はすぐ家の中に入って行く気がしない。あのやさしくいたわり包んでくれるような四つの壁に囲まれるのを、望まない気持ちが動くのだ。西の窓からさしこんだ夕日が、いささか色あせた更紗のカーテンに当たっている。いかにも平穏な静けさ。ローラが温かい笑顔で迎えてくれる。いつも彼女を見守っているやさしいまなざし。昔ながらに忠実なメイドのエセルが夕食の料理を運んでくる。温かい雰囲気。愛と保護。そして家庭。そうしたものはたしかに人生でもっとも貴重なものではないのか。それがみな、彼女のものなのだ。彼女の側の労力や欲求を待つことなく、彼女を包み、押し迫り……

押し迫り？　何て奇妙ないいまわしだろう——とシャーリーは考えた。いったいどういう意味でそんな？

しかしそれこそ、彼女の感じているものだったのだ。圧迫——じわじわと、さだかに感じられる圧迫。いつか徒歩旅行のときに背負ったナップザックのずっしりとした重み——まさにそれだった。はじめは意識にものぼらないほどだが、次第にのしかかり、肩に食いこみ、圧迫する。まるで重荷を背負わされたように……

「いやあね、あたしったら、何てことを考えるのかしら？」こう呟いて、彼女は扉を開けひろげた戸口から家の中に小走りに駆けこんだ。

「シャーリー、あなたなの？」

「ただいま、すっかり遅くなってしまって」

「いいのよ。今夜はマカロニ・グラタンよ。エセルがオーヴンに入れたところ」

声とともに、ローラ・フランクリンが階段の角に姿を見せた。ほっそりした体格で、やや青ざめた白皙《はくせき》の顔に鳶色の目。ちょっと風変わりな目鼻だちが、どこか悲劇の女主人公といった雰囲気を漂わせていた。

階段をおりると、ローラはシャーリーにほほえみかけた。

「楽しかった？」

「ええ、とっても」

「いい試合だった？」

「まあまあね」

「誰かとくに面白い人がいて？　それともいつものベルベリーの顔ぶれ？」

「大体はベルベリーの人ばかりだったわ」

奇妙だこと、あれこれ訊ねられると、かえって返事をしたくなくなる。答えたって、どうということはないのに。あたしが楽しく午後を過ごしたかどうか、ローラが訊きたがるのは当然のことだ。自分の好きな人のことは、何でも知っていたいと思うものなのだから。

ヘンリーの家族もそうかしら、とシャーリーは考えていた。家庭でのヘンリーを想像してみようとしたが、どうにもイメージが湧かない。おかしないいかただが、家庭の中にいるヘンリーなんて、そもそもぴんとこないのだ。ヘンリーにだって、家庭ぐらいあるだろうに！

一つの場面をシャーリーはぼんやりと思い描いていた。ヘンリーの母親であるプラチナ・ブロンドの女性が南フランスから帰ってきて、少々度胆をぬかれるほど鮮やかな色の口紅で、丹念に唇をいろどっている。そこにヘンリーがぶらりと入ってきていう。

「ああ、母さん、帰ってきたの？」「そうよ、テニスをしてたの？」「ああ」好奇心も、いや、関心すらない。二人ともお互いのことにまったく無関心なのだ。

「何をひとりごとをいってるの、シャーリー？」とローラが訝しそうに訊いた。「唇を動かしたり、眉をあげたりさげたりして」

シャーリーは笑った。

「何でもないの。ちょっとした会話を想像していただけ」

ローラは怪訝な顔で見つめた。

「楽しそうだったわ」

「おかしな想像だったのよ」

このとき、エセルが食堂のドアの陰から顔を出していった。

「お夕食の用意ができました」

「手を洗ってくるわね、あたし」といい残して、シャーリーは階段を駆けあがった。

夕食がすんで二人で居間に落ち着くと、ローラがいった。

「今日、聖キャサリン秘書学校から要項を取り寄せてみたのよ。この種の学校では一流らしいけれど、あなたはどう思って、シャーリー？」

シャーリーは、若々しい愛らしい顔をちょっとしかめた。

「速記やタイプを習って、秘書になれっていうの？」

「いやなの？」

シャーリーは溜息をつき、それから笑いだした。

「あたしって、たいへんな怠け者なのね。家にいてぶらぶらしているのが、いちばん性に合ってるのよ。ねえ、ローラ、これまで何年も学校に行ったんですもの。この辺でちょっと一息ついちゃ、いけないこと？」

「あなたに本気で訓練を受けたいこととか、やりたいことがあれば、それに越したことはないと思うんだけれど」こういいながら、ローラの顔は一瞬かすかに曇った。

「家の先祖にも、あたしみたいな怠け者が一人くらいいたんじゃないかしら？」とシャーリーはいった。「あたし、ただ家にじっとして、ぼんやり夢でも見ていたいの。頼み甲斐のありそうなハンサムな夫と、大家族のやりくりに困らないだけの家計費と、そんな夢をね」

この軽口にローラは応じなかった。その顔にはまだ、心配げな表情が浮かんでいた。

「聖キャサリンのコースを取るとしても、ロンドンでどこに住むかが問題ね。従姉のアンジェラの家に下宿させてもらうっていうのは、どうかしら？」

「アンジェラの家はいやよ。ローラ、あたしをかわいそうだと思ってちょうだい」

「じゃあ、アンジェラは問題外として、ほかに誰か探してみることにするか、それとも、そうね、ロンドンには学生寮もあるでしょうし。いったんそういう所に落ち着いて、後から誰かと共同で部屋を借りてもいいわね」

「あなたと一緒に部屋を借りるのはどうしていけないの？」

ローラは首を振った。

「わたしはここにいるわ」

「ここに？　じゃあ、ロンドンにはこないの？」シャーリーはまさかというように気色ばんでいった。

ローラはあっさり答えた。

「あなたに悪い影響を与えたくないからよ」

「悪い影響ですって？　どうしてあなたが？」

「何ていうか、わたし、あなたをひとり占めにしたがる傾向が自分にありはしないかと思って」

「子どもをかわいがりすぎて、食べてしまうお母さんみたいに？　いやあね、ローラ、あなたはそんな人じゃないわ、けっして」

ローラは心もとなげにいった。

「そうでないといいんだけれど。でも」とちょっと眉を寄せて続けた。「自分のことって、よくわからないものだから」

「とにかく、そんな気を回す必要はないと思うわ、ローラ。あなたって人に命令したり、支配したりするたちじゃないわ——少なくともあたしに関する限り。あなたがあたしを顎で使ったり、威張りちらしたり、あたしの生活を代わりにアレンジするなんて、そんなこと、考えられないわ」

「だって、わたしはそれを現に今やっているんじゃなくて？　あなた自身が取りたくもない秘書養成コースを取るように、アレンジしたりして」

二人は声を合わせて笑いだした。

2

ローラはかがめていた背をもたげて伸びをした。

「四ダースね、全部で」

彼女は庭でスイートピーを束ねていたのだった。

「これだったらトレンドルの店に、いい値で引き取ってもらえるわ。茎《くき》は長いし、一本に四つも花がついているし。スイートピーは今年は当たったわね、ホーダー」

ごつくて、身なりの薄汚い、陰気な顔のホーダー老人は、唸るような声でしぶしぶ同意した。

「悪かねえだなあ、まあ」

ホーダーは自分の値打ちをよく心得ていた。年をとってお邸《やしき》づとめはやめたが、仕事の腕はたしかなもので、五年続いた戦争の後では貴重な存在として、あっちからもこっちからも引っ張り凧《だこ》だった。彼を何とか雇いたいものと、誰もがやっきになっていた。軍需産業で当てたという噂のキンドル氏の夫人が途方もない額の給料も提供したのに、ローラが彼を雇うことができたのは、ひとえに彼女の人柄のしからしめるところだった。

ホーダーはミス・フランクリンのもとで働くといいきった。あの嬢さんは親御さんの代から知っている——と彼はいった。「フランクリンの旦那は立派な紳士だった。子どものころのローラ嬢さんもよく覚えているしな」と。しかし、昔をなつかしむそうした気持ちだけでは、ホーダーを確保することはむずかしかっただろう。本当のところ、彼は彼のいわゆるローラ嬢さんのもとで働くことを好んだのだった。ホーダーはいった。ローラ嬢さんはきびしい人で、人をとことんまで働かせる。あの人の下では気を抜くとは許されない。よしんば外出することがあっても、留守中どのぐらい仕事に計《はか》が行ったか、ちゃんと心得ているのだ。だがそればかしじゃない。いい仕事をしたときはそれ相応に評価してくれ、惜しみなく褒めちぎり、感嘆する。おやつにはうまいものをたっぷり出すし、咽喉が渇けば、いつでも熱い濃い紅茶に砂糖をふんだんに添えてふるまってくれる。配給制の世の中だ、雇い人に物惜しみする人間は珍しくない。それにローラ嬢さんは庭仕事にかけちゃ、くろうとそこのけだ。花なんか束ねさせたら、わしより手早いくらいだ。わしより手早いなんて、ざらにあるこっちゃないんだが。それにいろんなことを思いつく。いつも前向きだ——あれこれと計画を立て——新しい考えもどしどし取りいれる。たとえばあの釣鐘形覆《クロシュ》いだ。あんなものが何の役に立つとわしはいった。ミス・ローラもそれはあっさり認めた。何にもならないかもしれないが、ためしに使ってみようって、そういった。そこでわしも折れて、ためしてみることにしたんだが。ところがどうだ、今年のトマトのみごとだったこと……

「五時ね」とローラはちらと時計を見て呟いた。「ずいぶん早くかたづいたわ」

彼女はまわりに並べられた金属製の花器や缶に目を走らせた。どれにも切り花がきっちり挿してある。翌日、ミルチェスターに持って行く分だった。切り花を花屋に、野菜を青果店に出荷しているのだ。

「当節、野菜はいい金になるでなあ」とホーダーがしみじみいった。「昔なら思いもよらないこったが」

「でも花に切りかえる態勢にしたのは間違ってはいないと思うのよ。戦争中はみんな、花に飢えていましたからね。それに野菜作りはこのごろ、あちこちでやりだしたし」

「まったく」とホーダーは嘆かわしそうだった。「万事、昔とは大違いだな。先代のフランクリンの旦那がおいでのころにゃ、お邸の庭で店に出すものを作るなんて、とんでもねえ話だったろうが。この庭なんぞも、まるで絵みたいにきれいだったねえ、あのころは。ウェブスターさんが庭師で、いっさいの世話をみてたっけが。あの人は火事の少し前から働きだしたんだったなあ。あの火事でお邸が丸焼けにならなかったのは、まったく運がよかったよ」

ローラはうなずいてゴムの前掛けをはずした。火事の少し前というホーダーの言葉から、十何年も前の火災のことを思い出していた。

火事は彼女の生活の、いわば転回点であった。それ以前の自分の姿を、ローラはぼんやりと思い浮かべた――不幸せそうな顔の、嫉妬ぶかい子どもで、おとなの関心と愛情をひたすらに乞い求めていた。

しかしあの火事の夜から、新しいローラが生まれたのであった。あの夜を境として、彼女の生活は、心ゆくばかり充実したものとなった。煙と炎の中からシャーリーを抱いて、やっとの思いで逃れ出たとき、ローラの生活は目的と意味を見出したのである。シャーリーを愛し、いつくしむことがそれであった。

彼女はシャーリーを死の手から救い出した。シャーリーは彼女のものだった。ほんの一瞬のうちに(今思えば、たしかにそんな気がする)、それまで重要きわまりない存在であった父親と母親の姿が背後に退いた。彼らの注意をひこうという切ない思い、彼らに必要とされたいという熱い願いはしぼみ、色あせた。たぶん彼女は両親を愛していたというよりもむしろ、愛されたいと一途に願っていたのだろう。愛こそ、彼女がシャーリーといういたいけなものに対して、突如感じた衝動であったのだ。それはすべての憧れを満足させ、まだおぼろげにしか理解されていない必要をさえ満たした。今や重要なのは彼女ローラでなく、シャーリーだったのだ。

彼女はシャーリーのために日夜心を遣い、その身に何の危害も及ばないように見守った。昼間は猫が乳母車の傍に寄りつかないように見張り、夜中に目を覚ますと、再度の火災の危険がないかと確かめた。シャーリーが片言で「あれを取って」といえば取り、「おもちゃを持ってきて」といえば持ってきてやった。少し大きくなると遊び相手になり、病気になれば一生懸命看護した……

十一歳の少女には、もちろん未来は予知すべくもなかった。短い休暇を利用してル・トゥーケに出かけたフランクリン夫妻の乗った飛行機がその帰途に墜落したのである。ローラはそのとき十四歳、シャーリーは三歳であった。とくに近い親類もなく、年とった遠縁の従姉のアンジェラという女性がいるだけだった。両親を失ったローラは将来について自分で細かく計画を立てた。そしてそれを克明に検討しておとなが異議をはさまないように、さらに手直しをした。その上で後見人たちの意見を求めたが、彼女自身はすでにはっきりと心を決めていたのだった。年とった弁護士とボールドック氏が遺言執行人兼管財人となっていた。ローラは、自分が学校をやめてずっと家にいることにするといった。シャーリーの世話は、今いる有能なナニーに引きつづき頼むつもりだ。自分の勉強はミス・ウィークスに住みこみで見てもらうことにし、あわせて家政もとってもらえばいいと思う、こういうのであった。行きとどいた提案で、実際的でもあり、これという支障もなさそうだった。ボールドック氏が、わしはガートン出の女は大嫌いだ、妙な考えにとりつかれて、ローラを頭でっかちの女学士に仕立てあげるのではないかと、わずかに反対を唱えたが、結局万事ローラの考え通りに運ばれたのだった。

ローラ自身は、ミス・ウィークスについては何の懸念もいだいていなかった——万般のことは、ミス・ウィークスでなく、彼女自身の裁量で決まると知っていたからである。ミス・ウィークスは頭のいい人で、数学に常軌を逸するほどの情熱をもっているが、家政にはおよそ何の関心もなかった。そんなわけで、万事がうまくいった。それまで小さな家を借りて不自由な暮らしをしていたミス・ウィークスは、生活の苦労にわずらわされずに安楽に暮らせるのでしごく満足していたし、ローラは、この家庭教師とボールドック氏が正面衝突しないように配慮した。メイドを新たに雇いいれるときや、シャーリーがはじめ幼稚園、ついで近郊の修道院附属の学校に入ったときにも、実際の決断はすべてローラが下した。表面はミス・ウィークスの判断ということになっていたが、実はローラの意見が大きくものをいったのだった。こんな具合にこれという波風も立たずに平穏な年月が過ぎ、シャーリーがある著名な寄宿学校に入ったときには、ローラは二十二歳になっていた。

その一年後に戦争が勃発し、生活のパターンは一変することになった。シャーリーの学校はウェールズに疎開し、ミス・ウィークスはロンドンの官庁に勤めることになった。家が空軍の将校宿舎として接収されると、ローラはもとの庭師の家に居を移して、近くの農場に手伝いとして通い、かたわら庭の一部を大きく囲って菜園を作った。

そして今から一年前にやっと、ドイツとの戦争が終わった。予想外に早く、ある日突然接収解除になった家を、ローラはせめてもできるだけ居心地よくしつらえようと努力した。シャーリーは疎開先から帰ると、大学に行って勉学を続けるなんてまっぴらだと、はっきり宣言していた。

あたしは学問向きじゃないのよ、そうシャーリーはいった。彼女の入っていた寄宿学校の校長もローラあての手紙の中に、いいまわしは少々異なるが、同じ意味のことを書いていた。

「シャーリーは、大学教育が裨益するタイプではないという感じがいたします。愛らしい性質の、たいへん聡明な生徒ですが、アカデミックな経歴には向いていないと申せましょう」

というわけで、シャーリーはそれっきり家にとどまり、かつてのメイドのエセルが戦争中一時勤めていた工場をやめて、万般の雑用をしてくれることになった。以前には奥女中格だったが、今はむしろ姉妹の友人兼お手伝いといったところだった。ローラは野菜と花卉《かき》の栽培を続け、いっそう綿密な計画を立てた。税金が高くなったので、財産からの収入にも、以前ほど頼れなくなっていた。家を手放さずにいようと思うなら、庭の費用だけでも、畑からあがる収益で賄わなければならない。できればただ採算がとれるというのでなく、利益をあげたい。

ゴムの前掛けをはずし、手を洗うために家に入ったとき、ローラは過去の年月をこんなふうに回想していたのだった。その年月を通じて、すべてのパターンの中心はシャーリーであった。

やっと歩きはじめたころのシャーリー。まわらぬ舌でローラに自分の人形のことを、あれこれ話して聞かせているいたいけな幼女。幼稚園から帰ってきたシャーリーが先生のこと、友だちのトミーやメアリのこと、ロビンのいたずら、ピーターの落書き、先生のお小言等々について、ペチャクチャとおしゃべりしているところ。

寄宿学校から、さまざまな話題ではち切れそうになって帰ってきたシャーリー。好きな友だち、嫌いな友だち、英語のジェフリ先生は「そりゃあやさしいのよ」とか、「数学のアンドルーズ先生はとてもいやな人なの」とか、フランス人の先生にクラス中でひどいいたずらをした話とか――

思えばシャーリーは、いつも何でも包み隠しなく、気取らずにローラに打ち明けた。二人の姉妹の間柄は一風変わっていた。姉と妹としては、年が離れすぎていたし、親子とは違って、世代の懸隔があるとまではいかない。うるさく問いかけなくても、シャーリーはいつも「ああ、ローラ、聞いて！」と夢中で話し続けるのだった。ローラは耳を傾け、笑い、返事をした。異議を唱えることもあれば、賛意を表することもあった。

シャーリーが学校生活を打ち切って家に落ち着くようになって以来、すべてが昔にもどったような感じがした。毎日、二人はその日起こったことについて、くわしく報告しあった。シャーリーはロビン・グラントのことや、エドワード・ウェストベリーのことを屈託なく話題にのぼらせた。あけっぱなしの、愛情こまやかなたちで、その日その日の出来事について、逐一姉に話すのを、むしろ当然と思っているらしかった。

ところが昨日は、ちょっと様子が違っていた。ハーグリーヴズ家にテニスをしに行ったのだが、帰宅してから妙に口数が少なく、はかばかしい受け答えもしなかった。

なぜだろう、とローラは訝しく思った。もちろん、シャーリーももう子どもではない。自分自身の考えや生活をもつのは当たり前だし、悪いことではない。ローラとしてははただ、彼女がそうしたひとり立ちの生活をいちばんいい形ではじめるにはどうしたらいいか、決断を下すだけだ。ローラは溜息をついて、ふたたび時計を見やり、ボールドック氏を訪問しようと心を決めたのだった。

第二章

1

ローラが小径から門に近づいたとき、ボールドック氏は庭仕事に余念がなかった。ローラを見ると、彼は唸るような声で呼びかけて、いきなり訊いた。

「わしのベゴニアをどう思うね？　なかなかどうして、大したものだろうが」

ボールドック氏の庭作りの腕前は、実のところきわめてお粗末なものだった。にもかかわらず、彼はあきれるほどのうぬぼれ屋で、何度失敗してもけろりと忘れるところがご愛嬌だった。彼の友人たちはいわず語らずのうちにそうした失敗にはふれないことにしていた。ローラはおとなしく、いささか貧弱なそのベゴニアを眺めて、「きれいですわ」といった。

「きれいだって？　絢爛たるものだ、といってほしいね」すっかり年を取って十八年前より格段にでっぷりふとったボールドック氏は、雑草を抜くために少し身をかがめながら、ちょっと息苦しそうに呻いた。

「この夏はよく降るから、取る傍から草が生えてきおる」とボールドック氏はぶつくさいった。「サンシキヒルガオというやつが、中でも始末におえん。まったく悪魔がとりついているとしか、思えんよ！」ぜえぜえと苦しげに喘ぎながら、彼は訊いた。「さてローラ、きょうは何だね？　心配ごとか？　まあ、話してみなさい」

「本当にわたしって、何かあると、きまってここへきますのね。九つぐらいからずっとそうでしたわ」

「妙な子どもだったよ、あんたは。小さな、尖った顔に目ばかりぎょろぎょろ大きくてな」

「わたし、自分のしていることが正しいかどうかが気になって」

「わしなら、そんな心配はしないがね。ちょっ、執念ぶかいやつめ！」（これはサンシキヒルガオに対する悪罵であった）「そうとも、わしならそんなことで頭を悩ましはせん。ある種の人間には、正邪の観念が生まれながらに備わっているものだ、音楽を聞きわける耳のように」

「道徳的にいって正しいかどうかっていうより――賢明かどうかってことでしょうか」

「そうなると、問題はまったく別だがね。だいたい人間てやつは、愚かしいことをやるものさ、賢いことよりもはるかにしばしば。ところでいったい、何のことだね？」

「シャーリーのことですわ」

「シャーリーか。そうだろうな。あんたはいつだってシャーリーのことしか、頭にないんだから」

「わたし、シャーリーをロンドンにやって、秘書養成のコースを取らせようと考えていたんですの」

「およそ馬鹿げてるね。シャーリーはかわいらしい子だが、有能な秘書になんぞ、逆立ちしてもなれないだろうよ」

「でも、ゆくゆく何かで身を立てていくようにしておきませんと」

「近ごろではみんなそういうがね」

「それにわたし、あの子にもっといろいろな人に会う機会を与えてやりたいんですの」

「ちょっ、このイラクサめ！」とボールドック氏は刺された手を痛そうに振った。「いろいろな人に会う機会？　どういう意味だ？　一般大衆か？　雇用主か？　ほかの女の子か？　それとも若い男か？」

「そう、たぶん年ごろの青年のことだと思いますわ」

ボールドック氏はくすりと笑った。

「その点なら、このベルベリーでも、シャーリーはけっこううまくやっているよ。あのお母ちゃん子のロビン——牧師の息子の——あの男が近ごろしきりに色目を使っているらしいし、ピーターもすっかりまいってる。エドワード・ウェストベリーまでが薄くなりかけている髪の毛にブリリャンティンをつけはじめたしね。この前の日曜日に教会でやけにぷんぷん臭っていたっけ。〝おや、だれがお目当てだろう？〟と思ったんだが、会堂を出たとこで奴さん、まるで間の悪い小犬みたいにもじもじしながら、シャーリーに話しかけていたっけ」

「あの子自身は、とくにそのうちの誰が好きということもないようですけれど」

「それでいいじゃないか。急ぐことはない。まだ若いんだから。ところでローラ、なぜ、あの子をそんなにロンドンにやりたいんだね？　あんたも一緒に行くのかね？」

「いいえ。わたしから引き離すという意味もありますの」

ボールドック氏はかがめていた背をぐっと伸ばした。

「なるほどね」彼は訝しげにローラを見やった。「いったい全体、あんたは何を考えているんだ、ローラ？」

ローラは砂利《じゃり》道に目をおとした。

「あなたがいまおっしゃったように、たしかにわたし、シャーリーのことしか、頭にありません——あまり愛していますので、あの子のためにならないことをしているんじゃないかと心配でなりませんの。わたしの傍から離さないように縛りつけようとしているんじゃないかと」

ボールドック氏の声は、思いがけずやさしかった。

「十歳も下なんだからね。ある意味では妹というより、娘のようなものだ」

「まあ、そうですわね。わたし、あの子をいつも、母親のように庇《かば》ってきましたわ」

「ふむ。あんたは賢いから、母性愛がしばしば専横になる危険をはらんでいることに気づいていたわけだ」

「その通りですわ。わたし、ぜったいにそんな姉になりたくないんです。シャーリーは自由であってほしい——とにかく何ものにも縛られずにいてほしいと思いますの」

「それでこの際、巣から押し出そうというんだね？　あの子が世の中に出てひとり立ちするように」

「ええ、でも確信がもてなくて——それは賢明なことでしょうか？」

ボールドック氏はいらいらと手で鼻の頭をこすった。

「まったくおまえさんたち女ときた日にゃ！　気にしてもどうにもならないことに、よくもまあ、くどくど頭を悩ますこった。賢明か、賢明でないか、そんなことがどうしてわかる？　シャーリーがロンドンに行き、ひょんなことからブルームズベリあたりでエジプト人の留学生といい仲になってコーヒー色の赤ん坊を生み落とすなんてことにでもなりゃ、あんたはさしずめ、〝みんな、わたしが悪かったんです〟と自分を責めるこったろう。その実、誰かに責任があるとすれば、そりゃ、シャーリー自身と、おそらく相手の男のせいで、あんたの知ったこっちゃありゃせんのにな。またシャーリーが秘書になる訓練を受けていい職にありつき、そのうえで勤め先の社長と結婚することになれば、あんたはおおかた、やっぱり〝わたしの判断は間違っていなかった〟というだろうがね。下らんよ！　だいたい、他人の生活に首を突っこんで、いいように按配することなんぞ、できるこっちゃない。つまり問題はシャーリー自身に分別があるかないかだ。いずれは時が示してくれる。ロンドンに行かせるのがいいと思ったら、そのように運ぶがいい。だが、あまり大真面目に考えんことだ。それがあんたの欠点だよ、ローラ、人生を正面切って考えすぎる。まあ、女にはありがちなことだが」

「あなたならそうはしないっておっしゃるんですの？」

「わしはサンシキヒルガオには真剣に立ち向かう」とボールドック氏は雑草の山を憎さげに睨みつけた。「アブラムシも、自分の胃袋の調子も、ゆるがせにはせん。胃袋をないがしろにすると、とんでもないことになるからね。だが、他人の人生と真正面から取り組むなんてことは金輪際する気はないよ。ひとつには人それぞれの生活に、少なからぬ敬意を払っているからだが」

「あなたにはおわかりにならないんですわ。シャーリーが人生につまずいて不幸になりでもしたら、わたし、我慢できないんです」

「馬鹿も休み休みいいなさい」とボールドック氏はずけずけといった。「不幸だから、どうだっていうんだね？　たいていの人間は不幸だよ、しょっちゅうとはいわないまでも、ちょいちょいね。何にでも辛抱が肝心さ。人間、不幸にも耐えていかなくっちゃいけない。この世の中を渡って行くには、勇気がいる。勇気と朗らかな心がね」

ボールドック氏はきっとローラを眺めやった。

「それより、あんた自身のことはどうなんだね？」

「わたしのことですって？」とローラはびっくりしたように問い返した。

「そうだよ。自分の不幸には、耐えられるのかね？」

ローラは微笑した。

「そんなこと、考えてみたこともありませんでしたわ」

「なぜ、考えない？　自分のことも少しは考えるものだ。自分のことをまるっきり考えない女は料理下手の女同様、始末が悪いことおびただしい。あんたは人生に何を望んでいるんだね？　二十八といや、女盛りだ。自分でも、少しばかり、男をあさってみようって気にはならないのかね？」

「妙なことばかりおっしゃるのね、ボールディー」

「糞いまいましい！」とボールドック氏は怒鳴った。「あんただって、れっきとした女じゃないか。見てくれだって、まずい方じゃない。しごく健康正常な女性だ。それとも正常じゃないっていうのかね？　男があんたにキスをしようとしたら、どんな反応を示す？」

「あいにくと、めったにそんなことはありませんわ」

「なぜだね？　あんたの方にその用意がないからだよ」彼は指を一本突き出して、激しく振った。「いつも上の空だからさ。おとなしやかなスーツを着こみ、わしのお袋さんの御意に叶いそうなつつましやかなスタイルで。郵便ポストのようなけばけばしい色に唇を塗りたくったり、爪をいろどったり、なぜ、そういう小細工を試みんのだ？」

ローラは呆気《あっけ》にとられて見つめた。

「あなたはいつも、口紅をつけたり、マニキュアをしたりしている女を見るとぞっとするって、口癖のようにおっしゃってるじゃありませんか？」

「当たり前だ。わしをいくつだと思う？　七十九だよ！　だがああした小細工は、それなりに一つのシンボルだ。〝わたしは売りものです。自然の考案したゲームに参加する用意十分です〟というしるし、いってみりゃ、連れあいを呼び求める声なのさ。ところがローラ、あんたは誰にでも気に入られるタイプじゃあない。ある種の女たちのように、わたしは女でございとばかり、セックスの旗をこれ見よがしに掲げもしない。あんたの方で指一本動かさなくても、あんたという女を探しだして、求める男もないわけじゃなかろう。あんたのような女こそ、自分の求めるただ一人の女性だと考えるだけの目のある男たちも、広い世界のどこかにはいるだろう。しかし、そうした男にめぐり会うことは、そうそう当てにはできんものだ。だからこそ、あんたの方でも、少しは努力する必要があるんだよ。女だということを思い出して女らしくふるまい、自分にふさわしい男を探しだすのさ」

「ボールディー、あなたのお説教は面白いし、喜んで傾聴いたしますわ。でも、わたしって絶望的に見ばえがしないんですから」

「つまり一生オールドミスでいようっていうのかね？」

ローラはちょっと顔を赤らめた。

「そういうわけじゃありませんわ、もちろん。ただ、一生結婚しそうにないと思います

す」

「そうじゃないわ。ただね、わたしみたいな者に恋をする人なんて、ないと思うんで

「敗北主義か！」とボールドック氏はいまいましそうにいった。

の」

「男ってやつは、どんな女にだってひっかかるよ」とボールドック氏はぬけぬけといった。「にきび面だろうが、しゃくれ顎だろうが、それこそ、馬鹿でも、マヌケでも、何でもござれさ。あんたの知っている悪妻どもを思い出してみるがいい！　問題はローラ、あんたが男の気をひくことに、およそ何の関心ももっていないことだ。愛することだけを望み――愛されることを望まない。まあ、無理もないともいえる。なぜって、人に愛されるということは、ある意味では重荷を負うことなんだからね」

「わたしがシャーリーを愛しすぎる、そうおっしゃりたいんですの――それは専横な所有欲だと？」

「いや、そうはいわん」とボールドック氏はゆっくりいった。「あんたの場合、所有欲とはいえんだろう。あんたには、そういうところはないと思うよ」

「いったい、人を――愛しすぎるということもあるものなのでしょうか？」

「もちろんだよ」とボールドック氏は怒鳴るようにいった。「過度ということは何にで

もある。食いすぎ、愛しすぎ……」
ボールドック氏は声の調子を変えて吟じた。

くさぐさの愛のかたちは
人の憂いをいや増すのみ

「この詩をあんたのパイプにつめてくゆらし、よく考えてみることだね」

2

ローラは微笑を浮かべながら帰途についた。家に入ると、エセルが奥から出てきて、小声で囁いた。
「お客さまが、お待ちです。グリンエドワーズさまとかって、まだお若い方ですわ。お客間にお通ししておきました。お待ちになるっておっしゃいましたので。ちゃんとした紳士ですわ。掃除機の売りこみとか、失業して困っているとか、そんな話をしそうには見えません」

ローラはちょっと微笑して、エセルの判断を信用することにした。

グリンエドワーズ？　思い出せない。戦時中ここに寝泊まりしていた若い空軍将校の一人かもしれない。

そんなことを考えながら、ローラはホールを横切って客間に入った。

立ちあがって彼女を迎えたのは、まったく見も知らぬ男だった。

そしてそれこそ、その後の年月を通じて、ヘンリーに関する彼女の印象だったのである。見知らぬ男――この感じはついに変わることがなかった。

青年は微笑を浮かべていた。待ちかねていたような、いかにも人好きのする微笑だった。しかし、ふとその笑顔が揺らぎ、びっくりしたような表情が浮かんだ。

「ミス・フランクリンですか？　でもあなたは――」ふと気づいたようにまた笑って、青年は気後れも見せずにいった。「わかった。妹さんだったんですね」

「シャーリーのことですの？」

「そうなんです」青年は明らかにほっとしたらしく答えた。「シャーリーです。昨日お目にかかったんですが――テニスで。ぼくはヘンリー・グリンエドワーズといいます」

「どうかお掛けになって」とローラはいった。「もう帰ってくるころですわ。牧師館にお茶によばれて行きましたの。シェリーでもいかがですかしら？　それともジンを？」

　シェリーをいただくとヘンリーは答えた。

　二人はしばらくあれこれと、とりとめのない会話をかわした。ヘンリーの態度は申し分がなかった。ちょっと内気らしく見えるのが好感をそそった。あまり自信たっぷりに魅力をひけらかすと、かえって反感を招くものだ。ヘンリーはどぎまぎするようなこともなく、明るく磊落《らいらく》に話をしたが、育ちのよい青年らしく、快活なうちにもローラに敬意を払うことを忘れていなかった。

「ベルベリーにご滞在ですの？」

「いや。エンズムアの伯母の家にきてるんです」

　エンズムアは、ミルチェスターの先の町で、ベルベリーからは六十マイルあまりあった。

　ローラの少々びっくりした顔に、ヘンリーは説明が必要だと見てとったらしかった。

「きのう、誰かのラケットを間違えて持って帰ってしまいましてね。間抜けな話ですが、ひとっ走り取りかえようと思ってベルベリーにきたんです。ちょうどガソリンがうまく手に入ったものですから」

　こういって、他意なさそうにローラを見つめた。

「それでラケットはありまして？」

「ええ、幸いに。ぼくって、ひどいうっかり者なんですよ。フランス戦線にいたころ、しばしば背嚢《はいのう》を紛失したものです」

こういって、愛嬌たっぷりに目をぱちぱちさせた。

「で、まあ、ベルベリーまできたついでに、シャーリーに会って行きたいと思ったわけで」

どこか弁解がましい気がしないこともなかったが、そうした内気さは、むしろ好感がもてた。あまり自信ありげなのは嫌みだから、とローラは思った。感じのいい青年だ。いかにも魅力がある。ローラにとって不可解だったのは、彼女自身の胸にはっきりと兆した敵意であった。

これも占有欲の一種かしら、とローラはふと考えた。昨日この人に会ったのに、シャーリーはなぜ、自分に一言もいわなかったのだろう？

二人はなおも四方山《よもやま》話をかわした。もう七時を回っていたが、ヘンリーは、慣習上適切とされている訪問時間に縛られるたちではないらしかった。シャーリーに会うまでは、ここを動かぬつもりらしい。シャーリーはいつになったら帰ってくるのだろう。たいていならもう帰っている時分なのに。

ちょっと失礼といいおいて、ローラは電話の置いてある書斎に行った。

まず牧師夫人が出た。

「シャーリーですって？　ああ、ローラ、あなたなのね。ええ、まだいらっしゃいますよ。ロビンとクロック・ゴルフの最中ですの。いまお呼びします」

ちょっと間を置いて、快活な、弾んだシャーリーの声が答えた。

「ローラ？」

ローラは素っ気なくいった。

「あなたに会いたいって、崇拝者が見えててよ」

「崇拝者？　だれなの？」

「グリンエドワーズさんとかって。一時間半ぐらい前に、とびこんできたのよ。あなたに会わないうちは帰るつもりがないらしくて。わたしたち、お互いに話すことがなくなりかけて困っているの」

「グリンエドワーズさん？　そんな名、聞いたことないわ。とにかく帰らなくちゃだめらしいわね。残念だわ、ロビンの記録をやぶるところだったのに」

「きのう、テニスであなたに会ったとかって」

「まさか、ヘンリーじゃないでしょうね？」

シャーリーは信じられないといった口調で、息を弾ませていった。せきこんだ口調に、ローラはちょっとびっくりしていた。

「そのヘンリーかもしれないわ」とあいかわらず素っ気なくローラは答えた。「何でも、伯母さんの家に滞在しているとかって——」

シャーリーがせきこんだ口調で遮った。

「ヘンリーだわ。あたし、すぐ帰ります」

ローラはちょっとショックを感じて受話器を置き、のろのろと客間にもどった。

「シャーリーはじきもどります」客にこう告げて、思い出したように付け加えた。「お夕食、ご一緒にしていらして下さいな」

3

食卓についたまま、ローラは椅子の背に身をもたせかけて、ヘンリーとシャーリーの様子を見守った。まだ外はとっぷりとは暮れておらず、カーテンもあいたままになっていた。何か話しては顔を寄せあっている二人を、夕明かりがやさしく照らしていた。

突き離したような気持ちで二人を見守りながら、ローラは自分自身のうちにつのりつつある不安な思いを、何とか理解しようとつとめていた。ヘンリーを毛嫌いしているのだろうか？　そんなことはない。たしかに魅力もあり、好もしい青年だ。品も悪くない。まだ彼について何も知らないのだから、冷静な判断が下せるわけもないけれど。しかし、万事に少し無造作すぎはしないだろうか？　無頓着な、風来坊のような雰囲気がありはしないか？　そう、それだ――風来坊なのだ、この人は。

もっとも彼女のそうした感情の大もとがシャーリーにあることは、疑いのないところだった。何もかも知りぬいていると思っていたある人のうちに、今までまったく知らなかった面を見出したときの強いショックを、ローラは感じていたのだった。ローラとシャーリーは過度にべったりといった間柄ではなかった。しかし、シャーリーは昔から嫌なこと、うれしいこと、やりたいこと、がっかりしたこと、何でも隠さずに姉に打ち明けてきた。

けれども昨日、ローラが何気なく、「誰か面白い人がいて？　それとも、いつものベルベリーの顔ぶれ？」と訊ねたとき、シャーリーは無関心な口調で、「たいていはベルベリーの人よ」といったのではなかったか？

なぜ、シャーリーはヘンリーのことをいわなかったのだろう？　さっき電話で急に息を弾ませて、「ヘンリーじゃないでしょうね？」といったあの口調。

ローラは、すぐ傍らで続けられている二人の会話に注意をもどした。

ヘンリーがいっていた。

「あなたさえ、よければ、カーズウェルで拾ってあげますよ」

「行きたいわ。競馬会って、行ったことないんですもの……」

「マールドンは競馬場としちゃ、二流ですけれどね。ぼくの友だちの馬が走るんです。もしかしたら……」

これは求愛の一場面だと、ローラは平静な、妙に超然とした気持ちで考えていた。ヘンリーの、理由のはっきりしない突然の訪問。ガソリンが手に入ったからなどという取ってつけたようないいわけ。この青年はシャーリーに強くひきつけられているのだ。この一幕がこれで終わるとは、とても思えなかった。それどころか、すでに今後の事態がかすかに予測できるような気さえした。

ヘンリーとシャーリーは結婚することになるだろう……ローラは、そう直感し、確信した。しかし、ヘンリーは見も知らぬ別世界の人間だ……おそらく今後も……

しかし、シャーリーは？　シャーリーにとっては、ヘンリーは別世界の人間ではないのだろうか？

第三章

1

「シャーリー、きみ、ぼくの伯母に会ってくれるかな？　その方がいいんじゃないかと思うんだ」

こういってヘンリーはいささか心もとなげにシャーリーを見やった。

「おそらくひどく退屈だろうけど」

二人は馬場の柵にもたれて、19と書かれた腹帯をつけた馬がたった一頭、グルグルと引き回されている様子をぼんやり見守っていた。

競馬会にきたのは、シャーリーにとってはこれが三回目だった。ほかの青年なら、映画にでもと誘うところを、ヘンリーはいつもきまってスポーツを選んだ。こうした選択もまた、ヘンリーをシャーリーの目に他の青年たちから際立たせている、わくわくするような斬新さだったのだが。

「退屈なんか、しないと思うわ」とシャーリーはやさしく打ち消した。

「退屈しないわけにはいかないだろうね、どうしたって。伯母は星占いに凝っていてね。おまけにピラミッドの正確な高さだとか、面積だとか、妙なことばかりいうんだから」

「ねえ、ヘンリー、あたし、あなたの伯母さまのお名前も知らないのよ」

「そうだっけ？」とヘンリーは驚いたようにいった。

「やっぱり、グリンエドワーズっておっしゃるの？」

「いや、フェアバラだ。レディー・ミュリエル・フェアバラだよ。けっこう話せる人間なんだ。ふらっと訪ねて行っても、黙って帰っても気にしないし。借金で首が回らないときにも、あまり文句もいわずに助けてくれるし」

「あれ、ずいぶん貧弱な馬ねえ」とシャーリーは19番の馬を眺めながらいった。その実、もっとべつな話題を持ちだそうと、しきりにうずうずしていたのだった。

「まったく不景気な馬だね。トミー・トウィスドンの持ち馬の中でもとびきりしょぼくれているよ。最初の障害でダウンだろう、あれじゃ」

さらにもう二頭の馬が馬場に入れられ、柵のまわりの見物人の数も若干ふえていた。

「今度はどのレースだろう？　第三レースだったかな？」とヘンリーは手にした紙に目

をやった。「番号はもう発表になったかな。18番は出場するのかしないのか」

シャーリーは後ろの掲示板をちらっと振り返っていった。

「馬のこと、ずいぶんよくご存じなのね、ヘンリー。小さいころ、飼ってらしたの？」

「おおかたは、競馬の予想屋から仕入れた知識さ」

シャーリーは思いきって、前から訊ねたいと思っていた質問をした。

「おかしいと思うのよ、あたし、あなたのこと、ほとんど何にも知らないんですもの。あなたにはお父さまやお母さまはいらっしゃるの？　それともあたしと同じにみなしごなの？」

「父も母も空襲で死んだんだ、カフェ・ド・パリにいたときに」

「まあ、ヘンリー！　お気の毒だわ！」

「そうなんだ」とヘンリーはうなずいたが、大して悲しそうにも見えなかった。自分でも気がついたらしく、彼はすぐ付け加えた。「もちろん、もう四年も前のことだしね。ぼくだって、それなりに父や母を愛してはいたよ。しかし、思い出したからって、どうってことはないからね」

「そうねえ」とシャーリーはあやふやな口調でいった。

「でも、なぜ、そんなこと、訊きたがるんだい？」とヘンリーはふしぎそうに訊いた。

「だって――いろいろなことを聞きたいものじゃなくて、知っている人については？」

とシャーリーは少々いいわけがましくいった。

「そうかな？」とヘンリーは思いがけないことでも聞かされたように呟いた。「とにかく、伯母に会うといい。ローラの心証をよくするから」

「ローラがどうかしたの？」

「あの人は世間体を考えるたちらしいからね。ぼくが身元の確かな人間だということがわかれば、安心するだろうし」

その後間もなく、レディー・ミュリエル・フェアバラからシャーリーあてに、丁重な招待状が届いた。昼食にきていただけるとうれしい、ヘンリーが車でお迎えに行くからという文面だった。

2

ヘンリーの伯母は絵で見るメアリ・スチュアートによく似た顔だちで、ひどくちぐはぐな、はでな色の毛織のコートやスカートを身にまとい、せっせと編み物をしていた。

白髪まじりの、くすんだ茶色の髪の毛をクルクルと丸め、その髷《まげ》から乱れた後れ毛が四方八方にツンツン飛びだしていた。

曖昧な、摑みどころがないといった感じなのに、ふしぎと生き生きした印象を与える女性だった。

「よくきて下さいましたねえ」温かい口調でこういってシャーリーの手を握り、そのはずみに毛糸の玉を転がして、ヘンリーにいった。「いい子だから、あれを拾っておくれ。お嬢さん、あなたは何年何月のお生まれですの？」

一九二八年九月十八日とシャーリーは答えた。

「すると――おとめ座ね――そうだと思いましたよ。正確には何時に？」

「さあ、それは――」

「まあ、残念ですこと。ぜひとも調べて知らせて下さいな。大切なことなんですよ、これは。そりゃそうと、あの編み針はどこに行ったのかしら、八号の編み針は？　わたしねえ、海軍さんのセーターを編んでいますのよ。ハイネックのプルオーバーですの」とひろげて見せた。

「よっぽど体格のいい水兵に当たるんでなきゃ、ダブダブだろうね」とヘンリーがいった。

「いろいろなサイズの人間が揃っているからね、海軍には」とミュリエル伯母は気にもとめずにいい、「陸軍だって、その点は同じだけれど」と付け加えた。「タグ・マリ少佐っていう人が陸軍にいたけれど、重さが十六ストーンもあってね――ポロの試合のときには、特別の馬をあてがわなければならなかった。でもあの人が打球の邪魔に入ると、鉄壁の守りだったっけ。それがまあ、ピッチリーのチームとの試合で首の骨を折ってね――」といとも快活に付け加えた。

ドアがあいて、年をとったよぼよぼの執事が昼食の用意ができたと告げた。

三人は食堂に行った。料理は平凡なもので、銀のナイフもフォークも平生あまり磨いてないらしく、みにくく曇っていた。

「メルシャムもかわいそうに、すっかり老いこんでしまって」執事が去ると、レディー・ミュリエルはいった。

「目がもうぜんぜん見えないんですよ。それに、あまり手が震えるので、ちゃんと給仕をして回れるかどうか、心配なくらい。料理はサイドボードに置いて行くだけでいいって、口がすっぱくなるくらい、いうんですが、いうことをきかなくて。どうせ磨くわけでもないし、こんな銀のナイフやフォークも、いっそしまっとく方がいいんですけどね、メルシャムが承知しませんのでね。その上、新しいメイドと、くるそばから衝突するんですの。この節は妙な女の子ばかりやってくるから無理もないんですけれど。昔はこうじゃなかったって、口癖のようにいうんですよ。昔ながらのものなんて、当節はあるわけがないんですが。戦争だの、何だの、いろいろなことがありましたからねえ」

食後ふたたび客間にもどると、彼女は聖書の予言や、ピラミッドの高さ、さらに衣料切符の闇相場、多年草で縁取りした花壇についての苦心など、種々雑多な問題について勢いよく意見を述べた。

やがて急に編み物の手を止め、クルクルっとそれを丸めると、シャーリーに庭を見せたいといいだし、ヘンリーには運転手への伝言を命じて追いやった。

「面白い子ですよ、ヘンリーは」と連れだって歩きながら彼女はいった。「ひどく自分中心ですし、金遣いが荒いけれど。もっともあんな育ち方をしたんでは、まあ、無理もありませんけどね」

「お母さま似なんでしょうか？」とシャーリーは遠慮がちに訊いた。

「いいえ、とんでもない。ミルドレッドはいつもそりゃあ、倹約家でしたよ。倹約が生き甲斐っていえるほどに。弟がどうしてあの人と結婚したのか、想像もつきませんわ。美人というわけでもないし、ひどく退屈な人でね。二人してケニヤの農場にいたころには、けっこう幸せだったんでしょうね。本気で農業に取り組む人たちの間に住んでいたし。そのうちに弟がはでな連中とつきあうようになって。ミルドレッドにはあんな暮らしは性に合わなかったでしょう」

「ヘンリーのお父さまは――」

「ネッドは破産者裁判所に三回もご厄介になりましたが、話し相手としては楽しい人でした。ヘンリーを見ていると、ときどきネッドを思い出すんですよ。ああ、そうそう、そこのアルストロメリア――あれはどこでもすくすく育つって草じゃないんですよ。わたしの庭ではなかなかいい花が咲きましたけれどね」

しぼんだ花を一輪つみとって、レディー・ミュリエルはちらりとシャーリーに視線を走らせた。

「あなたは本当におきれいだこと――ぶしつけなことをいって、気を悪くなさらないで下さいよ。それにとてもお若いのねえ」

「十九ですわ」

「そう……まあねえ。あなたも近ごろの器用なお嬢さんたちのように、いろいろなことがおできになるの？」

「あたし、器用じゃありませんの。姉は秘書養成のコースを取るように勧めますけど」

「いいでしょうね。国会議員の秘書なんか、面白いそうですわ。もっとも、なぜ面白いのか、わたしにはさっぱりわかりませんけどねえ。でも、何をなさるにしても、そう長くはお勤めにならないでしょうね、あなたは。いずれはご結婚なさるんでしょうから」

レディー・ミュリエルは溜息をついた。「おかしな世の中になりましたわ、まったく。古い友だちからちょうど手紙をもらったんですが、娘が、まあ、歯医者と結婚したんですって。わたしの若いころには、いい家の娘が歯医者と結婚するなんて、およそ考えられないことでしたけれど」

ふと頭を振り向けて彼女はいった。

「おや、ヘンリーがきますわ。ヘンリー、あんたはこのミス——ミス——」

「ミス・フランクリンですよ」

「ミス・フランクリンを、わたしから取りあげにきたんだろうね」

「ベリー・ヒースまでひとっ走りしようかと思うんです」

「また、うちのハーマンにせがんで、ガソリンを手に入れたの?」

「ほんの二、三ガロンだけですよ、ミュリエル伯母さん」

「いやですよ。自分の車のガソリンぐらい、自分で何とかするものです。うちの分だけだってさんざん苦労して手に入れているんですからねえ」

「まあ、いいじゃないですか。勘弁して下さいよ。伯母さん」

「じゃあ、今度だけですよ。ではさようなら、お嬢さん、お誕生の正確な時刻を知らせて下さいね、忘れずに。ちゃんと星占い図を描いてさしあげますわ。それからね、緑色のものをお召しになることよ。おとめ座の人には、緑色がいいんです」

「ぼくは水がめ座。誕生日は一月二十日だ」とヘンリーがいった。

「だから不安定なんですよ、あんたは」とレディー・ミュリエルはぴしゃりといった。

「覚えておきなさい、お嬢さん。水がめ座の人はみんな頼りにならないんですから」

「ひどく退屈しやしなかったかい？」

自動車を発進させながらヘンリーがいった。

「そんなことなくてよ。伯母さまって、とても魅力のある方だわ」

「それはちょっといいすぎだな。悪い人間じゃないが」

「あなたのこと、とてもお好きなのね」

「そういうわけでもないがね。ただぼくが出入りしても、気にしないんだ」

ヘンリーは付け加えた。

「これで賜暇《しか》もほとんど終わりだな。でもそのうちには復員できると思うんだ」

「復員したら、何をなさるつもり？」

「さあ。弁護士になろうかと思ったこともあるけど」

「どうしてだめなの？」

「弁護士なんてあくせくと忙しいからね。それより商売でもはじめようかと思っている」

「どんな商売？」

「とにかく、はじめは誰か友だちが力を貸してくれないとね。銀行に一人二人知りあいがいるし、実業界のお偉方も二人ばかり知っているから、下からやりあげる気なら何とかしてくれそうなんだ。金はあんまりない。正確には年三百ポンドぐらいだろう、ぼくの自由になる金は。親類はたくさんいるが、みんな、おそろしくけちでね。ミュリエル婆さんはときどき助けてくれるが、彼女も金詰まりでね。ぼくの名付け親は、うまく持ちかければ、かなりものわかりがいいおばさんなんだが、そりゃあ、きみとしても、これじゃあ、相手としてちょっと不足だということはわかっているよ。でも……」

「いったい、何だってそんなお話、あたしになさるの？」とシャーリーはヘンリーがなぜ、急にこんなことを並べたてるのかと、不審そうな顔で訊ねた。

ヘンリーは顔を赤らめた。車が酔っぱらったように大きく揺れた。

ヘンリーはほとんど聞きとれないような、くぐもった声で囁いた。

「わかっていると思っていたんだ……きみは……きみは本当にすばらしい人だ……ぼく

と……結婚してくれないか？……お願いだ、ぜひともぼくと結婚してほしいんだ……」

3

ローラはどうしようもないといった表情で、つくづくとヘンリーを見やった。まるで凍《い》てついた断崖をよじのぼるようなものだ——ずるずる後退するばかりで、いっこうに埒《らち》があかない。

「シャーリーは若すぎるわ。まだ結婚する年じゃありませんよ」

「だってローラ、もう十九なんですよ、シャーリーは。ぼくの大伯母には十六で結婚して、十八になる前に双子《ふたご》の赤ん坊のおかあさんになった人がいるそうです」

「それは昔の話でしょ」

「戦争中には、ずいぶんみんな、若くて結婚したじゃないですか」

「今になって後悔している人もたくさんいるわ」

「悲観的すぎやしませんか、あなたは？　シャーリーとぼくは後悔なんか、ぜったいにしませんよ」

「わかるものですか」

「それがわかるんだなあ」とヘンリーは微笑を向けた。「はっきりわかるんですよ。ぼくは本当に心からシャーリーを愛しています。シャーリーを幸せにするためなら、何だってするつもりです」

だから――というようにヘンリーはローラを見つめた。そしてもう一度繰り返した。

「本当にシャーリーを愛しているんですから」

いかにも心のこもったいいかたに、ローラは我知らず優しい気持ちになっていた。たしかにこの人はシャーリーを深く愛している。

「もちろん、ぼく自身、けっして金回りがいい方じゃないことは、認めますけど――」

こういったいいかたに自分はついほだされてしまうのだ、とローラは考えていた。財政的基盤がないことを理由に異議を唱えているわけではないのだから。妹のために、いわゆる玉の輿を夢みているのでもない。結婚生活のふりだしとしては、潤沢すぎるというほどではないにしても、無駄遣いさえしなければ、十分足りるだけの収入はあるはずだった。復員して新しく職につこうとしている他の多くの青年たちにくらべて、ヘンリーにとくに難があるわけではない。健康で、才気もあり、加えてまれに見る好青年という印象を与える。いや、むしろその彼のあふれるほどの魅力なのかもしれない、わたしの胸に兆しているひそかな疑念の大もとは——とローラは考えるのだった。一人の人間がこんなに度はずれて魅力的だということが何がなしわたしを不安にさせているのだ。

　ローラはいささか権威的にきっぱりいった。

「だめよ、ヘンリー。とにかく結婚は今の段階じゃ、問題外だわ。せいぜい一年の婚約期間をおくことね。その間にお互いに自分の心をはっきり確かめることもできるでしょうし」

「やれやれ、ローラ、あなたの話を聞いていると、五十くらいの分別臭いおばさんかと思いますよ。姉さんというより、物わかりの悪いヴィクトリア朝のおやじさんのようで」

「シャーリーに対して、わたしは父親の代わりもしなければならないのよ。一年の間に職を見つけ、シャーリーを迎えられるだけの安定した暮らしの土台が築ければ、これに越したことはないじゃありませんか」

「がっかりだなあ」とパッと快活な微笑をひらめかせてヘンリーはいった。「結局のところ、あなたはシャーリーを誰とも結婚させたくないんじゃないかなあ」

　ローラは思わず顔を赤らめた。

「馬鹿なことを」

何気なく放った矢が的を射たと、ヘンリーはいささか溜飲をさげてひきさがり、シャーリーを探した。

「ローラときたら、まったくお話にもならないよ。すぐ結婚するのが、なぜ、いけないんだい？　ぼくは待つなんて嫌だ。だいたい、待たされることが嫌いなんだよ。きみはどう？　どんなことでも、あまり長く待たされると、ひとりでに関心が薄らいでくるものでね。二人で登記所に出かけて、そっと手続きをすませることだってできるけど。そうだ、どう思う？　いっそ、面倒がないかもしれないよ」

「だめよ、ヘンリー、そんなこと、できないわ」

「どうしてさ？　どの点からいっても、手間が省けるじゃないか」

「あたしはまだ未成年者なのよ。ローラの承諾が要るわ」

「たぶんね。ローラはきみの法定後見人だったね。それとも、あの何とかいう爺さんの方だっけ？」

「ボールディーはあたしの管財人よ」

「問題はね、ローラがぼくを好いていないってことなんだ」とヘンリーはいった。

「あら、そんなこと、あるものですか。もちろん、ローラはあなたが好きよ」

「いや、嫌っているよ。妬《ねた》んでいるのさ」

シャーリーは顔を曇らせた。

「本当にそう思ってるの？」

「はじめから、ぼくに反感をもっていた。ぼくの方じゃ、せいぜい努力したつもりだけれどね」とヘンリーは不当な仕打ちを怨ずるようにいった。

「わかっててよ。あなたはいつもローラにとてもやさしかったわね。でも考えてみれば、ヘンリー、あたしたち、ちょっと唐突だったんじゃない？　知りあって——そう——ほんの三週間かそこらなんですもの。一年待ったからって、どうってことはないんじゃないかしら」

「シャーリー、ぼくはね、一年も待つのなんて嫌なんだよ。今すぐきみと結婚したいんだ——来週——いや、あしただっていい。きみはどうなの？　ぼくと結婚したくないっていうの？」

「ヘンリー、わかってるくせに」

4

ボールドック氏が晩餐によばれてヘンリーにひきあわされた。二人だけになったとき、ローラは息をはずませて訊ねた。

「どうお思いになって、あの人のこと？」

「まあ、そう慌てなさんな。いっぺん食事を一緒にしたぐらいで、何がわかる？　行儀はいい。耄碌爺《もうろく》さん扱いもせんで、わしの意見に耳を傾けた」

「おっしゃることはそれだけですの？　あの人、シャーリーにふさわしい相手でしょうか？」

「だいたい、ローラ、あんたの目から見れば、シャーリーにふさわしい男なんて、まず世の中にいやせんだろうが」

「そうかもしれませんわ。……でも、好感はお持ちになりました？」

「ああ、感じのいい男だ」

「あの人、シャーリーにとって、いい夫になるでしょうか？」

「とまではいわん。夫としては、いろいろな意味で欠け目が多いんじゃないかと思うね」

「でしたら、結婚を許すわけにはいきませんわ」

「シャーリーが望むなら、止めるわけにもいくまい。それにシャーリーがさきざき選ぶかもしれないほかの男にくらべて、とくに劣っているということはないだろうよ。なぐったり、コーヒーに砒素をまぜて飲ませたり、人前で失敬なことをいって恥をかかせたり、そんな男ではなさそうだ。この節は、感じがよくて礼儀正しければ、儲けものだよ」

「わたしは、ボールディー、あの人、ひどく自分中心で――薄情じゃないかと思っていますの」

ボールドック氏は眉をあげた。

「かもしれん」

「だったら、ボールディー」

「しかしね、肝心のシャーリーが好いているんだよ、ローラ。ただ好きという以上に、ぞっこんまいっているんだからね。あんたはあの男を好かんかもしれん。厳密にいって、わし向きの男でもない。しかし、シャーリー自身が彼でなくちゃならんのだから」

「あの人がどんなたちの男か、シャーリーに本当のところがわかればねえ！」

「そのうちには見えてくるさ」とボールドック氏は予言した。

「それじゃ、手遅れですわ！　いま、わかってほしいんです、わたし」

「同じことだろうね。あの子はどうでもヘンリーを自分のものにするつもりなんだから」

「しばらくどこかに行かせたらどうでしょう？　船で外国へ行くとか、スイスを旅行させるとか——でも戦争からこっち、何をするのも、万事むずかしくなりましたからねえ」

「わしに意見をいえというなら、ひとこといっておくが」とボールドック氏は口をはさんだ。「結婚しようと心をきめている若い者たちを止めたところで、どうなるものでもないよ。そりゃ、何か重大な理由があれば、わしだって止めんこともない。本妻との間に子どもが五人もぞろぞろいたり、横領犯人として指名手配されているというようなことがあればだよ。しかし、仮に二人の仲を裂くこと、シャーリーをスイスなり、南洋の島になりやることに成功したとしてもだ。その結果どういうことが起こるか、わしにははっきり予言できるね」

「つまり？」

ボールドック氏は人差し指を突きだして振った。

「シャーリーはすぐ、まるっきり同じタイプの別な男と一緒になって帰ってくるよ。人間は自分のほしいものについてはよく承知しておる。シャーリーはヘンリーがほしいんだよ。もしも、彼という男が手に入らなければ、あたりを見回して、なるべくヘンリーと似たような男を探しだす。わしはそういう例を何度も見てきた。わしの親友がひどいあばずれと結婚した。細君のおかげで奴さんの生活は地獄も同然、さんざんに悩まされ、いじめられ、顎で使われて、いっときも心の安まるときがなかった。なぜ、斧でも振りあげてぶっ殺してしまわないかと、はたでふしぎに思うくらいの悪妻だった。ところが思わぬ幸運が舞いこんだ。細君が両側肺炎にかかって死んだんだ！ 六カ月後には奴さん、生まれかわったように見えたものだった。人柄のいい女性のうちに、やつに関心を示す向きも二、三あった。ところが一年半のちにどういうことが起こったと思うね？ 前のに輪をかけたひどい女と再婚したのさ。人間性というやつはまったく不可解だよ」

と大きく息を吸いこんで続けた。

「だからローラ、悲劇の女王のようなそんな顔をして歩きまわるのは、やめた方がいい。あんたは前にもいったように、人生を大真面目にとりすぎる。ほかの人間の人生を肩代わりするわけにはいかない。シャーリーは自分の畝《うね》を自分で耕すほかないんだ。それにわしにいわせれば、あの子だって、自分のことを自分で始末するぐらいの能力はもっているよ。おそらくあんたが手を出すより、はるかに有能にやっていくだろう。わしが心配しているのは、むしろあんた自身のことだ、ローラ。これまでもそうだったが……」

第四章

　ヘンリーは屈服した。彼らしくあくまでもチャーミングに。

「わかりましたよ、ローラ。婚約は許すけれど、もう一年待てとおっしゃるんですね……ぼくらとしてはあなたに従うほかありません。それにあなたにしたって、気持ちの用意もなくいきなりシャーリーと引き離されるんじゃ、たまらないでしょうからね」

「そういうわけじゃ――」

「ないっていうんですか？」眉を少し吊りあげてヘンリーは微笑した。かすかな皮肉をこめて。

「シャーリーはいわば、あなたのかわいい小羊なんですからね。仕方ないと思いますよ」

　ヘンリーの言葉はローラをぎくりとさせた。

　ヘンリーが去ってからは、姉妹のどちらにとっても辛い毎日が続いた。

シャーリーは敵意こそ示さなかったが、妙によそよそしかった。ふさぎこんで、わずかのことにもいらだちやすく、あからさまではなかったが、ローラに対して怨みがましい気持ちをいだいているのがその様子から何となくわかった。郵便ばかりやきもきと待っていたが、たまにくる手紙も満足を与えるようなものではなかった。ヘンリーは筆まめなたちではなく、どの手紙も、二、三行の走りがきだった。

元気ですか？　きみにとても会いたい。きのう、クロスカントリー・レースに出ましたが、いっこうにふるわず。お目付け役はその後どう？　ヘンリー

まる一週間、何のたよりもないことさえあった。

シャーリーは一度ロンドンに行き、ヘンリーと、心にみたぬ束《つか》の間《ま》のひとときを過ごした。

週末に泊まりがけでこないかというローラからのことづけを、ヘンリーは言下にはねつけた。

「週末に行ってちょっと滞在して帰るなんて、そんなのはいやだよ。ぼくはきみと結婚してきみをひとり占めにしたいんだ。週末に出かけて行って、ローラの監視のもとにお

行儀よく散歩するなんて、まっぴらさ。ローラは、できればきみにぼくを悪く思わせようとしているんだからね。忘れないようにしたまえ」

「ヘンリー、ローラに限ってそんな！　第一、近ごろはあなたのことをほとんど口にもしないわ」

「忘れればいいと思っているのさ」

「あたしがあなたを忘れるはずがあって？」

「あの焼きもちやきのオールドミス！」

「ヘンリーったら！　ローラはとてもいい人なのよ」

「ぼくに対してはそうじゃない」

シャーリーは惨めな、落ち着かない気持ちでベルベリーに帰ったのだった。

そうしたシャーリーを見るにつけ、ローラはたまらなかった。こんな気の弱いことでどうすると思いながらも、どうにもやりきれないものを感じはじめていた。

「なぜヘンリーに、週末にいらっしゃいっていわなかったの？」

シャーリーは不機嫌に答えた。

「きたくないそうよ」

「きたくないって？　まあ、おかしいのね」

「おかしくなんかないと思うわ。あなたに嫌われていること、知ってるんですもの」

「ちっとも嫌ってなんかいないわ」とローラはことさらに力をこめていった。

「嫌いなのよ、わかってます！」

「とても魅力のある人だと思ってるわ」

「でも結婚はさせたくないんでしょ」

「シャーリー、それは違うわ。わたし、ただ、あなたに、自分の気持ちをよくよく確かめた上で決断してほしいと思うだけよ」

「確かめた上のことだわ」

ローラは堪らない気持ちでいった。

「あなたを愛しているからよ。間違った選択をしてほしくないの」

「だったら、そんなに愛さないでちょうだい。いつまでも猫かわいがりに愛されるのなんて、ごめんだわ。本当はね、あなたは嫉妬しているのよ」

「嫉妬？」

「ヘンリーが妬ましいんでしょう？　あなたはあたしに、あなた以外の人を好きになってほしくないのよ」

「シャーリー！」

ローラは色を失って、顔をそむけた。

「あなたはこれからだって、あたしを誰とも結婚させたがらないでしょうよ」

固い表情で立ちあがって出て行きかけたローラを、シャーリーはぱっと追いかけて、心からの悔いを面《おもて》に表わしつつ夢中でいった。

「ごめんなさい、本気でいったんじゃないのよ、もちろん。あたしって、ひどい妹だわ。ただ、あなたがいつもヘンリーに反感をもっているように思えて悲しかったの」

「わたし、ヘンリーって人はとても自分中心じゃないかと思うの」とローラはいつかボールドック氏にいった言葉を繰り返した。「何ていうか——あの人にはやさしい気持ちが欠けているんじゃないかしら。どうかすると平気で冷酷なことができる人だという気がして、仕方がないのよ」

「冷酷なことのできる人——」とシャーリーは考えこんだように繰り返した。とくに心を乱されたようでもなかった。「そうね、ある意味ではあなたのいう通りよ。ヘンリーはたしかに冷酷にもなれる人だわ。だけど——あたしには、それもあの人の魅力のひとつなんだわ」

「でもねえ、よく考えてごらんなさい——病気のときとか、苦しい目にあったときに、あの人があなたをやさしく見守って支えてくれると思う？」

「あたし、自分を支えてくれる人がほしいと思っているわけじゃないらしいの。自分のことは自分で始末していけるし。それに、そんな取り越し苦労はしなくても大丈夫。ヘンリーはあたしを愛しているんですもの」

愛？　ローラは心の中で問い返した。愛とは、いったい何なのだろう？　若い男の向こう見ずな、貪欲な情熱か？　ヘンリーのシャーリーに対する愛は、まさにそれではないだろうか？　それともシャーリーのいう通り、わたしは嫉妬しているのだろうか？

すがりつくシャーリーの腕からそっと身を引き離して、深く思い悩みながらローラは歩み去った。

あなたはあたしを誰とも結婚させたくないのだ、そうシャーリーはいった。はたしてそうだろうか？　誰とも？　そんなことはない。それは、あの子が今、ヘンリーのことしか、眼中にないからではないのか？　さきざき誰かほかの男が現われたら。やっぱり今と同じように、「あの人はいや——いや」と胸に繰り返すのかもしれない。シャーリーを愛しすぎている……とボールディーはわたしに警告した。本当だろうか？　だから結婚させたくないし、手離したくないのだ。手もとにとどめておきたいのだ。ヘンリーのどこが気に入らないのか？　どことといって難点があるわけでもない。第一、わたしはヘンリーについて何も知らない。何一つ、わかっていないのだ。今でも彼はわたしにとって、見知らぬ人だ。わたしにわかっていることはただ、彼がわたしを嫌っているということだけ。考えてみれば、それも当然といえよう……

翌日、ローラは牧師館の前でロビン・グラントとばったり出会った。ロビンはくわえていたパイプを口からはずしてローラに挨拶し、連れだって村まで歩いた。ロンドンから帰ってきたところだと告げた後で、彼は何気なさそうにいった。

「ゆうべ、ヘンリーを見かけました。グラマーな金髪美人と食事をしていましたっけ。一生懸命ご機嫌を取り結んでいましたがね。しかし、この話はシャーリーには聞かせない方がいいですよ」

こういって、わざとらしく高笑いした。

シャーリーに夢中になっていたロビンの、見えすいたやっかみだとは思いながらも、ローラは思わずどきりとした。

ヘンリーは忠実な恋人というタイプではない。この前二人はほとんど喧嘩別れをしたらしかった。万一ヘンリーがほかの女の子と親しくなって、シャーリーとの婚約を破棄するようなことにでもなったら……

〝それこそ、あなたの思う壺じゃないの〟と内心の声が嘲るように囁いた。〝あなたはシャーリーを彼と結婚させたくないんでしょう？　だから婚約期間をできるだけ長くとるように主張したんじゃなくて？　白状なさい！〟

　とはいうものの、もしもヘンリーが婚約を破棄したら、と考えると、手ばなしで喜ぶわけにもいかないことにローラは気づいていた。シャーリーは彼を愛している。そんなことになれば、きっと苦しむだろう。ヘンリーと結婚することがシャーリーにとっても幸せなのだという確信さえ持てれば——

〝シャーリーのためって、つまりはあなた自身のためじゃないの？　シャーリーを自分の手もとにおきたいんでしょう、あなたは？〟嘲るような声は、なおもローラを悩まし続けた。

　しかし、そんな形で手もとに置きたいとは、少しも思わなかった。恋に破れて嘆き悲しんでいるシャーリーを見たくはない。

　それに、シャーリーにとって何がよいことか、悪いことか、どうしてそんなことがわたしにわかるだろう？

　家に帰ると、ローラは机に向かってヘンリーに手紙を書いた。


　ヘンリー、いろいろと考えてみたすえに、あなたがた二人が本当に結婚したいと望んでいるなら、このうえ、わたしが邪魔をすべきでないと思うようになりました……

一カ月後、白いサテンとレースの花嫁衣裳に輝くばかりに美しいシャーリーとヘンリーの結婚式が、ベルベリーの教会堂でとり行なわれた。モーニングを窮屈そうに着こんだボールドック氏が父親がわりをつとめた。いかにも幸せそうな花嫁が、ローラをひしと抱きしめて別れを告げたとき、ローラは激しい口調でいった。

「この子によくしてやって下さいね、ヘンリー、幸せにして下さるわね？」

ヘンリーはいかにも彼らしく屈託なげに答えた。

「きまっているじゃありませんか、ローラ、もちろん、幸せにしますとも」

第五章

1

「本当にすてきだと思う、ローラ？」新婚三ヵ月のほやほやの若妻であるシャーリーは、勢いこんでこう訊ねた。二部屋に台所に浴室というアパートを一巡したローラは、心からの讃辞を呈した。

「とてもすてき。よくこれだけにしたわね」

「あたしたちが入ったときは、そりゃあ、ひどかったのよ、ごみだらけで。ヘンリーと二人であちこち手を入れたの。もちろん天井だけは本職を頼んだけれど。ずいぶん面白かったわ。浴室を赤く塗ったのはどう？　本当はいつでも熱湯が出る建前なんだけれど、ときどき馬鹿にぬるいときがあるの。せめても赤く塗れば熱いような気がするんじゃないかってヘンリーがいってね——地獄の火みたいで」

ローラは笑った。

「さぞ楽しかったでしょうね」

「あたしたち、貸間が見つかっただけでもとても運がいいのよ。ヘンリーの知りあいがまわしてくれたの。ちょっと具合が悪いのはね、その人たち、ここにいる間、掛け買いをして、お勘定をみんな踏み倒していったらしくて、牛乳屋や食料品屋が腹を立ててしょっちゅう怒鳴りこんでくることなの。でももちろん、あたしたちには何の関係もないことでしょう？　だけどひどいわねえ？　小さいお店だととくに困るらしいの。ヘンリーはそんなこと何でもないなんていうけれど」

「前に住んでいた人がそんなだと、あなたたちも掛け買いがむずかしいかもしれないわね」

「あたしは毎週きちんきちんと払っているわ」とシャーリーは殊勝げに宣言した。

「お金は大丈夫？　近ごろ、菜園や切り花がとても収益をあげているのよ。もう百ポンドばかり要るなら、融通するけど」とローラはいった。

「ローラ、あなたって、何ていい人なんでしょう！　いいえ、大丈夫よ。まさかの時のために取っておいてちょうだい――あたしが大病をするようなことでもあれば、要るでしょうから」

「どうやらそんな心配はなさそうね」

シャーリーは楽しげに笑っていった。

「ローラ、あたし、とっても幸せよ」

「よかったわ、本当に」

「あら、ヘンリーが帰ってきたわ」

ドアの掛け金をはずしてヘンリーが入ってきた。ローラを見ると、いつものように快活に挨拶した。

「やあ、ローラ」

「こんにちは、ヘンリー、とてもいいアパートね」

「ヘンリー、新しいお仕事はどう？」とシャーリーが訊いた。

「新しい仕事？」とローラが聞きとがめた。

「ええ、前のはやめたの、あまりつまらないから。封筒に切手を貼って郵便局に持って行くだけなんですって」

「下からやりあげるのは何とも思わないけれど、どん底ではどうもね」とヘンリーが傍らからいった。

「今度のお仕事はどんな？」とシャーリーはもどかしそうに繰り返した。

「うん、なかなかよさそうだよ」とヘンリーは答えた。「むろん、はじめたばかりで、まだ何ともいえないけど」

ヘンリーはローラに愛想よくほほえみかけて、きて下さって二人とも大喜びだといった。

こんな具合に気持ちのよいひとときをすごし、ローラは自分の不安や躊躇には何の根拠もなかったのだと思いながら、ベルベリーに帰ったのだった。

2

「でもヘンリー、こんなに借りになっているなんて！」

シャーリーは呆れたように叫んだ。

二人が結婚して一年あまりたったある晩だった。

「本当にそうだね、請求書を見ると、ぼくもいつもそう思うんだ、こんなはずはないって。ところが残念ながら」と嘆かわしそうに付け加えた。「本当なんだな」

「でも、いったいどうやって払うの？」

「少し延ばしておけばいいんだよ」とヘンリーは曖昧にいった。

「それにしても、あたしが花屋で働くようになっていて、本当によかったわ」

「まあ、そういうわけだな。きみが働かなくちゃいけないなんて思いこむことはないけど、どうしてもそうしたいっていうならね」

「働きたいのよ、あたし。一日中家にじっとしていると、とても退屈で。結局は出かけて、要りもしないものを買うぐらいがおちですもの」

「まったく」とヘンリーは請求書の束をつまみあげていった。「こういうことはつくづくうんざりだなあ。三月末の勘定日が中でもいちばんいやだね。クリスマスがやっと終わったばかりだっていうのに。それに所得税やら何やら」いちばん上の請求書をちらりと眺めて、彼は言葉を続けた。「この建具屋なんか、ひどく失敬だよ。ほら、本棚を作らせたやつさ。こんな請求書は屑籠行きだ」と本当に屑籠に放り入れて、次の請求書の文面を読みあげた。「〝拝啓、のぶれば別記の件につき、貴下のご高配を煩わしたく……〟、こいつはなかなか慇懃だぞ」

「じゃあ、払うことにするのね？」

「というわけでもないが。まあ、保存しておいてやるか。払えるときがきたらすぐ払うことにして」

シャーリーは笑いだした。

「ヘンリー、あなたって本当に面白い人ねえ。でも払いの方はどうするつもり?」

「今夜はもう頭を悩まさないでおこう。それより、どこか、とびきり贅沢なレストランに行って、気晴らしにご馳走でも食べようよ」

シャーリーは顔をしかめて見せた。

「ご馳走を食べれば、どうかなるの?」

「財政状態の改善にはならないけれど」とヘンリーは認めた。「いや、むしろその反対だろうが、でも元気が出るだけ、いいじゃないか」

3

ローラさま
百ポンドばかり、ぼくらに融通していただけないでしょうか? 当方、手もと不如意にて、少々困却しています。ご承知だと思いますが(ローラはまったく知らなかった)、これで一カ月仕事にあぶれているのです。近々割のいい仕事口にありつくあてはあるのですが、目下のところ、家賃や、あちこちの払いがたまって、裏階段からこそこそ出入りしている有様です。こんなことをお願いするのはまことに心苦しいのですが、シャーリーはおそらく嫌がるでしょうから、ぼくがかんばしくない役回りを引き受けようと思った次第です。

ヘンリー拝

4

「ヘンリー、ローラからお金を借りたのね。知らなかったわ！」

「話さなかったっけ？」とヘンリーは無精らしく頭をちょっと振り向けた。

「いいえ、おっしゃらなかったわ」とシャーリーの口調は苦々しげだった。

「そんなに噛みつきそうな顔をしないでくれたまえよ。ローラがそういったのかい？」

「そうじゃないわ。通帳に記入してあったからよ」

「じゃあ彼女、余計なお説教ぬきで貸してくれたんだね」

「ヘンリー、なぜ、またローラからお金を借りたりするの？　いやだわ。第一、あたしにいわずにそんなことをするなんて」

ヘンリーはにやりと笑った。

「きみにいったら、止められるだろうからね」

「もちろん、止めるわ」

「本当いってね、シャーリー、ほかにどうしようもなかったんだよ。ミュリエル伯母から五十ポンド借りたし、少なくとも百ポンドは、でぶのバーサおばさん――ぼくの名付け親の――から引き出せるとあてにしてたんだが、あっさり断わられてね。特別付加税で頭を悩ましているらしいんだ。お説教ばっかり書いてよこしたよ。ほかにも一つ二つ当たってみたけれど、だめだった。途方に暮れたあげく、ローラに頼んでみようと思いついたんだよ」

シャーリーはつくづくとヘンリーの顔を打ち眺めた。

結婚してこれで二年になるけれど、このごろようやっとヘンリーという人がわかってきたような気がする。一つ仕事に長続きしないし、入った金を右から左に使ってしまう……

ヘンリーの妻であるということは、今でもあいかわらず楽しかった。しかし、困った点もないわけではなかった。これまでに職場を四度も変えている。就職口に苦労したためしがないのは、金持ちの友人がたくさんいるためだ。しかし、ヘンリーの欠点は、一つ仕事に長く落ち着くことができないということだった。彼自身が飽きてやめるか、やめさせられるか、どちらかであった。おまけに金を湯水のように使い、しかも信用借りがきく。借りた金で別口の払いをすませて急場を凌ぐのを、何とも思わなかった。シャーリー自身は借金がひどく気になるたちだったのだが。

「あたしには結局、あなたをちっとも変えられないのかしらねえ、ヘンリー？」と彼女は呟いた。

「変える？」とヘンリーは驚いた顔で訊いた。「どうして変えなきゃいけないんだい？」

5

「こんにちは、ボールディー」

「やあ、シャーリーか」大きな、古びた肘掛椅子に埋もれていたボールドック氏は、目をパチパチとしばたたいた。「眠っていたわけじゃないぞ」と彼は居直るようにいった。

「もちろん、眠ってなんかいらっしゃらなかったわ」とシャーリーは老人の気をそらさないように答えた。

「ずいぶん長いこと、こっちにこなかったね。忘れられちまったのかと思っていたよ」

「あなたを忘れるなんて！」

「旦那さんも一緒かね？」

「いいえ、今度はひとりですの」

「なるほど」シャーリーの顔を眺めやってボールドック氏はいった。「ちょっと痩せたし、顔色が冴えないな」

「ふとらないように食事を制限しているんですの」

「やれやれ、女ってやつは！」と鼻を鳴らした。「おめでたってわけでもなかろうね？」

シャーリーは赤くなって強く打ち消した。

「そんなのじゃありませんわ」

「よしよし。ちょっと知りたかっただけだ。このごろじゃ、誰も何も話してくれなくなったからな。それに耳が遠くなりだしてね。昔のように地獄耳の楽しみもなくなった。おかげでひどく退屈だよ」

「お気の毒ね、ボールディー」

「医者のやつ、庭仕事を禁じおった。花壇にかがむと、頭に血がのぼるとか何とか馬鹿な連中がくだらんことをペラペラと！　医者なんて、みんな、そんなものさ！」

「本当にお気の毒だと思いますわ」

「わかるだろう？」とボールドック氏は同情を求めるようにいった。「だから、あんたが何をわしに打ち明けるにしても、ここだけの話で、ローラに話すには当たらんよ」

しばらくは二人とも黙っていた。

「あたし、きょうは一つにはあなたにご相談があってきましたの」とシャーリーはようやくいった。

「おおかた、そんなこったろうと思ったよ」

「助言していただきたいと思って」

「助言はせん。危険が大きすぎるからな」

シャーリーはかまわず続けた。

「ローラにはいいたくないんですの。内心、ヘンリーを嫌っていますから。でもあなたはあの人がお好きでしょう？」

「ああ。話し相手としてはじつに楽しい青年だね。老人の勝手な熱弁に、やさしく、思いやり深く耳を傾けてくれるからね。ヘンリーでもう一ついいことは、およそ何の心配もしないことだ」

シャーリーは微笑した。

「ええ、たしかにあの人、心配性じゃありませんわ」

「近ごろには珍しいよ。この節の人間はみな、気苦労から神経性の消化不良を起こしているのにな。たしかにヘンリーは気持ちのいい男だ。わしはローラとは違うから、道徳的にどうのというようなことはいわん」

ふと彼はやさしい口調で訊ねた。

「それで奴《やっこ》さん、何をしでかした？」

「ボールディー、あたしが財産をすっかり手ばなしてしまったら馬鹿だとお思いになる？」

「現に手ばなしかけているのかね？」

「ええ」

「あんたは結婚と同時に、財産を自分の好きにする権利を取得したんだからね。実際上は何をしてもかまわないわけだよ」

「ええ、それはわかっていますわ」

「ヘンリーがあんたに、そうしろといったのかね？」

「いいえ……そういうわけじゃありませんわ。あたしが自分でしたことですの。ヘンリーが破産するのが、いやでしたから。ヘンリー自身は破産なんか、まるで意にも介さなかったでしょうけれど。でも、あたし、手をつかねてはいられなかったんです。馬鹿なやつだとお思いになって？」

ボールドック氏はちょっと考えてからいった。

「ある意味ではね。しかし、それも考えようさ」

「説明して下さいます？」

「あんたたち二人は金持ちではない。さきざきどんなことでまとまった金が必要にならないとも限らん。あんたのあの魅力的な旦那さんが夫として頼りになると思ったら、これは当てはずれだろうな。そういう意味では、あんたはたしかに馬鹿だ」

「それで？」

「もう一つ、違った見かたもある。あんたは自分の財産を売って、心の平和を買うわけだ。それはきわめて賢明なことかもしれない」シャーリーをきっと見やって彼はいった。

「今でもヘンリーを愛しているんだね？」

「ええ」

「あの男はあんたに対して誠実かね？」

シャーリーはゆっくりと部屋の中を歩きまわった。一、二度ぼんやり指の先でテーブルや椅子の背にさわり、指についた埃を見つめた。ボールドック氏はその様子にじっと目を注いでいた。

やっと決心がついたらしく、シャーリーは炉の傍に佇み、ボールドック氏に背を向けたまままいった。

「あの人、あまり誠実な夫とはいえませんわ」

「どういうわけで？」

無表情な声音でシャーリーはいった。

「ほかの女と関係があったんです」

「真剣だったのかね？」

「さあ」

「だから家を出てきたんだね？」

「そうなんですの」

「腹を立てて？」

「猛烈に」

「しかし、もどる気なんだね？」

シャーリーは一瞬黙っていた。

「ええ、もどりますわ」

「まあ、いいさ。あんたの人生だからな」とボールドック氏はいった。

シャーリーはつかつかと老人に近づいて、頭のてっぺんにそっとキスをした。ボールドック氏は唸った。

「ありがとうございます。ボールディー」

「礼などいうにはおよばんぞ。第一、わしは何もせんかった」

「ええ」とシャーリーは答えた。「そこがあなたのすばらしいところなんですわ！」

第六章

問題は、長い間にはやりきれないほどの疲れを覚えることだ、とシャーリーは考えながら、フラシ天をはった地下鉄の固い座席に背をもたせかけた。

三年前の彼女は、疲れというものを知らなかった。ロンドンに住んでいることも、この疲労の原因の一つなのかもしれない。ウェストエンドの花屋で、彼女は今はフルタイムで働いていた。仕事が終わると、たいていは何やかやと買い物、それからラッシュアワーの地下鉄で帰宅し、夕食の支度。

ヘンリーはいつも彼女の手料理に旺盛な食欲を示すが……

シャーリーはいつしか目を閉じていた。痛い！　誰かがいやというほど爪先を踏みつけた。

疲れたわ、本当に……

電車の揺れに身を任せながら、シャーリーは三年半の結婚生活をとぎれとぎれに思い返していた……
幸せいっぱいの新婚当初……
請求書……
またまた請求書……
ソーニャ・クレグホン……
ソーニャとの情事の終わり。ヘンリーの告白。そしてうれしい愛の誓い。
金づまり……
執達吏《しったつり》……
ミュリエル伯母からの送金……
カンヌでの楽しい、しかし贅沢で不必要な休暇……
エムリン・ブレイク夫人……
エムリンの執拗な愛からのヘンリーの解放……
またしても、金づまり……
バーサおばさんからの送金……
スーザン・ロンズデール……
金づまり……

またしてもスーザン・ロンズデール……

ローラ……

ローラに知らせまいとする苦心……

ローラの介入……

ローラとの口論……

盲腸炎、手術とその予後……

退院……

スーザン・ロンズデールとの対決……

その日のことがふと記憶によみがえった。

退院後のまだものうい体をもてあまして、ソファに横になっているところにベルが鳴った。結婚以来これで三つ目のアパートで、月賦で手に入れた家具があたりにごたごたと置かれていた。執達吏に家具を差し押さえられた経験から、いっそ月賦がいいということになったのだった。

はじめベルが鳴ったとき、シャーリーはドアを開けに立って行くのも億劫で、しばらくそのままほうっておいた。誰かは知らないが、そのうちに行ってしまうだろうと思ったのだった。ところがベルは執拗に鳴り続けた。

むかっ腹を立てて起きあがり、ドアを開けると、スーザン・ロンズデールが立っていた。

「ああ、スー、あなただったの」

「入ってもよくて？」

「本当いうと、ちょっと疲れているの。退院したばかりなのよ」

「そうですってね。ヘンリーから聞いたわ。たいへんだったでしょう？　花を少しもってきたわ」

さし出された水仙の花束を、シャーリーは無表情に受けとった。

「まあ、お入りなさいな」

ソファのところにもどると、脚の方を高くしてシャーリーはまた身を横たえた。椅子に腰をおろすと、スーザンはすぐ切りだした。

「あなたの入院中は、気を揉ませても悪いと思って遠慮してたんだけど、でもこの辺で、はっきり話をつけなければと思って」

「どういうこと？」

「どういうことって――ヘンリーのことよ」

「ヘンリーが、どうかしたの？」

「あなた、まさか何も知らないって顔をしとおすつもりじゃないでしょう？」

「まあね」

「もちろん知ってるわね、ヘンリーとあたしがお互いに夢中だってこと」

「人並の耳と目があれば、そのぐらいのことはわかるでしょうね」とシャーリーは冷ややかにいった。

「まあ、そうね。そりゃあ、ヘンリーはあの人なりにあなたのことをとても好きよ。あなたの心を傷つけるのは、あの人としてもいやでしょうよ。でもねえ、これはもう仕方のないことなのよ」

「仕方のないこと？」

「つまり、あなたがたの離婚よ」

「ヘンリーが離婚を望んでいるっていうの？」

「そう」

「だったら、なぜ、あたしにそういわないのかしら？」

「シャーリー、わかってるでしょう、ヘンリーって人は、何についてもはっきりしたことをいいたがらないのよ。あなたを苦しめたくないということもあったし」

「で、あなたがた、結婚しようと思ってるのね？」

「そうなのよ。ありがたいわ、わかってくれて」

「わかったようね」とシャーリーはゆっくりといった。

「じゃあ、ヘンリーにそういってくれるわね、あなたとしては異存がないって」

「話しあってみるわ」

「ほんとにあなたって、かわいい人。それに結局はあなたにとってもその方が――」

「ああ、お願い、帰ってちょうだい」とシャーリーは叫んだ。「退院したばかりで疲れているのよ。帰って、すぐ帰って！　聞こえないの？」

「まあ、ずいぶんなご挨拶ね」スーザンはむっとした様子で立ちあがった。「どんなときにも人並の礼儀くらい、心得ていてほしいわね」

玄関のドアをばたんと閉めて、スーザンは出て行ったのだった。

シャーリーはそのまま、身動きもせずに横になっていた。涙がひとしずく、ゆっくりと頬をつたった。腹立たしげに彼女はその涙を拭った。

三年半――三年半――そしてこの結末。こう繰り返したとき、ふとたまらなくおかしくなって、シャーリーは笑いだした。センチメンタルないいぐさ。まるで三文芝居のせりふだわ。

それから二時間後か、それともたった五分後だったのか、鍵をカチャカチャいわせる音が聞こえた。

そしてあいかわらず朗らかな、何の屈託もなさそうな顔をしたヘンリーが、茎の長い、見事な黄色いバラの大きな花束をかかえて入ってきた。

「ただいま。これ、きみにと思って。どう？」

「きれいねえ。ちょうど、水仙をもらったところだけど。こんな上等なのじゃなくて、安っぽい、しおれた花束だったわ」

「誰からの届けもの？」

「届けものじゃないの。スーザン・ロンズデールが自分で持ってきたのよ」

「何て厚かましいんだ！」とヘンリーは憤然といった。

シャーリーはちょっと驚いて夫の顔を眺めた。

「何だって、ここへやってきたんだい？」

「知らないの？」

「察しはつくよ。あの女、うるさくて閉口しているんだ」

「あなたが離婚を望んでいるって、そういいにきたのよ」

「ぼくが離婚を？　きみと？」

「ええ。本当なんでしょ？」

「もちろん、そんなこと、あるものか！」とヘンリーは吐きすてるようにいった。

「あなた、スーザンと結婚したいんじゃないの？」

「いやなこった」

「あの人、そのつもりよ」

「ああ、どうもそうらしいんだ」とヘンリーは悄気《しょげ》こんだ様子で答えた。「電話やら、手紙やら、うるさくって閉口しているんだよ」

「結婚したいって、あなた、そういったんじゃないの？」

「物のはずみでいろいろなことをいってしまうものさ」とヘンリーは言葉を濁した。

「というより、いい加減な受け答えをしているうちに妙なことになったりするんだ……ゆきがかりでね」と不安そうに妻を見やって微笑した。「きみ、まさか、離婚なんて考えもしないよね？」

「さあ、どうかしら」

「シャーリー！」

「あたし、ちょっと疲れちゃって、ヘンリー」

「ぼくが悪いんだ。きみにひどいことばかりして」とヘンリーは長椅子の傍らに膝をついた。昔ながらの魅力的な微笑がひらめいた。「しかし信じてくれ、シャーリー、ぼくは本当にきみを愛しているんだよ。あんなたわけ話、何でもありゃしないんだ。本当だよ。ぼくが妻にしたい女はきみしかいない。きみがこんなぼくのことを、もう少し我慢してくれるなら」

「スーザンのことはどうなの？」

「スーザンのことなんか、どうでもいいじゃないか。つまらん女だよ」

「あたし、ただ、はっきり納得したいのよ、どういうことだったのか」

「そうだな――」とヘンリーは考えた。「二週間ばかりは夢中だったんだ。眠れないくらいに。その後もまだしばらくは、すてきな女だと思っていた。それからだんだん、案外退屈な女じゃないかと思うようになって。そのうちに鼻につきだし、最近はもう、顔を見るのも嫌になった」

「ひどいのねえ」

「スーザンのことなんか、どうでもいいじゃないか。道徳観念のまったくないあばずれ女なんだもの」

「ときどきヘンリー、あなたって、つくづく薄情だと思うことがあるわ」

「薄情なもんか」とヘンリーは心外そうにいった。「ただ好きだからって、なぜ、ベタベタつきまとう必要があるのか、ぼくにはわからないんだよ。何についても、遊びだと

「勝手な人！」

「勝手？　まあね。でもシャーリー、きみ、本気で怒ってやしないよね？　出て行ったりはしないわ。だけどあたし、もういい加減、うんざりしているの。あなって、お金のことではぜんぜん頼りにならないし。これからもたぶん、しょっちゅういろいろな女の人と馬鹿げた問題を起こすでしょうし」

「こんなこと、もう金輪際しないよ。誓ってもいい。本当だよ」

「ヘンリー、だめよ。正直におっしゃい」

「うーん——とにかく、なるたけきみに嫌な思いをさせないようにするよ。でもわかってくれない、シャーリー？　ほかの女とのことはみんな何でもないんだよ。ぼくにはきみしか、いないんだから」

「あたしだって、たまには悪いことをしてみようかと思うくらいよ！」とシャーリーはいった。

　するとヘンリーは、たとえそんなことがあったって、ぼくにはきみを非難する資格はないといったものだ。

　そう、それから、気晴らしにどこか面白いところに行って、一緒に食事をしようとい

「思った方がずっと面白いのに」

いだした。

そしてその一晩中、じつに楽しく彼女の相手をつとめてくれたのだった。

第七章

1

モナ・アダムスはカクテル・パーティーが——とくに自分の主催するカクテル・パーティーが好きだった。広間は客の話し声で喧騒をきわめ、主人役の彼女はすでに声を嗄《か》らしていた。パーティーは、大成功らしかった。

遅れてきた一人の客に、モナはいま、甲高い声で呼びかけていた。

「リチャード、まあ、ようこそ！　今度はサハラから？　それともゴビ砂漠でしたっけ？」

「どっちでもありませんよ。フェザンからです」

「聞いたことのない名ですわ。とにかく、よくいらして下さいましたこと。まあ、いい色にお焼けになって！　さあてと、誰をおひきあわせしましょうか？　パム、パム、こちら、サー・リチャード・ワイルディングよ。ほら、探検家の——駱駝《らくだ》や猛獣や砂漠についていて、ぞくぞくするような面白いご本をお書きになっているわ。どこか——どこか——チベットのどこかしらから帰っていらしたところですって」

次の瞬間、二人にもうクルリと背を向けて、モナは大声で新来の客に話しかけていた。

「まあ、リディア！　パリから帰っていらしたの？　ちっとも知らなかったわ。よくきて下さったこと！」

一方リチャード・ワイルディングはパムの熱っぽい言葉に耳を傾けた。

「テレビ、拝見しましたわ、ゆうべ。ここでお目にかかれるなんて、わくわくするようですわ。お話、ぜひ伺いたいと思っていましたの、あの——」

けれどもそのときにはリチャード・ワイルディングは、また別な知りあいに捕まっていた。

かなりたってから、リチャードは四杯目の飲み物を手に、これまでついぞ会ったことのないほど美しい若い女性と並んで、隅のソファに落ち着いていた。

誰かがいった。

「シャーリー、こちら、リチャード・ワイルディング」

そしてリチャードはすぐさま、彼女の脇に腰をおろしたのだった。

「こういうパーティーはまったく疲れますね！　すっかり忘れていましたよ。いっそ、ここを抜けだして、ご一緒にどこか静かなところで何か飲みませんか？」

「けっこうですわ」とシャーリーは答えた。「ここは、まるで動物園みたいに騒々しくなってきましたのね」

楽しい逃避行のような気分で、二人はひんやりした夜気の中に歩み出た。ワイルディングがタクシーを止めた。

「飲み物だけという時間でもありませんね」と腕時計をちらりと見てワイルディングはいった。

「それにもうだいぶカクテルをもらいましたし。とすると、食事ということになりますか」

彼は運転手にジャーミン・ストリートのはずれの小さな、しかし、高級なレストランの名を告げた。

料理を注文すると、リチャードはテーブル越しにシャーリーにほほえみかけた。

「リビアの砂漠から帰って以来、こんな楽しい思いははじめてです。ロンドンのカクテル・パーティーがいかに恐るべきものか、ぼくはほとんど忘れかけていたんですよ。みんな、なぜ、ああいう所に出て行くんでしょうかね？　ぼくも、いや、あなたご自身はいかがです?」

「さあ、群居本能でしょうかしら、一種の」とシャーリーは軽い口調で答えた。

楽しい冒険でもしているような気分で、シャーリーの目はきらきらと輝いていた。テーブルを隔てて坐っている、ブロンズ色に日焼けした、魅力的な男の顔を彼女はじっと見守った。

パーティーきっての名士をみんなの鼻の先でさらったような気がして、何となく得意な気持ちだった。

「あたし、あなたのこと、よく存じあげていますのよ。ご本もいろいろ拝見しましたわ」

「ところがぼくは、あなたについて何一つ知らない——シャーリーというお名前だけで。苗字は何といわれるんですか?」

「グリンエドワーズですの」

「ご結婚なさっておいでなんですね?」リチャードの目は、指環のはまった細い指に注がれていた。

「ええ。住まいはロンドン。花屋で働いていますの」

「ロンドンに住んで、花屋で働き、カクテル・パーティーにお出かけになる——そんな生活がお好きなんですか？」

「いいえ、べつに」

「どんなことをなさりたい、もしくは、どんな生活をしたいとお思いです？」

「そうですわね」とシャーリーは半眼を閉じ、夢みるような口調でいった。「島に――どこからも離れた島に住みたいと思いますの。緑色の鎧戸《よろいど》のついた白い家に住んで、一日中、何もしないで暮らしたいんです。果物のなる木や、美しいとばりをひろげたようにそこいらじゅうに咲き乱れている花に囲まれて。あでやかな色とかぐわしい香り……夜は月光があたりを包み……日暮れには海が濃紫《こむらさき》に深まる……」

溜息をついて、シャーリーはぱっと目を開けた。

「どこへ行きたいかって訊かれると、なぜすぐ島を思い浮かべるんでしょう？　現実の島はちっともすてきじゃないかもしれませんのにね」

リチャードは低い声でいった。

「ふしぎですね、今あなたのおっしゃったことは」

「どうしてですの？」

「ぼくはまさにそういう島をあなたに提供できるんですよ」

「島を持っていらっしゃいますの？」

「全部とはいいませんが、そのかなりの部分をね。ちょうど今おっしゃったのとそっくりの島なんですよ。夕方になると、海は葡萄酒色をおびます。それにぼくの山荘は、緑色の鎧戸のついた白塗りの家です。色鮮やかな、香り高い花も、あなたがおっしゃったのと同じです。あの島に住む者は急ぐことを知りません」

「すばらしいわ。まるで夢の中に出てくる島のよう」

「現実の島ですよ」

「そんなすてきな所を、どうして離れてお暮らしになれるんでしょう？」

「何かがぼくを駆りたてるんです。しかし、いつかはもどってそこに落ち着き、二度と離れないようにしようと考えています」

「そうなさるべきですわ」

給仕が料理を運んできたので、いっとき二人を捉えていた魔力はやぶれた。二人は軽い口調で、さまざまなことを話しはじめた。

ワイルディングはシャーリーをタクシーで家まで送った。シャーリーは寄って行かないかとは誘わなかった。ワイルディングは別れぎわにいった。「近いうちにまた、お目にかかれるでしょうか？」

こういって、かりそめの出会いとしてはわずかに長く彼女の手を握りしめた。シャーリーは顔を赤らめて、握られた手を引いた。

その夜、彼女は島の夢を見た。

2

「シャーリー」

「え？」

「ぼくがあなたを愛していることは、もうあなたにもわかっておいでてでしょうね？」

シャーリーはゆっくりうなずいた。

それは自分でも説明に苦しむような、奇妙に現実離れのした三週間であった。その間に彼女は、一種の放心状態にひたっている自分を意識しつつ、日々を送り迎えしていた。

ちょうど極度の疲労を感じはじめていたときに、彼女はリチャードに会ったのだった。むろん疲労が消えたわけではなかった。しかし、おぼろな靄《もや》に包まれてこの世ならぬ世界をふわふわと漂っているような、甘美な感じがつきまとった。

その夢幻の世界の中で、これまで彼女が大切にしてきたもろもろの価値が揺れ動くのを、彼女は感じていた。

ヘンリーと彼に関わるすべてがぼやけて背後に遠ざかり、かわってリチャード・ワイルディングの姿が前面にせり出した——等身大より大きくすっくと立ったその姿は、ロマンスの主人公のそれであった。

シャーリーはふと真面目な目で、今さらのようにつくづくと彼の顔を見返した。

「ぼくのことを、あなたも少しは心にかけていて下さるんでしょうか？」とリチャードはいった。

「あたし……わかりませんわ」

実際彼女には、自分のこの男に対する気持ちが摑めなかった。日ごとにリチャードはますます彼女の心を大きく占めるようになっていた。シャーリーは、彼が傍にいることで、自分の気持ちが昂ぶるのを感じた。自分のしていることが危険だということを彼女は認めていた。情熱の潮にさっと足をさらわれ、遠く運び去られる恐れがないとはいえない。しかし、リチャードに会うことをやめたくないというのも、偽らぬ気持ちであった。

「あなたは実に忠実な奥さんですね、シャーリー」とリチャードはいった。「ご主人について、一言もお話しにならない」

「どうしてそんなことを申しあげる必要がありますの？」

「ぼくはいろいろな噂を耳にしているんです」

「人は無責任に勝手なことをいいますわ」

「ご主人はあなたを裏切っている。その上、どうやらあなたのことを十分に配慮しておられない」

「ええ、ヘンリーは思いやりのある人ではありませんの」

「あなたが当然受けるはずのもの——愛情や心づかいややさしさを、ご主人はあなたに捧げていない」

「ヘンリーはあたしを愛していますのよ——あの人なりに」

「そうかもしれません。しかし、あなたはそれ以上のものはお求めにはならないのですか？」

「求めませんでしたわ」

「でも今は——今は、求めておいでてでしょう？　たとえばあなたの夢の島を」

「ああ。でもあれは他愛もない夢にすぎませんもの」

「現実ともなり得る夢です」

「あるいは。でもそうはなるまいと思いますわ」

「なりますとも！」

川面から冷たい風がテラスの上に坐っている二人に吹きつけた。

シャーリーは立ちあがって、コートを掻き合わせた。

「こんな話、もうやめましょう。馬鹿らしいし、危険ですわ」

「そうかもしれません。しかし、あなたはもうご主人を愛していらっしゃらないのですから。あなたはぼくを愛していらっしゃる」

「あたし、ヘンリーの妻ですわ」

「あなたは、ぼくを愛していらっしゃるんですよ」

シャーリーはふたたびいった。

「あたし、ヘンリーの妻ですわ」

教理問答のように、彼女は同じ言葉を繰り返していた。

3

シャーリーが家に帰ると、ヘンリーはテニス用の白ズボンのまま、ソファの上に長々と寝そべっていた。

「筋違えをしたらしいんだ」こういって、痛そうに顔をしかめた。

「何をなさってたの？」

「ローハンプトンでテニスをね」

「スティーヴンと？　ゴルフにいらしたのかと思っていたのに」

「テニスに切りかえたんだ。スティーヴンがメアリを連れてきてね。それにジェシカ・サンディズと、四人顔が揃ったから」

「ジェシカ？　いつだったかアーチャーさんのところで会った、あの黒い髪の人？」

「うん――そうなんだ」

「あの人があなたの現在の恋人ってわけ？」

「シャーリー、ぼくはきみに約束したじゃないか！」

「ええ、でもあなたの約束なんて。そうなのね。あなたは今あの人に夢中なのね――あなたの目を見ればわかるわ」

ヘンリーは不機嫌にいった。

「勝手な想像をしたけりゃするさ……」

「どうせ想像をするなら、あたしは島の夢でも見ることにするわ」とシャーリーは呟いた。

「なぜ、急に島のことなんていいだすの？」こういってヘンリーはソファの上に起き直った。「何だか、体じゅうが痛むな」

「あすの日曜は家でゆっくりお休みなさいよ。たまには静かに過ごすのもいいんじゃなくて？」

「それもそうだな」

しかし、翌朝ヘンリーは、痛みはほとんどなくなったようだといった。

「きのうの雪辱戦をやりたいといわれているんだよ」

「あなたとスティーヴンとメアリと——ジェシカね？」

「ああ」

「それともあなたとジェシカだけで？」

「いや、四人でさ」と彼は軽い口調でいった。

「あなたって、嘘つきなのねえ、ヘンリー」

腹立たしげな口調ではなかった。シャーリーの目はちょっと笑いを含んでさえいた。

彼女はそのとき、四年前、テニス・パーティーで会った青年を思い出していたのだった。

あのとき彼女をひきつけたのは、ヘンリーのもつ、捉われない、一種超然とした雰囲気だった。その点、彼は今でもちっとも変わっていない、こうシャーリーは思った。

翌日訪ねてきて、姉と話をしながら彼女の帰りを所在なげに待っていた青年。彼は今、あのときと同じ頑固な一途さで、黒髪のジェシカを追い求めているのだ。

ヘンリーはちっとも変わっていない、とシャーリーは思った。あたしを傷つけたいと思っているわけではないが、いつも自分のしたいようにする、それがヘンリーなのだ。どう変わりようもないのだ。

ヘンリーがまだかすかに足を引きずっているのを見て、シャーリーは衝動的にいった。

「そんなに痛そうなのに、出かけて行ってテニスをしたりしたら、きっとよくないわ。昨日、くじいたばっかりでしょう。テニスは来週まで延ばした方がいいんじゃなくて？」

しかしヘンリーはどうでも出かける気だった。

その日の六時ごろに帰宅したヘンリーは、呻き声をあげてベッドに倒れこんだ。苦痛にゆがんでいるその蒼白な顔を見て、シャーリーはびっくりした。ヘンリーは大丈夫だといったが、彼女はすぐ電話で医者を呼んだ。

第八章

1

翌日、ローラが昼食の食卓から立ちあがったときに、電話が鳴った。

「ローラ？　シャーリー？　どうしたの、そんな声をして？」

「シャーリーよ」

「ヘンリーが入院したの。小児麻痺《ポリオ》で」

〝チャールズのように〟とローラは思った。何十年も前のあの日々のことが鮮やかに胸によみがえった。〝チャールズも小児麻痺《ポリオ》だった〟

そのころは彼女自身小さくて、小児麻痺《ポリオ》という病気の悲劇的な性質がわからなかった。けれどもそれは今や新しい意味をおびて、彼女の心を騒がせた。

シャーリーの声音にこもる苦悩は、彼女自身の母親が感じたのと同じものなのだ。

チャールズは死んだ。ヘンリーも死ぬだろうか？

ヘンリーも小児麻痺《ポリオ》で死ぬだろうか？

2

「小児麻痺って、ポリオと同じなんですわね？」とローラはボールドック氏に訊ねた。

「近ごろじゃ、もっぱらそう呼ぶらしいが——なぜだね？」

「ヘンリーがかかったそうですの」

「そりゃ、気の毒に。それであんたは、ヘンリーが治るかどうかって、考えているんだね？」

「ええ——まあ」

「治らないといいと思っているのかね？」

「まさか、そんなこと！　まるでわたしを怪物扱いなさるのね」

「しかし、正直いって、ちらっとそんなことを考えやしなかったかな？」

「人の心の中を、たしかに恐ろしい考えがよぎることもありますわ。でもわたし、誰かが死んだらいいなんて、そんなこと、もちろん、考えもしませんわ――本当よ」

「そうだろうな」とボールドック氏はしみじみいった。「そんなことを願ったりなんか、しないだろうよ――今ではね」

「どういう意味ですの、今では、なんて？　ああ、あの〝緋の衣の女〟のことを思い出していらっしゃるの？」幼いころを思い出して、ローラは思わず微笑した。「きょう、参りましたのはね。ここしばらくは、こちらに毎日伺うわけにはいかないってことを申しあげておこうと思ったんですの。午後の汽車でロンドンに行きますの――シャーリーのところへ」

「きてほしいといってよこしたのかね？」

「そんなこと、きまっているじゃありませんか」とローラはむっとしたようにいった。「ヘンリーが入院して、あの子はひとりぼっちですのよ。一緒にいてやる必要がありますわ」

「まあ――そうだろうな。見あげたことだよ。けっこう、けっこう。わい、わしのことなどは、どうせ、どうでもいいんだから」

半病人の生活をしているボールドック氏は、ことさらにひがみっぽいことをいうのを、せめてもの気晴らしにしていたのだった。

「本当に悪いんですけれど――」

「悪いんですけれど、シャーリーが第一ですから、か！　いいとも、いいとも……わしなど問題ではない。齢八十を数える、ろくでもない老いぼれだ。耳は遠いし、目は見えず――」

「ボールディー……」

ボールドック氏は急ににやりと笑って、片目をつぶって見せた。

「まったくローラ、あんたはお涙頂戴の愚痴話にすぐころりとまいってしまうんだね。自己憐憫に首までとっぷりつかっている人間には、あんたの同情など、もう一つ余計だよ。自己憐憫はフルタイムの大仕事だからね」

3

「わたしが家を売ってしまわなかったのは、もっけの幸いでしたわ」とローラがいった。

三カ月後であった。ヘンリーは命をとりとめた。しかし一時は生死の境をさまよったほどだった。

「最初の兆候があらわれたとき、無理に出かけてテニスなんかしていなければ、症状もこれほどひどくは出なかったのでしょうけれど――」

「すると、よほどひどいんだね？」

「一生障害が残るということは、確かなようですわ」

「気の毒にな」

「本人はもちろん、まだ聞いていませんの。治る見込みもまったくないわけではないらしいんですけれど……お医者さまは、シャーリーを元気づけるためにそうおっしゃっているのかもしれませんし。とにかく、家を売らなかったのはつくづくよかったと思います。今思うとふしぎなんですけれど、売ってはいけないという気がずっとしていたんですの、そんなことを考えるなんて、我ながら馬鹿げていると思いましたわ。わたしには広すぎるし、シャーリーには子どもがいないから、田舎に家をほしがることもないでしょうし。それにわたし自身、ミルチェスターにある子どものための施設を管理するという仕事を引き受ける気でいましたから。でも結局、売る話はまとまりませんでした。ミルチェスターの方も、今なら辞退できますし、ヘンリーが退院したら、二人してここへきて暮らせばいいと思います。もちろん、まだ何カ月も先のことですけれど」

「シャーリーも賛成しているのかね？」

ローラは眉を寄せた。

「それが――何だか気が進まないようなんです。なぜだか、わかるような気がしますわ」

こういってローラは、ボールドック氏の顔をきっと見つめた。

「ご存じのことがあれば、いって下さった方がありがたいと思います。シャーリーはわたしに話したくないことでも、あなたにはお話ししているんじゃありませんかしら。あの子はもう、自分の財産をほとんど全部遣いはたしてしまっているんでしょうね？」

「わしにだって、何も打ち明けたことはないよ」とボールドック氏はいった。「だが、確かに財産はもう残っていないようだね。もっともヘンリーも自分の持ち金をあらかた遣ってしまったようだが」

「ずいぶんいろいろな話を聞きましたわ」とローラはいった。「二人の友だちからも、ほかからも。ひどく不幸な結婚だったんですわ。ヘンリーはシャーリーのお金を遣い、あの子をないがしろにし、とりかえひきかえ、いろいろな女と関係をもっていたらしいんです。いくらいま重い病気で苦しんでいるからって、わたし、とてもあの人を赦す気になれません。シャーリーにそんなひどい仕打ちをするなんて、よくもできたものですわ。シャーリーは当然幸せになってもいい子でした。あんなにも生き生きと、真摯で、信頼にあふれていたあの子が――」ローラは立ちあがって、落ち着かぬ様子で部屋の中を歩きまわりはじめた。平静を保とうとつとめながらも、その声は昂ぶっていた。

「ああ、なぜ、わたし、あの子とヘンリーとの結婚を許してしまったんでしょう？　止めることだってできたはずですのに。少なくとも結婚を延ばさせることはできましたわ。そのうちにはあの子にも、ヘンリーがどんな人間か、はっきりわかったでしょうに。でもあの子があまりじれていましたので――ヘンリーを自分のものにしたいとやきもきしていましたので、つい折れてしまったのです。シャーリーに、望みのものを与えてやりたかったものですから」

「まあまあ、落ち着きなさい」

「それだけじゃありませんわ。わたし、独占欲の強い姉ではないということを示したかったんです。それを自分自身に証拠だてたいばっかりに、シャーリーを一生不幸な境遇に陥れてしまったんです」

「前にもいっぺんいったが、あんたは幸福とか不幸とか、あまり気にかけすぎるよ」

「シャーリーが苦しむのを、わたし、とても見ていられないんです。あなたは平気かもしれませんけれど」

「シャーリー、シャーリーって、わしが心配しているのは、ローラ、あんたのことだよ。

これまでもずっとそうだった。裁判官のように生真面目な、思いつめた顔で、子ども用自転車を乗りまわしていた小娘のころから、あんたは苦しみを背負いこむことにかけては、特別な才能をもっていたからね。それにあんたはある種の人間たちとは違って、自己憐憫の香油で苦しみを和らげるということができないたちだ。それどころか、自分のことをまったく考えもしないんだから」

「わたしのことなんか、問題じゃありませんわ。小児麻痺《ポリオ》にかかったのは、わ、わたしの夫ではないんですから!」

「あんたのいうことを聞いていると、病気になったのはあんたの旦那さんかと錯覚を起こすくらいだよ。わしがあんたのために何を願っているか、察しがつくかね? ごく平凡な幸福さ。夫と、騒々しい、腕白な子どもたちだよ。わしがあんたという人間を知って以来、ほんの小さな子どものときから、あんたはいつも悲しみにとざされているような顔をしていた。あんたが人間として、女として本当の意味で成長するには、悲しみでなく、幸せが必要だ。全世界の苦悩をひとりで背負いこむなんて、どだい無理な話だ――主イエス・キリストがすでにそれをして下さったのだからね。他人の生活を肩がわりして生きることはできない。たとえ、妹のシャーリーの生活であっても、それはよくない。あの子を助けてやるのはいい。しかし、あまり気に病まぬことだ」

ローラは青ざめた顔でいった。

「あなたにはおわかりにならないんだわ」

「ふむ。あんたも世間の女と同じだな。何についても大袈裟に騒ぎたてなければおさまらんのだから」

ローラはちょっとの間黙って彼の顔を見つめていたが、くるりと踵《きびす》をめぐらして、ツカツカと部屋を出て行った。

「馬鹿な老いぼれめが！」とボールドック氏は呟いた。「やれやれ、本当に怒らせてしまったぞ」

ドアが開き、ローラがまたさっと入ってきて、呆気にとられているボールドック氏に近よった。

「あなたって、本当に癪にさわるお爺さんね」こういって彼にキスをした。

ローラが去った後、ボールドック氏はじっと横になったまま、間が悪げに目をしばたたいていた。

近ごろしきりとひとりごとをいう彼だったが、天井に向かって囁くように、いまその唇を洩れたのは、ひそかな祈りの言葉だった。

「主よ、どうか、彼女をお守りください。わたしにはもう何もしてやれそうにありません。それに、そうしようと試みるのは、わたしの思いあがりだと思います」

4

ヘンリーの病気のことをつたえ聞いて、リチャード・ワイルディングは月並な見舞いの手紙をよこした。一カ月後にもう一通手紙がきた。会ってもらえないかという文面であった。シャーリーは返事を書いた。

お目にかからない方がよいと思います。今はヘンリーが私の生活の唯一の現実なのですから。おわかりいただけると存じます。さようなら

リチャードからは、折りかえし次のような手紙がきた。

思っていた通りのお手紙でした。神の祝福がどうか今も、この後も、あなたとともにありますように。

これですべては終わった、とシャーリーは思った。

ヘンリーは命をとりとめた。けれども今やシャーリーは、現実の生活上のさまざまな問題に直面していたのだった。彼女もヘンリーもほとんど何の貯えもなかった。ヘンリーはいずれは退院する、不自由な体の病人として。そのときに彼を迎える家をまず用意しておかなければならない。

このことについては、どうしてもローラに頼らなければならないように思われた。ローラはやさしい、心のひろい姉だった。彼女は二人が当然ベルベリーにくるものと思いこんでいた。しかし、姉の家に身を寄せることについて、シャーリーはなぜか気が進まなかったのであった。

ヘンリーは扱いにくい病人であった。昔の陽気さのあとかたもなくなった彼は、ローラの申し出を断わるなんてどうかしているとシャーリーをなじった。

「なぜ、反対するのか、ぼくにはわからないね。そうするほかないことは、わかりきっているじゃないか。ローラが家を売っていなくてよかったよ。あそこなら広いし、二人で一つづきの部屋を占領することもできる。看護婦だって、付き添い人だって、必要なら頼めるよ。何をそう、うじうじと心配しているんだい?」

「ミュリエル伯母さまのところはだめ？」

「ちょっと前に脳溢血で倒れたって、きみも知っているだろう？　そのうちにまた発作を起こすよ。看護婦が付ききりで、すっかり老いぼれちまったそうだ。収入も税金で半分ぐらいに減ったらしいしね。ミュリエルの家なんて、問題外だよ。ローラの家に行くのが、どうしていけないんだい？　ローラの方でそういってくれたんじゃないか？」

「ええ、何度も何度も」

「だったら問題はないよ。なぜ、嫌なんだい？　ローラはきみのことといえば、夢中じゃないか」

「あたしを愛してくれるわ。でも――」

「なるほど、彼女はきみを愛しているが、ぼくのことは嫌っている、そういいたいんだね。なおさらけっこうなことじゃないか、彼女にとっては。障害を持つ病人になりさがったぼくを見て舌なめずりをして喜べばいい」

「そんなこと、いうものじゃなくてよ、ヘンリー、ローラはそんな人じゃないわ」

「ローラがどんな人だろうが、ぼくの知ったことか。今のぼくに何が気になるものかね。きみには、ぼくがどんな情けない思いをしているか、わかっているのかね？　思うように寝返りも打てない不自由な病人だということがどんなことなのか、きみにはぜんぜんわかっていない！」

「もちろん、わかってるわ」

「こんな障害者に一生縛りつけられて！　さぞお楽しいことでしょうさ」

「あたしのことなら大丈夫、心配しないでちょうだい」

「女ってやつは、みんな同じだ。男を赤ん坊扱いにできるのがうれしくてたまらないんだろう。ぼくはもうきみのお慈悲に頼るほかないんだ。それがきみにはいっそうれしいんだろう」

「いくらでもいいたいことをおっしゃいな」とシャーリーはいった。「あなたがどんな惨めな思いをしているか、あたしにはよくわかるの」

「わかるものか、わかるものかね！　これじゃあ、死んだ方がましだ！　あの藪医者め、どうせのこと、あっさり殺してくれたらよかったのに！　さあ、いってくれ、せいぜい甘ったるい、慰めの言葉でも並べてくれ」

「じゃあ、いうわ」とシャーリーはいった。「これを聞いたら、あなたはかんかんに怒るでしょう。あのねえ、貧乏くじを引いたのは、あなたよりもあたしの方じゃなくって？」

一瞬目を怒らせて妻を睨みつけたヘンリーは、我にもなくふきだした。

「きみも結構いうじゃないか」

5

一ヵ月後、シャーリーは姉に手紙を書いた。

そちらで暮らすようにおっしゃって下さって、本当にありがとうございます。ヘンリーが何のかのといっても、どうか気になさらないで下さいね。あの人、ひどくまいっています。嫌なことをじっと我慢したというためしのない人ですから、いらいらしてひどいことをいうのです。とくにヘンリーのような人には、この病気はたまらないものなのでしょう。

折りかえし届いたローラの手紙は、やさしい愛情にみちみちていた。

シャーリーとその病気の夫は、三週間後にベルベリーにやってきた。

ローラにやさしく抱きしめられたときシャーリーは、この姉のもとに帰りたくないなんて、どうして考えたのだろうとふしぎに思った。

この家は彼女の家だ。ローラの大きな、温かい翼のもとに、自分は帰ってきたのだ。ふたたび小さな子どもの昔に帰ったような気持ちだった。

「ローラ、うれしいわ、家に帰れて……わたし、疲れちゃったの……たまらなく疲れちゃって……」

妹のやつれた顔に、ローラは強いショックを感じた。

「シャーリー、さぞ辛かったでしょうねえ……もう大丈夫よ……何の心配もいらないわ」

シャーリーはおずおずといった。

「ヘンリーのこと、気にしないで下さいね」

「もちろんよ、ヘンリーが何をいっても、しても、気になんかしませんとも。きまっているじゃありませんか。とくにヘンリーのような人にとっては、自分で自分の体が思うようにならないなんて、何ともやりきれないことでしょうからねえ。いくらかでも憂さ晴らしになるなら、好きなだけ癇癪を起こしたらいいのよ」

「ローラ、本当によくわかって下さるのねえ……」

「もちろん、わかっていますとも」

シャーリーは、ほっと安堵の溜息をついた。そのときまで彼女は、自分が体力と気力を極限まで使いはたしていることにほとんど気づいていなかったのだった。

第九章

1

ふたたび外国に出かけるに先だって、サー・リチャード・ワイルディングはベルベリーを訪れた。

朝食のテーブルで彼の手紙を読むと、シャーリーはそれを姉に渡した。

「リチャード・ワイルディング――あの旅行家の？」

「そう」

「あなたのお友だちだったの？　知らなかったわ」

「ええ――そうなの。いい人よ」

「お昼をここで一緒に召しあがって下さるようにお招きしましょう。親しいおつきあいなの？」

「一時はあたし、彼のこと、好きなんじゃないかって思ったこともあるのよ」

「まあ！」とローラはびっくりしたようにいった。

そんなことがあったのか……

リチャードは予想していたより少し早めにやってきた。シャーリーはちょうど病人の世話で手が離せなかったので、ローラが客を迎えて庭に案内した。

リチャードに会ったとき、ローラはすぐに、この人こそ、シャーリーの結婚すべき相手だったのだと思った。リチャードの物静かで温かい人となり、思いやりのある態度、どことなく感じられる権威、すべてが好もしかった。

もしもシャーリーがヘンリーと出会わなかったら。魅力的だが、およそ当てにならず、どこか非情なあのヘンリーと、ついぞ会うことがなかったとしたら……ローラはこう考えて、つくづく残念に口惜しく思った。

リチャードはまず丁寧に病人の見舞いを述べた。二言三言当たり障りのない会話が続いた後、唐突に彼はいった。

「グリンエドワーズ君とは二度ほど会っただけですが、好感はもてませんでした」そしてざっくばらんな口調で訊いた。

「なぜ、あなたは妹さんの結婚をお止めにならなかったのです？」

「どうしてわたしに止められたでしょう？」

「何とか方法があったでしょうに」

「そうでしょうか？」

ローラもリチャードも、初対面にしてはあけすけなやりとりを奇異にも思わなかった。

リチャードは思いに沈んだ口調でいった。

「すでにお察しと思いますが、私はシャーリーを深く愛しています」

「そうじゃないかと思っておりました」

「だからって、どうにもならないのです。こうなった今、シャーリーはけっしてあの男を見捨てないでしょう」

ローラは無表情にいった。

「そんなことをあの子がするはずはありませんわ」

「ええ、そこがシャーリーのシャーリーたる所以でしょうから」ちょっと言葉を切った後、彼は訊ねた。「今でもあの男を愛しているのでしょうか？」

「さあ、ひどく気の毒に思っていることは確かですわ」

「辛抱のいい病人ですか？」

「とんでもない」とローラは鋭い口調でいった。「およそ忍耐のできない人ですの、へンリーは。ただもう、シャーリーに当たりちらすばかりで」

「何というやつだ！」

「本人も苦しいんでしょうけれど」

「私だって気の毒に思わないわけではありません。しかし、あの男はシャーリーに実にひどい仕打ちをしてきたんですからね。それは周知の事実ですよ。あなたもそれはご存じだったでしょうが」

「シャーリーは、自分では何も申しませんでした。むろん、噂はいろいろと耳に入りましたけれど」

「シャーリーは忠実な奥さんです。徹底してあの男に忠実です」

「ええ」

ちょっと沈黙が続いた。突然ローラは荒々しい口調でいった。

「おっしゃる通りですわ。わたしが止めるべきでした。何としてでも。シャーリーはまだ若くて、考えるだけのゆとりもなかったのですから。とんでもないことをしてしまったと今さらに思います」

リチャードの声も苦しげだった。

「これからも、シャーリーのことはあなたが気をつけて下さいますね？」

「もちろんですわ。シャーリーはこの世でわたしが心にかけている、たった一人の人間なんですから」

「シャーリーがこっちにきますよ」

芝生を近づいてくるシャーリーの姿を、二人はじっと見守った。

「ひどく痩せて、青い顔をしていますね」とリチャードは呟いた。「かわいそうに、健気な、勇敢なシャーリー……」

2

昼食後、シャーリーはリチャードを伴って小川の岸づたいに散歩した。

「ヘンリーは今眠っていますの。しばらくは家をあけられますわ」

「ぼくがきていることを知っておられるのですか？」

「申しませんでしたの」

「シャーリー、いろいろと苦労していらっしゃるのでしょうね？」

「ええ──まあ。何をいってもしても、あの人の役には立たないのですから。それがたまらないんですの」

「あなたはぼくがきたことで、気を悪くしていらっしゃりはしないでしょうね？」

「もしも――さよならをいいにいらしたのでしたら」

「そうなんです。こうなったらもう、あなたはご主人と別れようとはけっしてお思いにならないでしょうから」

「ええ、けっして」

リチャードは立ちどまって、シャーリーの手を取った。

「一つだけ、申しあげておきたいのです。他日あなたがぼくを必要となさることがあったら――いつ何どきでも――来いと一言お手紙を下さい。世界の果てからでもきっと飛んで帰ります」

「リチャード」

「ではお別れします、シャーリー」

彼はシャーリーを抱きよせた。心づかいに飢えた、疲れた体がにわかに生命をとりもどしたように、彼女は我を忘れて激しく彼に接吻した。

「あたし、あなたを愛していますわ、リチャード、本当に……」

それから囁くようにいった。

「さようなら。どうかもう、ついていらっしゃらないで……」

身を捥《も》ぎ離すようにして、彼女は家の方向に走りだした。

リチャード・ワイルディングは口の中で、ヘンリー・グリンエドワーズと小児麻痺と呼ばれる病気をはげしく罵ったのだった。

3

ボールドック氏は床についていた。その上、看護婦が二人、付き添い、彼はその二人を頭から嫌っていたのだった。

ローラの訪問だけが、一日のただ一つの慰めであった。

ローラがきたのを見て看護婦が気をきかせて席をはずすと、ボールドック氏はここぞとばかり、彼女のあらを並べたて、甲高い作り声で声色を真似て聞かせた。

「しかもいかにもわざとらしいんだ、いうことがいちいち。〝けさはうちのご病人さん、お具合いかがですの?〟てな調子で。うちのなんて、心安くいってもらいたくないと、わしはきっぱりいってやったよ。いまいましい女だ、平べったい、猿みたいな面ににやにや笑いを浮かべおって」

「ずいぶん失礼なことをおっしゃるのね、ボールディー」

「かまうことはない！　看護婦なんぞ、面の皮の特別厚い連中だ。気になどせん。せいぜい指を一本突き出して、〝おやまあ、お口の悪い！〟などとほざくだけさ。まったくあんな女は、油の中にほうりこんでグツグツ煮てやりたいよ！」

「そんなに興奮なさっちゃ、お体に障りますわ」

「ヘンリーはどうだ？　あいかわらず手を焼かせているのかね？」

「ええ、本当にひどい男ですわ。わたしもせいぜい同情しようとは思っているんですけれど、とてもそんな気になれませんの」

「女なんて、不人情なものだな。飼っている小鳥が死にでもすると、さめざめと涙を流すくせに、男一匹、地獄の責苦を味わっているのに、洟《はな》もひっかけん」

「地獄の思いをしているのは、シャーリーですわ。あの男はただ――シャーリーを怒鳴りつけて鬱憤《うっぷん》を晴らしているだけです」

「自然、そうなるだろうな。シャーリーにでも当たり散らすしか、鬱憤の持って行きどころがないんだから。苦しい時に八つ当たりぐらいさせてもらえないようじゃ、かみさんなんぞ、ない方がましだ」

「こんな調子では、シャーリーがまいってしまわないかと、わたし、心配でたまりませんの」

ボールドック氏は軽蔑したように鼻を鳴らした。

「あの子がまいるものか、シャーリーはタフだ。しんが強い」

「でも、もう疲れきっていますのよ」

「そうだろうな。だが自分から望んで嫁いだ相手だ」

「シャーリーだって、ヘンリーが小児麻痺にかかるなんて、思いもしなかったんですから」

「知っていたからって、思いとどまったろうかね？　ところで、わしの小耳にはさんだところによると、先だって騎士物語の主人公を絵に描いたような男が、涙の別れの愁嘆場を演じにやってきたということだが？」

「まあ、ボールディー、いったい、どうやってそんな情報を手におしいれになるの？」

「耳の穴をよくほじっておくのさ。ゴシップを聞きだす情報源にでもせんかぎり、看護婦なんぞ、無用の長物じゃ」

「先だってのお客は、旅行家のリチャード・ワイルディングですの」

「ほう、ワイルディングといえば、なかなか評判のいい男だ。ただ、戦争前に無分別な結婚をしたという話だったな。高級娼婦といったたぐいの女で、戦後ワイルディングと切れたそうだが、一時はあの男、ずいぶん悩んだらしい。そんな女と結婚したのが間違いのもとだ。理想主義者というやつは、まったく始末が悪いて」

「リチャードって、とてもいい人でしたわ」

「ほう？　おまえさん、少々、気をひかれたかね？」

「シャーリーはあの人と結婚すべきだったんですわ」

「何だ、あんたの気に入ったってわけじゃないんだな」

「わたしは結婚なんてする気はありませんもの」

「たわけたことを！」とボールドック氏はずけずけといった。

4

ヘンリーの主治医は、まだ若い医者であった。

「あなたは少しどこかにいらした方がいいと思いますね、ミセス・グリンエドワーズ。休息と気分の転換、あなたにはそれが必要です」

「でも、家をあけるわけにはいきませんわ」とシャーリーは腹立たしげに抗議した。

「あなたはひどく疲れておいでです。はっきり申しあげておきますがね」グレイヴズ医師は力をこめていった。「用心なさらないと、倒れておしまいになりますよ、早晩」

シャーリーは笑った。

「あたしは大丈夫ですわ」

医者は疑わしそうに頭を振った。

「ご主人はなかなか気むずかしいご病人ですから」

「少し——諦めてくれるようだとよろしいんですけれど」とシャーリーはいった。

「我慢ということをなさいませんからね」

「あの——あたしがあの人に悪い影響をあたえているとはお思いにならないでしょうか? あたしがいることで、かえっていらいらさせるといった?」

「あなたはご主人の安全弁なんですよ。お辛いでしょうが、あなたがいらっしゃることがご主人の支えになっているんです」

「ありがとうございます」

「睡眠薬をもう少し続けてみましょう。少々強い薬ですが、昼間あんなにいらいらなさるのでは、夜だけでもぐっすりお休みにならなくてはいけません。しかし、手の届くところに置いておかれないように」

　シャーリーの顔はさっと青ざめた。

「まさか——あの——」

「いや、そういうことではありません」と医者は急いで遮った。「ご主人は自殺指向のタイプではありません。死んだ方がましだなどと、ときどきおっしゃいますが、あれは一種のヒステリーですからね。ただ、この種の薬の場合は途中で目が覚めたときに意識が混濁していますのでね。すでに薬を服用したことを忘れて、また服《の》んでしまうことがあるんですよ。どうか、気をつけて下さい」

「はい、もちろん、よく気をつけますわ」

　医者を送りだして病室にもどると、ヘンリーはいつもに輪をかけて不愉快な気分らしかった。

「あの藪医者の奴、何ていった？　〝ご心配はいりません、順調です〟か。〝少しいらいらしておいでのようですが、ご心配はいりません〟、そうだろう？」

「ヘンリー」椅子にがっくり腰を落として、シャーリーは呟いた。「たまには少し——やさしくして下さるわけにいかないの？」

「やさしく？　きみにか？」

「ええ、あたし、すっかり疲れてしまって。もしも——ときどきでいいから——あなたがやさしくして下されば」

「きみは何も文句をいうことはないだろう。役にも立たない、ねじれた骨ばかり詰まっている、このぼくなんかと違って、健康そのものなんだから」

「本当にそう思っていらっしゃるの？」

「医者がどこかに行けといったのか？」

「少し気分を転換して休養しなければいけないって」

「じゃあ、出かけるつもりなんだね？　ボンマスあたりで、楽しい一週間を過ごしてくるってわけか？」

「いいえ、行かないわ」

「どうして？」

「あなたを残して行く気がしないの」

「きみが行こうが行くまいが、ぼくはいっこうにかまわないがね。第一、きみなんか、何の役に立つ？」

「そうね、何のお役にも立っていないようね」とシャーリーは表情のない声でいった。

ヘンリーはいらいらと頭をそむけた。

「眠り薬はどこだ？　ゆうべはくれなかったじゃないか？」

「いいえ、あげたわ」

「くれなかったよ。目を覚まして、そういったんだが、あの看護婦のやつ、もう服んだなんて嘘をついた」

「お服みになったわ。忘れていらっしゃるのよ」

「牧師館の今夜のパーティーには行くのかね？」

「あなたが嫌なら行かないわ」

「行ったらいいさ！　さもないとみんなが〝なんてわがままなご主人でしょう！〟とか何とか、噂するからな。看護婦にも、行きたきゃ行けといっておいたよ」

「あたしは家にいるわ」

「そんな必要はないよ。ぼくのことはローラが気をつけてくれる。妙だな――ぼくはローラをひどく好きだったためしはないんだが、寝ついてみると、あの人にはこう――人を落ち着かせる雰囲気があるんだ」

「そうね。ローラはいつもそういう人だったわ。何かを与えてくれるのよ。あたしよりずっといい看護人だわ。あたしはあなたを怒らせるばかりで」

「きみはときどきひどく癇に障るよ」

「ヘンリー――」

「何だい？」

「何でもないわ」

牧師館に出かける前に病室を覗くと、ヘンリーは眠っているらしかった。ベッドの上に身をかがめると、ふと不覚の涙がにじんだ。身を離しかけたとき、ヘンリーがその袖をつかんだ。

「シャーリー」

「なあに？」

「シャーリー――ぼくを憎まないでくれ」

「憎む？　あたしにどうしてあなたが憎めるでしょう？」

ヘンリーは低い声で呟いた。

「きみは痩せて、青い顔をしている……ぼくのせいだ。自分で……自分がどうにもならないんだよ……ぼくはそういう人間なんだ。いつも病気とか苦痛が人一倍いやだった。戦地でも、戦死するのはいいが、火傷をしたり、顔の相好が変わったり、障害者になったりしたら、とても我慢できないと思っていた」

「そうだったの。わかるわ……」

「ぼくは自分勝手な、ひどい人間だ。自分でも知っているよ。でもきっとよくなる――もっとましな人間になって見せるよ――たとえ体はよくならなくても。二人で力をあわせれば――何とか生き抜いていけるかも知れない――きみが辛抱してくれれば。ただ、どうか、ぼくを見捨てないでくれ」

「あたし、けっしてあなたの傍を離れなくてよ」

「ぼくはきみを愛している、シャーリー……本当だよ……これまでもきみひとりだった、本当に愛していたのは。きみ以外には誰も――もちろんこれからだって。きみはいつもいい妻だった――じっと忍耐してくれた。ぼくはひどい男だ。でも赦すといってくれないか」

「赦すなんて。あたし、あなたを愛しているんですもの」

「障害者になったって――人生は楽しめるかも知れない」

「一緒に楽しみましょうよ」

「どうやって？　ぼくにはわからない」

震える声でシャーリーはいった。

「食べる楽しみはいつでもあるわ」

「飲む楽しみだってね」とヘンリーもいった。昔のように明るい微笑がふと頰をかすめた。

「高等数学に取り組んでもいいな」

「あたしなら、クロスワード・パズルぐらいかしら」

「こんなことをいっても、あしたになれば、またきみに当たりちらすんだろうがね」

「そうね。でも、あたし、もう気にしない」

「ぼくの薬はどこ？」

「今あげるわ」

渡された睡眠薬を、ヘンリーはおとなしく服みくだした。

「ミュリエル伯母も気の毒に」とヘンリーは呟いた。

「どうして急にそんなことを？」

「はじめてきみをあの家に連れて行ったときのことを思い出したのさ。きみは黄色い縞の服を着ていたっけ。ミュリエル伯母のところにもっとちょいちょい行っておくんだったな。退屈なものだから、つい行かなくなってしまったんだ。ぼくは退屈な人間は嫌いなんだ。今じゃ、ぼく自身がしんどい病人になっちまったが」

「そんなことないわ」

下のホールからローラが呼んだ。

「シャーリー！」

シャーリーはヘンリーにキスをして、階段を駆けおりた。幸福な思いが胸に溢れていた。幸福と一種の勝利感が、彼女をとらえていたのだった。

待っていたローラが、看護婦は一足先に家を出たといった。

「あら、もうそんなに遅くって？　走って行くわ」

小径を小走りながら、シャーリーは振り返って叫んだ。

「薬はもう服ませたわ！」

ローラはすでに家の中に入って、ドアを閉めているところだった。

第三部　ルウェリン（一九五六）

第一章

1

ルウェリン・ノックスはホテルの窓の鎧戸を開けはなって、かぐわしい夜気を部屋に迎えいれた。眼下には町の明かりがきらめき、さらにその向こうに波止場の灯がまたたいている。

ルウェリンは、ここ数週間感じたことのない寛《くつろ》ぎと平和が胸を満たすのを覚えていた。もしかしたらこの島で、自分はしばし歩みを止め、自己を再吟味し、将来について考えることができるかも知れない。今後の生活のパターンは、輪郭だけははっきりしていたが、細部は依然としてぼやけていた。苦悩とむなしさ、そして疲労——その一時期は今や彼の背後にあった。もう少ししたら——おそらく日ならずして、彼は人生の新しいスタートを切ることができるかも知れない。市井の人の単純な地味な生活、それをルウェリンはこれから始めようとしているのだった。不利な点といえばただ一つ、四十歳という年齢で、それを始めることだが。

彼は振り返って、部屋の中を見回した。無駄のまったくない簡素なしつらえだが、いかにも清潔なのが快かった。顔と手を洗い、わずかな持ちものを鞄から出すと、部屋を出て階段を二つ下った。ロビーの片隅の机の後ろにクラークが一人いて、何か書きものをしている。ちょっと目をあげて、遠慮がちにルウェリンを見やったが、とくに関心も好奇心も示さず、すぐまた仕事に注意をもどした。

回転ドアを押して、ルウェリンは街路に下り立った。空気は暖かく湿り気をおび、よい香りがした。

熱帯地方特有のどこか異国的なけだるさは、ここには感じられなかった。それは心身の緊張を解きほぐすのに最適の暖かさだった。文明世界の気ぜわしいテンポは、遠く置きざりにされていた。この島では、人はあたかも、一昔前の日々を歩んでいるかのようだった。その時代には、人間はすべてにもっと余裕をもっていた。よく考え、急がず慌てず、しかし、つねにさだかな目標を見つめて歩んでいた。この島にも貧困は存在するだろう。苦痛も、肉体のさまざまな疾病もないとはいえない。しかし、より高度の文明につきまとう神経障害、熱っぽい性急さ、あすについての思い煩いは見られなかった。

キャリア・ウーマンの余裕のない表情、子どもの将来にすべてを賭けている母親の思いつめた目つき、自分と自分の家族が人生の戦いの敗残者にならないように、たえず苦闘している実業家の灰色の顔、より安楽なあすの生活、あるいは単に現在の暮らしを維持するためにあくせくしている、大衆の疲れた不安げな顔——そうしたすべては、今ルゥェリンの傍らを通りすぎて行く人々の中には見出されなかった。彼らはたいてい、彼の顔をちらりと眺めるだけで通りすぎて行った。礼儀正しいまなざしで彼を外国人と見てとり、すぐまた目をそむけ、おのおのの歩みを続けて行く。ゆったりと、落ち着いた足どりであった。夕方の散策であろうか、たとえ行く先をきめて歩いているにしても、心せく様子は見られなかった。今日果たせない用事には、あすという日がある。待ち人がこなければ、もう少し待つだけのことだ。腹を立てる者とていないのだから。

沈静な、礼儀正しい人々で、めったに表情をくずさない。悲しいからではなく、おかしいことがない限り笑わないのである。この島では、笑顔は社交の武器としては用いられないのだった。

赤ん坊を抱いた一人の女がルウェリンに近づいて、一本調子の、無感情な声で施しを乞うた。何をいっているのか理解できなかったが、差し出された手と物憂げなその吟詠調の声音が、昔ながらのパターンに忠実にしたがったものだということだけはわかった。

差し出されている掌にルウェリンが小銭を置くと、女はあいかわらず単調な声で礼をいって、クルリと背を向けた。その肩に顔を押しつけて眠っている赤ん坊はよくふとっており、彼女自身の顔もやつれてはいるが、ひどく憔悴しているとか、衰弱しているというのではなかった。困窮からやむなくというよりは、物乞いをなりわいとしているのだろう。だから機械的に礼儀正しく物を乞い、自分と子どもに食べものと住む所を確保するだけのものを、十分に得ているのだろう。

ルウェリンは町角を折れ、急な坂道を波止場の方へと下った。二人の少女が肩を並べて通りすぎた。何か話しあってしきりに笑うその様子から、振り返りこそしないが、少し後ろを歩いている四人の青年を強く意識していることは明らかだった。

ルウェリンは微笑を浮かべた。これがこの島における求愛のパターンなのだろう。黒髪に浅黒い肌の誇らかなその美は、娘盛りを過ぎれば急速に魅力を失うかもしれない。十年後、いや、七、八年後には彼女たちもあのでっぷりとふとった、人のよさそうな女性、夫の腕にすがって今よたよたと丘をのぼって行く女性のようにならないとはいえない。しかし、その中年の女性にしても、容姿こそ、昔のよすがをとどめていないが、いまだにどことなく威厳を感じさせた。

ルウェリンは傾斜の急な狭い通りを下りつづけた。下りつめたところが波止場の前の広場で、テラスを張り出したカフェが軒を連ね、客がテーブルについて明るい色の液体をたたえたグラスを傾けていた。カフェの前の道はかなりに人通りが多かった。ここでもまた人々は、ルウェリンをすぐ外国人と見るらしく、ちょっと視線を走らせて行きすぎるのだったが、とくに関心を示す様子もなかった。外国人には慣れっこになっているのだろう。船が入港するたびに、いろいろな国の人間が上陸する。時には数時間、時には何日か滞在する。といっても長逗留はまれだった。島のホテルはどれもまあ二、三流どころで、配管工事なども不備だった。土地の人間にとっては、外国人は行きずりの人というだけで、大きな関心事ではない。外国人はアウトサイダーであり、島の生活には関係がない、こう思っているのだった。

無意識のうちに、ルウェリンの歩幅は短くなっていた。彼はそれまでアメリカ人らしい、きびきびした素早い足どりで歩いていた。それは、一定の目的地を目ざして、息苦しくない程度にスピードをあげてそこに到着しようとしている人の歩きかただった。けれども今の彼には、これといってどこへ行くあてもなかった。精神的にも、肉体的にも。彼はただ、同類にまじって歩む一人の男にすぎなかったのである。

こう思ったとき、温かい、幸福な連帯の意識が彼をとらえた。それは過去数ヵ月の不毛の荒廃の中で彼が次第に強く感じはじめていたものだった。いわくいいがたい、他の人間との親近感、連帯感。それには何の目的も、目標もなかった。博愛心などという抽象的概念とはまったく異なったもの。何を与えるでも取るでもなく、恩恵を施そうとも受けようとも思わない愛と友情の意識。まったき理解を内にはらんだこの愛の瞬間は、人を無限に満ち足りさせるものをもっていた。しかもその性質からいって、長くは続かないと予感されるだけに、それはいっそう貴重であった。

何としばしばルウェリンは、「神よ、あなたの慈悲を我らとすべての人に」という言葉を耳にし、自らも語ったことだろう。

人間もまた、そうした感情を持ち得るのだ。たとえ、瞬間的なものであるにしろ。そして突然ルウェリンはここにこそ、これまで彼の理解し得なかった代償が、未来の約束があることに気づいたのだった。十五年あまりもの間、彼はまさにこの連帯感から切り離されて暮らしてきた。彼は選ばれた人間、奉仕に身をささげた男であった。けれども栄光と耐えがたい疲労のひとときに永久に別れを告げた今、彼はふたたび平凡な一人の人間となることができるはずであった。もはや奉仕は要求されていなかった――彼に期待されているのは、ただ一個の人間として生きることだけだった。

ルウェリンは道傍に立っているカフェの一つに入り、テラスのテーブルについた。奥の壁際のテーブルを彼は選んだ。ここに坐ると、他のテーブル越しに、通りを歩いている人々の姿がはっきりと眺められる。さらにその向こうに港の灯や、埠頭につながれている船が見えた。

注文の飲み物を運んできた給仕は静かな、音楽的な声で訊ねた。

「アメリカのお方ですか？」

そうだ、とルウェリンは答えた。

給仕の真面目な顔が穏やかな微笑に輝いた。

「あちらにアメリカの雑誌がございます。お持ちしましょう」

断わろうとして、ルウェリンはとっさに思いとどまった。

給仕はやがていそいそと、二冊の絵入り雑誌を手にしてもどってきた。

「ありがとう」

「どういたしまして、シニョール」

雑誌は二年前のもので、このこともルウェリンにはむしろうれしいことだった。それはこの島が時代の流れから遠く離れているということを証拠だてていた。少なくともここでは、彼が誰であるかを認められる気遣いはないだろう。過去一カ月の出来事を思い返して彼は一瞬目を閉じた。

「あなたは――もしや――いや、お顔に見覚えがあるとは思っていましたが……」

「失礼ですが、ノックス博士では？」

「ルウェリン・ノックス博士でいらっしゃいましょう？　ご病気と伺って心配しておりました――」

「ノックス博士、やっぱりそうでしたか。今後のご計画はどういうことに？　ご病気でしたとか、たいへんでしたなあ。今は著述でも？　いや、それはわたしどもにとってもありがたいことです。人類への新しいメッセージといったものでしょうか？」

船上でも、飛行機の中でも、空港でも、高級ホテル、三流ホテル、レストラン、車中、行くさきざきで彼はすぐそれと認められ、質問を受け、同情され、追従された。阿諛《あゆ》追従がいちばん始末が悪かった。とくに女性たち……スパニエル犬のような目に女性特有の英雄崇拝の感情をたたえて近づく女性たち。

それにもちろん、マスコミが彼を追っていた。彼はいまだにニュース・ヴァリューのある男だった（ありがたいことに、やがてはそれも過去のこととなるだろうが）。粗野な、厚かましい質問。今後の計画について、特定の問題に関して、彼はたえず問われ、見解を求められた。そしていつも最後には、メッセージをと要求されるのであった。

メッセージ、特定の雑誌の読者への、ある国民へのメッセージ、人間への、全世界へのメッセージ――

しかし彼自身には与えるべきメッセージなど、あったためしがなかった。たしかにメッセージの伝達者ではあった。しかし、伝達者であるということと、自らメッセージを語る者とでは、まったく違う。しかし、誰もそれをわかってくれそうになかった。休息――それこそ、彼がいま必要としているものであった。休息としばしの時。自分自身がどういう人間であるか、また何をなすべきかを熟考すべき時。彼は四十にして人生の再出発をし、一私人としての生活をはじめなければならなかった。メッセージの伝達者としての十五年間にルウェリン・ノックスに何が起こったか、まずそれを見出すことが必要だった。

小さなグラスにたたえられている淡い色の液体をすすりながら、また、あたりに坐っている人々や、波止場や、そのともしびを眺めながら、ルウェリンはこの島こそ、それらすべてを見出す絶好の場所であるという思いを強くしていた。彼が欲しているのは、砂漠の孤独ではなかった。人間仲間との接触であった。もともと彼は隠遁者とか、禁欲主義者といったたちの男ではなかった。修道院の隔絶した生活には召命を感じなかった。彼が必要としているのは、ルウェリン・ノックスとは誰か、どんな人間か、見出すことだった。それを知った後、彼は前進するだろう。そして人生の道をふたたび歩みはじめるだろう。

おそらく問題は、カントの三つの提言に還元されることになろう。


自分は何を知っているか？

何を望むことができるか？

何をなすべきか？


この三つの問いのうち、彼が答えることのできるのは二番目の問いだけだった。

給仕がまたもどってきて、彼のテーブルの脇に佇んだ。

「面白い雑誌ですか？」と彼はうれしそうに訊ねた。

ルウェリンは微笑した。

「ああ」

「あまり新しくないようですが」

「それはかまわないよ」

「ええ。一年前によかったものなら、今でもいいものなのでしょうから」と穏やかなうちにも確信をこめていった。「船で、あのサンタ・マルゲリータ号でおいでになったのですか？」と桟橋の方に顔を向けた。

「そうだ」

「あの船は、明日の十二時にまた出帆ですね？」

「そうかもしれない。しかし私はまだここにいるつもりだから」

「ああ、ご見物ですか？　この島は美しい、と観光客の方はみなさん、おっしゃいます。次の船がくるまでのご滞在ですか？　木曜にくる予定ですが」

「もう少し滞在するかもしれない。ここしばらく」

「何かご用でこちらに？」

「いや、用事はべつにない」

「外国からのお客さまは、ふつうはあまり長くは滞在なさいません。とくにここに用事のある方は別として。ホテルがよくないし、することもそうないからといわれます」

「することは、いくらでもあると思うがね？」

「わたくしどもこの土地の人間にとりましては。生活も、仕事もここにございますから。しかし、外国のお方にはいかがでしょう？　もっとも外国人でここに住みついていらっしゃる方も多少はあります。イギリスのお方ではサー・ワイルディング。広い土地をおもちです——祖父に当たられる方から受けつがれましたもので、今ではこちらにずっとお暮らしで、本を書いておいでになるそうです。有名なお方で、誰もが尊敬しています」

「サー・リチャード・ワイルディングのことかね？」

給仕はうなずいた。

「はい。この島の者とはもう何年ものお馴染みでして。戦争中はプッツリとおいでになりませんでしたが、戦後もどっていらっしゃいました。絵もお描きになります。画家はまだほかにもいます。サンタ・ドルメアに小さな家を建てて住んでいるフランス人。この島の反対側に夫婦で住んでいるイギリス人。この夫婦は貧乏で、妙な絵ばかり描いています。奥さんの方は石の彫刻も手がけているようですが」

突然言葉を切って、給仕は片隅のテーブルに走りよった。予約席というしるしに、椅子が逆さにしてあったのだが、今彼はその椅子を少し後ろに引いて、折しもテーブルに近づいた一人の女性の前に小腰をかがめていたのだった。

女性はちょっとほほえんで、腰をおろした。注文をした様子もなかったのに、給仕はすぐに立ち去った。彼女はテーブルの上に両肘をつき、波止場の方に目を向けていた。

ルウェリンはちょっと驚いて、しげしげとその女性を観察した。

彼女は、エメラルド色の地に花を刺繍したスペイン風のスカーフを頭にかぶっていた。それは通りを歩いていた多くの婦人たちと同じ風俗であったが、彼女がアメリカ人もしくはイギリス人であるということは、ほとんど確かだった。金髪と白皙の顔は、カフェの客たちの間で、ひとり際立っていた。彼女のテーブルは、頭上にしだれた珊瑚色のブーゲンビリアの花に半ば覆い隠されており、そこから眺めると、緑の草に入口をふさがれた洞穴の中から外の世界、とりわけ船の明かりと水面にうつる灯影を眺めるような感じだろうとルウェリンは思った。

まだ少女のようにうら若いその女性は、さしたるあてもなしに何かを待っているように坐っていた。やがて給仕が飲み物を運んできた。女性は無言で微笑してそれを受けとり、グラスを両手で持って、なおも波止場に目を凝らしていた、ときどき思い出したようにグラスを唇にあてがいながら。

彼女の指には指環が二つはまっていた。片手の指には大きなエメラルド、もう一方の手の指には小さなダイヤモンドをいくつかちりばめたもの。異国風なショールの下に、あっさりしたハイネックの黒いドレスをまとっていた。

女性はあたりの客には一度も目を向けず、自分の周囲にも、およそ何の注意も払わなかった。そして、人々もまた、彼女をちらと見ただけで、とくに関心を寄せる様子がなかった。このカフェで彼女がきわめて見慣れた姿であることは明らかだった。

いったいどういう女性だろう、とルウェリンは訝しく思った。明らかに上流階級に属する若い女性が連れもなしにひとりでカフェに坐っているということは、少々奇異に思われた。しかし彼女はべつに気後れした様子もなく、よく知られた日課でも繰り返しているように、そこに座を占めていた。たぶん、そのうちに連れがくるのだろう、とルウェリンは解釈した。

しかし、時が経っても、彼女は依然としてひとりだった。おりおり片手をちょっとあげると給仕が代わりのグラスを運んでくるのであった。

ほとんど一時間近く経ったとき、ルウェリンは給仕に合図して勘定書をもらい、席を立った。あの見知らぬ女性の椅子の近くを通りかかったとき、彼はもう一度その姿に目をとめた。

彼女の念頭には、彼のことはもちろん、まわりで起こっていることも何一つないらしかった。おりおりグラスの中を見つめ、その目を海に向けるその表情は揺らがず、まるでどこか遠くに魂を遊ばせているように見えた。

カフェを出て狭い通りをホテルに向かって歩きだしながら、ルウェリンは踵《きびす》を返してカフェにもどり、あの女性に話しかけたい、警告したいという衝動を感じた。しかし、なぜ、警告を？　彼女が危険に曝されているなどという突拍子もない考えが、どうして思い浮かんだのだろうか？

ルウェリンは頭を振った。さしあたってはどうすることもできない。しかし、自分の直観に狂いのないことを彼は確信していた。

2

二週間経った後も、ルウェリン・ノックスはまだ島に滞在していた。彼の毎日は今ではきまったパターンをとるようになった。散歩、休息、読書、ふたたび散歩、そして就寝。夕食後にはきまって波止場のカフェの一つに坐る。間もなく彼は日課から読書をはずすようになった。読むものがなくなってしまったからだった。

彼はいま、たったひとりで暮らしていた。彼は、それがここの島での自分の生活のとるべき形だということを承知していたが、孤独感はなかった。動物が同類と行動を共にするように、彼はたえず群れの中に自分を見出し、一言も話をまじえないまでも彼らと一体であった。他の人間との接触はとくに求めもせず、といって避けもしなかった。さまざまな人と話をしたが、同類に対する親しみという以上に、特別の関心を誰かにいだくということはなかった。彼らは彼の幸せを、彼は彼らの幸せを願う。しかしどちらも相手の生活に入りこもうとはさらさら思わないのであった。

しかし、このいささか間隔をおいた、満ち足りた友情には、一つの例外があった。彼は、あの晩、ブーゲンビリアの下に坐っていた若い女性について、たえず考えていた。波止場に面しているいくつかのカフェのうち、ルウェリンはあの晩のカフェをもっとも足しげく訪れた。ここで数回、彼はあのイギリス人の女性を見かけた。きまって夜おそく現われて、同じテーブルにつき、客がまばらになるまで坐っているらしかった。彼にとっては彼女は謎であったが、ここでは誰もが彼女を知っているようだった。

ある日、彼は給仕に訊いてみた。

「あそこに坐っておられるご婦人はイギリス人だと思うが」

「はい、イギリスのお方です」

「この島に住んでいる人なのかね？」

「はい」

「毎晩、見えるわけではないんだね？」

給仕は慎みぶかく答えた。

「いらっしゃれるときにいらっしゃるのです」

ふしぎな答であった。ルウェリンは後になってから、その答についてあやしんだ。

彼女の名前は訊ねなかった。給仕はいいたければいったはずだ。名前も住所もいわないからには、よそ者に告げないだけの理由があるに違いない。

彼はただこう訊ねた。

「何を飲んでおられるんだね？」

給仕は一言いった。

「ブランデーです」そしてぷいと彼のテーブルの傍を離れた。

ルウェリンは払いをすませて立ちあがり、テーブルの間を縫って外に出た。舗道に立ち、通りを歩いている人々の群れに加わろうとして彼はちょっとためらった。

それから突然踵をめぐらすと、アメリカ人らしい決然とした足どりでふたたびカフェの中に入って、珊瑚色のブーゲンビリアの下のテーブルの脇に立った。

「ちょっとの間、ここに坐ってお話ししてもよろしいでしょうか？」

第二章

1

彼女は、波止場の灯に注いでいた目をゆっくりと彼に向けた。大きく見開かれた目は一瞬焦点が定まらぬらしく、ルウェリンは彼女の努力を感じて、その魂がそれまで遠くに旅をしていたことを察した。

彼は同時に、彼女の若さにはっと息を呑み、痛々しい思いを禁じ得なかった。年若い（二十三、四歳というところだろうか）だけでなく、すべてにおいてまだ本当の意味で成長しきっていないようにさえ思われた。まるで時ならぬ霜のために生長のとまったバラの蕾のようだった。一見、正常な発達を続けているように見えるが、しおれもしないのに、ある日突然ぽとりと地に落ちるバラ。彼女はまた、道に迷った子どものようにも見えた。ルウェリンは、その美しさに心を打たれた。男たちはいつも彼女の愛らしさにひかれ、彼女に力を貸したいと思い、保護し、いたわりたいと願うだろう。幸運な星のもとに生まれた、と人はいうかも知れない。しかし彼女はこのカフェに坐り、測り知れぬかなたを凝視している。何の影もささないはずの幸せな人生の途上のどこかで、ふと道を踏みはずした子どものように。

深い海の色をたたえた彼女の目は、彼という人間をおし測るかのようにじっと見つめていた。ややあって、ためらいがちな口調で彼女はいった。

「あの――？」

彼は待っていた。

ふと微笑を浮かべて、彼女はいった。

「どうぞ、ここにお坐りになって」

ルウェリンは椅子を引き寄せて坐った。

「アメリカのお方ですのね？」

「はい」

「船でこの島にいらっしゃいましたの？」

目をふたたび波止場に向けて、彼女は訊ねた。埠頭にはいつものように船が一艘つながれていた。

「ええ、しかし、あの船ではありません。ここへきて、もう二週間ばかりになります」

「たいていの方は、この島にそう長くはいらっしゃいませんが」

ルウェリンは給仕に合図して、自分にキュラソー酒を注文した。

「あたくしに声をおかけになったのは、おひとりでいらっしゃるのがさびしくおなりになったからでしょうか。この島には、イギリス人やアメリカ人はあまりおりませんから」と彼女はいった。

「いいえ、ひとりだということを、むしろ喜んでいるくらいです」

「ひとりだということはいいことですわ。あたくしもそう思います」

熱っぽい口調がルウェリンを驚かした。

「そう、それであなたはいつもここへおいでになるのですね、ひとりになられるために。それを私がお邪魔したということになりますか」

「いいえ、あなたはかまいませんわ。見も知らない方ですもの。お名前も存じませんし」

「お聞きになりたいですか？」

「いっそおっしゃって下さらない方がありがたいと思います。あたくしも自分の名を申しあげませんから」

給仕がグラスを二つ運んできた。彼女が手に取ったグラスに目を走らせて、ルウェリンはいった。

「ブランデーですか?」

「ええ、ブランデーはあたくしを助けてくれます」

「つまり、ひとりでいるという気持ちにしてくれるのですか?」

「ブランデーはあたくしに――自由を感じさせてくれるのです」

「すると、あなたは自由ではないのですか?」

「自由な人間なんて、この世の中にいまして?」

苦々しさもない、さりげない口調であった。むしろ、単純きわまる質問とも聞こえた。

「〝各人の運命はその首のまわりにくくりつけられている〟――あなたもそうお感じなのですか?」

「いいえ、それとも違うと思いますわ。もちろん、あたくしにも、人生の航路は船のそれのように決まったものだという感じは理解できます。人はそのコースにしたがって歩まねばならないので、正常なコースにしたがっている限り、安全なのだと。けれどもあたくし自身は、突然航路をそれてしまった船のような気がしているのです。航路をはずせば、当然迷います。現在位置もわからなくなり、風と波にもてあそばれます。人は自由を失い、理解しがたい力に捉えられます。巻きこまれてしまうのです」ちょっと言葉を切って彼女は付け加えた。「馬鹿げたことばかり申しあげて――きっとこのブランデーのせいなのでしょう」

「たしかに、いくぶんはブランデーのせいかも知れません。ブランデーはあなたを、どこに連れて行くのですか？」

「遠い所へ……ただ遠い所へ」

「あなたが逃げたいとお思いなのは、いったい何からなのです？」

「何ということもありませんの、本当に何ということも。それが――自分でもよくないと思う点なのです。あたくしは幸せな部類の人間です。何でも与えられております」思いに沈んだ口調で、彼女は繰り返した。「本当に何でも。悲しみとか、喪失をあたくしが知らなかったとは申しません。けれどもあたくしのいう意味は、そういうことではないのです。過去に恋々として悲しんでいるわけではありませんの。過去をよみがえらせて、思い出に生きる、そんなことはいたしません。過去に歩みを返したいとも思わず、前進したいとも思わない、ただどこかへ行きたい、そう思うだけなのです。ここに坐ってブランデーを飲んでおりますと、いつしか遠くへ、港の外にいる自分に気づきます。遠くへ遠くへ――実際にはありもしない架空の場所へと旅をしているのです。子どものころ、空を飛ぶ夢を見た、ちょうどそれに似た感じ——重さも軽さも感ぜずに、ただフワフワと漂っているのです」

彼女はふたたび焦点の定まらぬ目を海に向けていた。ルウェリンはその様子にじっと目を注ぎつつ坐っていた。

しばらくして彼女ははっと我に帰った。

「失礼しましたわ」

「いや、まだ現実の中へもどっていらっしゃらないでもよろしいのですよ。私はもう失礼しますから」こういって彼は立ちあがった。「ときどき、ここに坐ってお話ししてもいいでしょうか？　お嫌なら、そうおっしゃって下さい。ひとりでいらっしゃりたいというお気持ちはわかると思いますから」

「いいえ、そのうちにまた、ご一緒していただきとうございますわ。おやすみなさいませ。あたくしはもう少しこうしております。いつでもこられるというわけではございませんので」

2

二人がまた話しあう折を得たのはそれから一週間後のことだった。

彼が腰をおろすとすぐ、彼女はいった。

「うれしうございますわ。まだお立ちになったわけではなかったのですね。もうここにはいらっしゃらないのかと思っておりました」

「まだ立ちません。時が熟していませんので」

「ここをお立ちになったら、どこへおいでになりますの？」

「さあ、私にもわかりません」

「というと——何か指令でも待っていらっしゃいますの？」

「そう、ある意味では」

彼女はゆっくりといった。

「先だってお目にかかったときには、ついあたくしのことばかり、お話ししました。あなたのことはまったく話題にのぼりませんでした。あなたはどうしてここへ——この島にいらっしゃったのでしょう？　何か理由がおありですの？」

「たぶん、あなたがブランデーをお飲みになるのと、同じ理由でしょうね——逃れるために。私の場合は人間から」

「人間一般からですの？　それとも特定の人々から？」

「人間一般ではありません。私を知っている——というより、かつての私を知っていた人々から」

「何か、起こったのですか？」

「そう、あることが起こったのです」

彼女は身を乗りだした。

「あなたも、あたくしと同じなのでしょうか？　やはり航路をそれて、漂っていらっしゃるのですか？」

彼は、いささか激しすぎるほど強く、首を振った。

「いいえ、そういうことではないのです。私に起こったことは、私自身の生活のパターンに生じた内的変化です。それは意味と、はっきりした意図をもっていました」

「でも先だって人間についてあなたのおっしゃったことは——」

「人は今の私を理解しないのです。彼らは私を憐れんで、無理にも連れもどそうとしました——私にとってすでに終わってしまったあるものへと」

彼女は困惑したように眉を寄せた。

「何だか、よくわかりませんけれど——」

「私には仕事があったのです」と微笑を浮かべながら彼はいった。「それを私は失ったのです」

「大切なお仕事でしたの？」

「さあ」と彼は考え考えいった。「自分ではそう思っていました。しかし、何が重要か、重要でないか、所詮人間にはわからないことなのではないでしょうか？　人生はわれわれに、自分の価値の基準を盲信してはいけないと教えます。価値とは、つねに相対的なものなのですから」

「で、そのお仕事をおやめになりましたの？」

「いえ」ふたたび微笑がひらめいた。「やめさせられたのです」

「まあ」と彼女はびっくりしたように呟いた。「がっかりなさいまして？」

「がっかりしました。誰だってそうでしょう。けれどもそれももう、済んだことです」

彼女はからのグラスの中を見つめて、眉を寄せた。頭をめぐらすと、待ちかまえていた給仕が新しいグラスを置いた。

一口、二口すすって後、彼女は口を開いた。

「ひとつ、伺ってもよろしいでしょうか？」

「どうぞ」

「あなたは幸福って、とても重要だとお考えになりますか?」

「たいへんむずかしいご質問ですね。幸福とは、生死に関わるほど重大であると同時に、問題にもならないくらい些細なものだとお答えしたら、私を狂気じみているとお思いになりますか?」

「もう少し説明していただけます?」

「幸福とは、いってみればセックスのようなものです。ゆるがせにはできないが、それでいて、まったく問題にならないともいえるのです。あなたはご結婚なさっていらっしゃるのでしょうね?」

「はい、二度」と彼女は答えた。

「前のご主人を愛していらっしゃいましたか?」

過去形の質問に、彼女は同じく過去形で答えた。

「この世界のどんなものよりも愛していましたわ」

「前のご主人との生活を振り返ってごらんになるとき、まっさきにどんなことを思い出されますか? いつも心に浮かぶのはどういった瞬間でしょう? ともにお過ごしになった最初の夜のことですか? それとも?」

彼女はふと笑いだした。いかにも愛らしい明るい笑い声であった。

「あの人の帽子ですわ」

「帽子？」

「ええ、新婚旅行のとき、あの人、帽子を飛ばして、土地の特産の変てこな麦藁帽子を買いましたの。あたくし、あたくしがかぶった方がよっぽどよく似合うっていいました。そこであたくしがそれをかぶり、彼があたくしの小さな気取った帽子を頭に載せました。二人で顔を見合わせてドッと笑いだしましたわ。旅をする人はみんな帽子をとりかえるって、彼はいいました。それから、〝ぼくはきみがたまらなく好きだ〟って……」震える声で彼女はいった。「けっして忘れませんわ」

「おわかりでしょう？」とルウェリンはいった。「それこそ、魔力にかかったひとときなのですよ。お互いに相手に属していることを確かめあう、限りなく甘美な——しかし、セックスとは関係ないのです。セックスの問題に一つつまずくと、結婚生活は破綻します。同じことが食物についてもいえます。食物は重要です。食物がなくては、人は生きていけない。けれども食物に不自由しない限りは、それについてあまり考えないものです。幸福は人生の糧の一つです。人の成長を助けるし、また同時に偉大な教師でもあります。しかしそれは人生の目的ではないし、それだけでは人を満足させないのです」低い声で彼はいった。「あなたは、幸福を求めておいでなのですか？」

「わかりませんわ。あたくし、今すでに幸福なはずなのです。人を幸福にするあらゆるものをもっているのですから」

「しかし、より多くのものをおもちになりたい？」

「いいえ」と彼女はすぐさまいった。「むしろより少ないものを。多すぎるのです。与えられているものがあまりにも多すぎるのですわ」いささか唐突に彼女は付け加えた。「とても重たくて」

二人はしばらく黙っていた。

「あたくしにわかっていればね」と彼女はようやくいった。「愚かしい消極的な態度をとりつづけるかわりに、自分の本当に望んでいるものが何なのか、わかりさえすれば」

「自分が何を望んでいるか、あなたご自身には、わかっておいでのはずです。あなたは逃れることをお望みではないのですか？　だったら、なぜ、そうなさらないのです？」

「なぜ逃げないかとおっしゃいますの？」

「ええ。何があなたを引き留めるのです？　金銭上の問題ですか？」

「いいえ。お金ならもっております――たくさんではありませんが、十分に」

「では、どうしてです？」

「いろいろなことがございますの。あなたにはおわかりにならないと思います」彼女は突然少し悲しげな、ユーモラスな笑いに唇をゆがめた。「まるでチェーホフの『三人姉妹』のよう。モスクワに行けないことをしょっちゅう嘆いていますのに、けっして行かないし、行くつもりもない。駅に行ってモスクワ行きの汽車に乗りこみさえすればいいのに、そうしない。あたくしにしても、切符を買い、今夜港を出る船に乗りさえすればよろしいのですから」

「ではどうしてそうなさらないのです？」とルウェリンは彼女を見つめて訊ねた。

「それは、あたくしがチェーホフの三人姉妹と同じだからかも知れません。それとも本当はどこへも行きたくないからでしょうか？　逃避という考えをただもてあそんでいるにすぎないのかも知れませんわ」

「そういうこともあり得ますね。人それぞれに、耐えがたい生活に耐えるように助けてくれるファンタジーというものをもっているものですから」

「逃避があたくしのファンタジーなのでしょうか？」

「さあ」

「あたくしはあらゆる機会に恵まれていたのに、間違った道を選んだのです。でも、いったん一つの道を選んだら、それに忠実に歩むべきではないでしょうか？」

「わかりませんね」

「あなたはわからないとおっしゃるばかりですのね」

「すみません。しかし、本当にわからないのですよ。あなたは、私に私自身が何一つ事情を知らないことについて結論を出せといわれるのですから」

「一般原則としてどうお考えかを伺いたかったんです」

「あらゆる場合にあてはまる原則などというものは存在しないのですよ」

「ではあなたは」とルウェリンを見つめて、彼女はいった。「絶対的に正しいこととか、悪いことといったものはないとおっしゃるのですか？」

「そういう意味ではありません。もちろん、絶対的な正、不正は存在します。しかし、それは我々の知識や理解を絶する事柄です。我々はごくぼんやりとそれを理解できるにすぎません」

「でも、何が正しいかということを知る知識を、人は誰しも持っているものではないでしょうか？」

「人間はめいめいの時代と社会の認めた基準によって、それを教えられます。彼自身の直観によって感じとることもあるかも知れません。しかし、人間の判断はしばしば見当はずれのことが多い。古来少なからざる数の人間が、同じ人間仲間の手によって火刑にされ、はりつけにされてきました。野獣のような人間やサディストによってではなく、自分のしていることが正しいと信じている、真摯で高邁な人々によってです。古代ギリシアの裁判について、読んでごらんなさい。あることを白状させるために自分の奴隷を拷問にかけることを拒んだ男がありました。当時はそうした拷問は慣習となっていたのですが。その結果この男は、故意に正義を隠蔽したと見なされました。また、アメリカのある敬虔な牧師は、三歳になる最愛の息子を打擲《ちょうちゃく》して死に至らしめました。その子がお祈りなんていやだといったからです」

「そんな恐ろしいことって！」

「そう、恐ろしいことです。今では時代が私たちの考えを大きく変えていますから」

「でしたら、あたくしたち人間に何ができるとおっしゃいますの？」

美しい目を困惑したように彼に向けて、彼女は訊ねた。

「あなた自身のパターンにしたがって生きることです、謙虚に――希望を失わずに」

「自分のパターンにしたがう――ええ、わかりますわ。でもあたくしのパターンは――どこか、狂っているのです」ちょっと笑って彼女は付け加えた。「ちょうどセーターでも編んでいて、編み目を一目落としたのを知らずに編み続けたときのように」

「そういう例は私にはわからないと思います。編み物をしたことがないのですから」

「でもなぜ、ご意見を伺わせて下さいませんの？」

「申しあげたところで、それも一つの意見にすぎませんから。それに、あなたになくもがなの影響を与えることになるかもしれませんし……あなたは人一倍影響を受けやすいたちの方ではないかと思うのです」

彼女はふっと暗い表情を浮かべた。

「ええ、たぶん、それがいけないところだったのでしょう」

ルウェリンはちょっと相手の言葉を待ち、それからさりげなくいった。

「いったい、どう狂ったのです？」

「何でもないのです」と彼女は追いつめられたような表情で彼を見返していった。「何でもないのですわ。あたくしはおよそ女の望むすべてのものを持っているのですから」

「またしても一般論を持ちだされるのですね。しかしあなたは女というだけではありません。あなたはあなたなのです。そのあなた、は、ご自身の望むものを残らずもっておいでになるとおっしゃるのですか？」

「そうですわ！　愛情とやさしさ、ありあまる財産と贅沢、気持ちのよい環境、そして楽しい話し相手——すべてがあたくしのものです。あたくし自身に選択の権利があったとしても、進んで選びとったようなものばかりです。ですから悪いのはあたくしなのです。あたくし自身がどうかしているのです」

挑むように彼女は彼を見た。ルウェリンはあっさりと答えた。

「そう、おそらく、あなたが間違っているのでしょうね――それははっきりしています」

そしてふしぎなことに、彼女はこの率直な言葉に慰められたのだった。

3

彼女はブランデーのグラスをそっと押しやっていった。

「あたくし自身のことをお話ししてもよろしいでしょうか？」

「よろしかったら……」

「あなたにお話しすれば、どこでどう間違ったのか、はっきりわかるかもしれませんから。それが何かの役に立たないとも限りません」

「そう、ひょっとしたら」

「ごく平凡な、安楽な生活でしたわ、あたくしの少女時代は。幸せな子どものころ、楽しい家庭、少し大きくなると学校に行き、みんながするようなことをいろいろとやりました。誰にも意地悪をされたことがなく――もしかしたら、少しは辛い思いをした方が、あたくしのためになったのかもしれません。よっぽど甘やかされて育ったのでしょうか――そうとも思えませんけれど。学校を卒業するとずっと家で暮らし、テニスやダンスを楽しみ、ときには若い青年たちとつきあい、将来はどんな職業につこうかとぼんやり考えたりして過ごしました――同年輩のほかの若い女性と取りたてて変わったところのない生活でした」

「なるほど、ごく尋常な生活といったところですね」

「それから恋愛をし、結婚しました」彼女の声音はかすかに変わっていた。

「そして幸せにお暮らしになった」

「いいえ」しみじみとした声であった。「彼を愛してはいましたけれど、あたくし、しばしば落ちこみました。だからあなたに伺ったのです、幸福は重要かどうかって」

少し間を置いて、彼女はまた続けた。

「うまく説明できませんけれど。確かにあまり幸せではなかったのですが、ふしぎなことに、あたくしは自分の生活に満足していましたの。それはあたくしが自分で選んだ道、望んだ生活だったのです。目をつぶって、無考えに飛びこんだ生活ではありませんでした。もちろん、あたくしは夫を理想化していました――若いころって、そんなものです。

でも今でもはっきり覚えていますの。ある朝早く、あたくしはふと目を覚ましました。五時ごろでしたかしら、まだすっかり明けきらぬ、日の出前のひとときでした。冷えびえとした、まともな時刻といえるでしょうね、早朝のひとときって。そのときあたくし、理解したのです――はっきり見えたという方が当たっているかもしれません――あたくしにとって未来がどんなものであるかを。自分が必ずしも幸福ではないだろうということを、あたくしは知っていました。陽気な、魅力的なひととなりにカバーされてはいましたが、夫は実際はひどく自己中心的で、薄情な人でした。でもチャーミングで、陽気で、屈託がなく――そんな彼をあたくしはたまらなく好きだったのです。ほかの人ではけっして彼に代わることができないということを、はっきり感じていました。彼と結婚して不幸になる方が、彼なしで、おつに気取った、安楽な生活をするよりはるかに願わしい、とあたくしは思いました。もしもうまく行けば、そしてあたくしが馬鹿でなければ何とか二人の結婚生活を成功させることができるかもしれない。彼があたくしを愛する以上に自分が彼を好きだという事実を、あたくしは素直に受け入れました。そして彼が与えてくれる以上のものを求めてはならない、と決心したのでした」

ちょっと言葉を切って、彼女は続けた。

「もちろん、そんなにはっきりと、筋道だてて考えたわけではありません。そのとき、ちらりと感じたことを説明すれば、こんなことになるだろうというだけです。でもそれは嘘偽りのない気持ちでした。その後あたくしはまた、彼のことをすばらしい人だと思うようになり、ありとあらゆる気高い資質をもっているかのように、想像しました。でも前途のはらむ可能性を予知した瞬間があったことは確かです。引き返そうと思えば引き返すことも、また進むこともできた瞬間が。その寒々とした朝のひととき、人が物事の困難な、恐ろしい真相を見きわめ得る瞬間、あたくしが引き返そうかと考えたことは事実です。でも結局はもどることではなく、前進する道を選んだのでした」

ルウェリンは静かに訊ねた。

「それで後悔していらっしゃるのですか？」

「いいえ！」激しい語調であった。「後悔なんて、けっして。彼と過ごしたどの瞬間も、価値あるものでした。ただ一つ残念なのは――彼が死んでしまったことです」

生気を失っていた目に光がよみがえった。テーブル越しにルウェリンの方に身を乗りだしたのは、現実から夢幻の世界へと漂い流れている女ではなかった。情熱に燃え、生命に満ちあふれた女性だった。

「彼は死にました。マクベスのせりふにありましたわね。〝まだ死ぬはずではなかったのに〟って。あたくしが彼について感じたのも、それだったのです。もっと生きているはずの人でした」

ルウェリンは首を振った。

「死者については、誰しもそうした嘆きをもつものです」

「そうでしょうか？　あたくしにはわかりませんけれど。彼が病気で、おそらく一生障害が残るだろうということはわかっていました。およそ忍耐のできない人で、ただもう毎日いらいらして、周囲の者――中でも妻のあたくしにひどく当たりちらしました。でも彼は死にたいなんて夢にも思わなかったのです。いやなこと、情けないことが数々あったにもかかわらず。だからあたくし、彼のためにむしょうに悔しいのです。彼は生きることにかけては、天才というほどの人間でした。人の半分の、いえ、四分の一の人生しか許されていなかったにしても、喜んで生きたでしょう。本当に」と彼女は激しい声でいって、両腕を差しあげた。「あたくし、神さまを憎みます。彼のような人を死なせるなんて」

ふと言葉を切って、彼女は心もとなげにルウェリンを見つめた。

「こんなこと――神さまを憎むなんて――いけないことなのでしょうね」

ルウェリンは穏やかな口調でいった。

「人間を憎むより、神を憎む方がはるかにましです。人間には神を傷つけることはできないのですから」

「ええ。でも神は人を傷つけますわ」

「いいえ、それは違います。我々人間が互いに傷つけあい、ひいては、自分自身を傷つけるのです」

「そしてすべてを神のせいにする、そうおっしゃるのですか？」

「その通りです。神はいつも人間の罪を贖《あがな》ってこられました。我々の重荷を——我々の反抗の、憎しみの、そして——そうです、愛の重荷を——担っていたもうのです」

第三章

1

午後には長い散歩をするのが、いつしかルウェリンの習慣となっていた。屈曲した、ジグザグの坂道をのぼって行くと、町も入江も午後の静けさの中に奇妙に非現実的な感じで眼下に横たわる。いわゆる昼寝《シエスタ》の時間で、水際にも、また、下方に見え隠れする道路や街路にも、華やいだ色の人影は動かない。丘の上でも、ときおり山羊飼いに出会うだけだった。このあたりで山羊の番をしているのは小さな少年たちで、歌をくちずさみながら日溜まりを歩いていたり、坐って小石を積んで自分たちの工夫したゲームに興じていたりした。子どもたちはルウェリンを見ると、ジロジロ顔を見るようなこともなく、真面目くさって「こんにちは」と声をかけた。彼らにとっては、シャツの胸をはだけて汗を流しながらせかせかと歩く外国人は、よく見慣れた姿だった。外国人は、たいていは画家か、作家だ。この島には外国人はそう数多くはいないが、物珍しいというほどではなかった。キャンバスも、画架も、スケッチブックすら持っていないルウェリンを、少年たちは作家だろうときめて、丁寧に「こんにちは」といって通りすぎるのだった。「こんにちは」とルウェリンも答えて歩き続けた。

あてどのないひとり歩きだった。あたりの風景を眺めながら足を運んではいたが、景色は彼にとって、特に何の意味ももっていなかった。意味はむしろ彼自身のうちにあって、まださだかにそれと認められこそしないが、次第にはっきりした輪郭と形をとりつつあるのだった。

一すじの小径がバナナの林の中に続いていた。その緑の茂みの中に足を踏みいれたルウェリンは、ここでは目的とか、方向といった観念をきれいさっぱり捨てなければならないことに気づいた。バナナの木立ちはどこまで続いているとも知れず、いつまで歩いたら林が終わるのか、見当がつかなかった。ちょっとした小径と思ったのが、何マイルも続く可能性すらあった。とにかく歩き続けるほかはないと、ルウェリンは考えた。そのうちにはどこかに出るだろう。その地点はすでにちゃんと存在している。しかし彼自身がそれを決定できるわけではないのだ。彼に決定できることは、進むか、退くかということだけであった。彼の足は自らの意志と目的の結果として、小径を一歩一歩踏みしめて行く。踵《きびす》をめぐらすこともできれば、前進を続けることもできる。すべては彼自身の自由意志によっていた。ともかくも希望をもって進むことだと彼は思った。

しばらくすると、ほとんど度胆を抜かれるほど唐突に、彼は静かな緑のバナナ林から裸の山腹に出ていた。少し下方にジグザグと折れ曲がった小径が下っていて、その傍らに一人の男が画架に向かって絵筆をふるっていた。

男がこちらに背を向けているので、ルウェリンには黄色の薄いシャツに包まれた力強い肩の線と、後頭部に載っかっている鍔《つば》の広い、古びた帽子しか見えなかった。

ルウェリンは小径を下り続けた。男の傍を通りすぎるとき、ルウェリンは少し足取りをゆるめ、あからさまな関心を示して彼の描いている絵を眺めた。人のよく通るらしい小径の脇に画架を立てるくらいだから、覗いても文句はいうまいと思ったのだった。

それは、こまごまと丁寧に描きこんであるというよりは全体の効果を狙ったらしく、強い色調で仕上げられた、力強いタッチの絵であった。深い意味がこもっているというのではないが、いかにも気持ちのよい習作だった。

男は振り返って微笑した。

「ライフワークというわけではありませんよ。ほんの手すさびです」

年のころは四十と五十の中間ぐらいか、少し白髪まじりの黒い髪の男であった。なかなかの好男子だったが、ルウェリンはその端整な容貌よりも、彼の個性からにじみ出る磁力を強く意識させられた。近づく者を温かいもので包むような、快い一種の活力がそのひととなりから輝き出て、彼を容易に忘れがたい人としていた。

男は言葉を続けた。

「強烈な色の絵具をパレットにしぼり出してキャンヴァスに塗りたくると、ふしぎなほど、愉快な気持ちになるんですよ。その絵具を使って何をしようとしているのか、わかっていることもあり、まったくわからないときもある。しかし、いつも楽しいんです」

ちらりと見あげて男は訊ねた。

「あなたは画家ではないんでしょうね？」

「いいえ、単なる滞在客です」

「そうですが」男は紺青の海の上にばら色をひとはけ重ねて、ためつすがめつした。

「妙だな。案外いい効果だ。ちょっとそんな気もしたんだが」

絵筆をパレットの上にぽとりと落として、彼はほっと溜息をつき、古帽子を押しあげた。そして相手をもっとよく見ようと少し向き直り、急に関心をそそられたように目を細めた。

「失礼ですが、ルウェリン・ノックス博士でいらっしゃいますね？」

2

一瞬の不快なたじろぎを素振りに出さず、ルウェリンは無表情な声で答えた。

「そうです」

そして相手が自分のかすかな反応を目ざとく見て取っていることに気づいた。

「いや、失礼しました。あなたはご健康をそこねられたんでしたね。おそらく世間を避けるためにこの島にこられたのでしょう。ご心配には及びません。アメリカの方はめったにこの島にはこられませんし、島の人間は自分たちの身内や、彼らの誕生、葬式、結婚にしか、関心がないのですから。それに私自身も問題にはなりません。この土地に住んでいる人間ですし」

ちらりとルウェリンに目を走らせて彼は訊ねた。

「驚かれたようですね？」

「ええ」

「なぜです？」

「あなたのような方がここに住みついて、満足して日を送っていらっしゃるとは考えられなかったものですから」

「おっしゃるとおりです。もともとは、ここに住みつくつもりはなかったのですが、大伯父から広い土地を譲られたのです。私が受けついだときは、荒れ放題でひどい有様でしたが、おいおいかなり満足すべき状態になってまいりました。土地の管理も、やってみると、面白いものです」思い出したように彼は付け加えた。「私はリチャード・ワイルディングと申します」

ルウェリンもその名前は聞いていた。旅行家で数々の著書があり——趣味が多彩で、考古学、人類学、昆虫学と知識も広い領域にわたっている。どんな問題についても何かしら知っているが、専門家ぶることはおよそない。謙虚な人柄も、魅力の一つだといわれていた。

「お名前はもちろん伺っていました。それに、ご著書もいくつか、たいへん興味深く読ませていただきました」とルウェリンはいった。

「私はあなたの集会に出席したことがあるのですよ、ノックス博士、一度だけ。一年半前のオリンピアの集会でした」

ルウェリンは少々驚いたように相手を見返した。

「びっくりなさいましたか？」とワイルディングはちょっと謎めいた笑いを浮かべた。

「ええ、正直いって驚きました。なぜ、おいでになったのでしょうか？」

「率直に申しあげれば、軽蔑するつもりで、ということになりましょうかね」

「そう伺っても、べつにびっくりしませんが」

「お怒りにはならないのですね？」

「どうして怒る必要があるでしょう？」

「なぜって――あなたも人間です。それにご自分の使命を信じておいでなのでしょうから――おそらく」

ルウェリンはかすかにほほえんだ。

「なるほど、おそらくね」

ワイルディングは一瞬沈黙した。ややあって、彼はうちとけた口調で熱心にいった。

「実は、こんなふうにあなたにお目にかかれたのは、私にとって非常に興味のあることなのですよ、ルウェリン博士。あの集会に出た後、私はあなたに個人的にお目にかかることを何よりも強く願っていたのでした」

「それは、そう難しいことでもなかったと思いますが？」

「ある意味ではね。大衆伝道者としてあなたは、多くの人に会うことを当然の義務と感じておられたのでしょうから。しかし私は、まったく立場を変えてあなたとお目にかかりたかったのです。場合によってはあなたが私に、痛烈な悪罵を浴びせることもあり得るような、そんな出会いをしたかったのですよ」

ルウェリンはふたたび微笑した。

「その条件は、どうやらととのっているようですね。私は今ではもう、何の義務も負っていないのですから」

ワイルディングは相手を鋭い目でしげしげと眺めた。

「ご健康を害されたからですか？　それともあなたのご見解に変化が生じたのでしょうか？」

「というより、私の機能に変化が生じたということでしょうね」

「はあ——しかし、私にはおっしゃる意味がよくわかりませんが」

ルウェリンは答えなかった。

ワイルディングはキャンバスや画架をとりまとめながらいった。

「私がオリンピアであなたの集会に出たいきさつをご説明したいと思います。あけすけなことを申しあげても、こちらに悪気がない場合には、あなたはお怒りになるような方ではないと思いますから。私はオリンピアのあの集会のようなたぐいのものを、実は甚だしく嫌悪していました。それは今でも同じです。ラウドスピーカーを通じての大衆伝道といったものには、何ともいえぬ気色の悪さを感じるのです。本能的に嘔吐をもよおす、とでもいいましょうか」

一瞬ルウェリンの目にユーモラスな光が現われるのを、ワイルディングは見て取った。

「いかにもイギリス人らしい、滑稽な見かただとお思いになりますか?」

「いや、それも一つの見解ですから」

「というわけで私は、嘲笑するつもりであの集会に出席したのです。私は、自分のデリケートな感受性が傷つけられることを予期していました」

「ところが予期に反して、感謝の祈りをささげるという結果になった?」揶揄《やゆ》するような口調であった。

「とは申しません。私の本来の見解には変化は生じませんでした。宗教の商業化といったものは、私の信念に反しますから」

「このコマーシャル時代のコマーシャルな国民による布教方法としてもですか? 人は神に、つねにその季節の果実をささげるのではありませんか?」

「それも一つの見かたでしょう。私がもっとも強い印象を受けたのは、そこに予期しなかったものを見出したことです——つまり、あなたご自身が、心から誠実に語っておられたということです」

ルウェリンは驚いたように相手を見返した。

「それは当然の前提として、問題にもならないはずですが」

「あなたに親しくお目にかかった今、私もそう思います。しかし、ぺてんということだってあり得たのです。体裁のいい、金になる猿芝居だということだってね。政治の猿芝居があるのですから、宗教の猿芝居がないとはいえません。あなたに口舌の才があれば――事実あなたは雄弁でいらっしゃる――それを資本に、いくらでも金儲けをすることができるでしょう。大がかりな自己宣伝をしたり、誰かに宣伝させたりすれば。あなたの場合にも、おそらく有力なスポンサーがいたのでしょうが」

半ば問いかけるような口調に、ルウェリンは真面目な口調で答えた。

「そうです。まったく大がかりな宣伝でした」

「金に糸目をつけずに？」

「金に糸目をつけずに」

「そこが、私の興味をそそる点なのですよ。あなたのような方が、どうしてそうしたことに我慢できたのです？　あなたにお目にかかり、こうしてお話を伺って、私はますますふしぎに思うようになりました」

ワイルディングは絵の道具を肩に掛けた。

「一度、私と夕食を一緒にしていただけませんか？　ぜひともお話を伺いたいと思います。あそこの岬に見える、あの緑色の鎧戸のついた白塗りの家が私の住居です。しかしお嫌でしたら、ご遠慮なくそうおっしゃって下さい。ことわる口実をお探しになるには及びません」

ルウェリンはちょっと考えてから答えた。

「喜んでお伺いしたいと思います」

「それはうれしい。では今夜？」

「ありがとうございます」

「午後九時にお待ちいたします。堅苦しくお考えにならずに、どうかそのままの服装でお越し下さい」

ワイルディングは大股に歩み去った。ルウェリンはちょっとその後ろ姿を見送り、それから歩きだした。

3

「すると、シニョール・サー・ワイルディングのお邸にいらっしゃるので？」

ガタガタの幌馬車の馭者は、興味ありげに問い返した。見すぼらしい車体には、はでless

はでしく花の絵が描かれ、馬の首には青いビーズの首輪がかかっていた。馬も、馬車も、馭者も、一様に陽気な、のどかな感じだった。

「シニョール・ワイルディングは思いやりのあるお方でしてな。あの旦那についちゃ、みんな、よそ者とは思っちゃいません。お邸と土地の持ち主だったドン・エストバルは、晩年は寄る年波で、はたの者が甘い汁を吸っても何のご承知もなく、一日ただもう本ばかり読んでおられましてな。ある上にまた、新しい本がどさっと届くってあんばいで。お邸にゃ、天井まで本でいっぱいっていう部屋もいくつかありましたっけ。よくもまあ、あんなにたくさんの本をと、わしらはおったまげてましたがね。そのドン・エストバルが亡くなられたときにゃ、これでお邸も人手に渡るだろうと誰もが思ったんだが、いいことにサー・ワイルディングがこられましてね。お小さいころにゃ、よく遊びに見えたもんだが。それってのがドン・エストバルの妹さんにイギリス人と結婚した人がありましてな。そのお子さん方、お孫さん方が学校の休みってぇと、よくこられたもんだったんでさ。そんなわけでドン・エストバルが亡くなられると、お邸はサー・ワイルディングのものになりました。サー・ワイルディングはたいそうな金をかけてあれこれ手を入れられましてなあ。ところが戦争が始まってあいにくと何年ものお留守。だが生きていたらきっともどってくるとおっしゃってたとおり、ちゃんともどっていらしたんでさ、二年前に新しい奥さまと。それからこっち、ずっとあのお邸にお住まいになっていまさあ」

「するとサー・ワイルディングは前にも結婚されていたんだね？」

「へえ」馭者は声をひそめた。「はじめの奥さんは悪い女でしたよ、美人だったが、あれこれ男出入りがあって——この島でもいろいろとなあ。あんな女と結婚するなんて、そもそもの間違いでさあ。こういっちゃ何だが、女についちゃあ、サー・ワイルディングは目がないね——人を信用しすぎるっていうのか」

馭者は弁解がましく付け加えた。

「男ってもんは、誰が信用できるか、ちゃんと見抜けなくっちゃいけない。ワイルディングの旦那には目がないんだ。女についちゃ、何にも知らない。これからもまあ、同じこったろうな、おおかた」

第四章

ルウェリンは、上の方まで書籍のぎっしり詰まった、天井の低い、細長い部屋に案内された。窓があけはなたれているので、遥か下方から、かすかに海鳴りの音が聞こえてくる。窓際の小さなテーブルには飲み物の用意ができていた。

ワイルディングは心からうれしそうに客を迎えて、夫人が同席しないことについて詫びをいった。

「あれはひどい偏頭痛でひきこもっていまして。ここで平和な、静かな生活を送るようになればきっとよくなるだろうと思っていたのですが、大した効果もないようで。何が原因か、医者にもよくわからないらしいのですがね」

ルウェリンは丁重に遺憾の意を表した。

「妻はたいそう苦しい目にあってきたのです。まったく、どうして耐えられたか、ふしぎに思うほどです。年もごく若かったし――今でも若いことは若いのですが」

ワイルディングの顔に浮かんだ表情をつくづくと見て、ルウェリンは静かな口調でいった。

「あなたは奥さまをたいそう愛しておいでになるのですね」

ワイルディングは溜息をついた。

「愛しすぎている、といえるかもしれません。私自身の幸福の妨げになるくらいに」

「奥さまのお幸せにとっては？」

「たとえ、私が愛すぎることがあったとしても、あれのこれまでの苦しみの埋め合わせにはなりません」とワイルディングは激しい口調でいった。

さて、二人の男の間には、最初会ったときから一風変わった親近感が生まれていたのだった。お互いに何の共通点もないために——国籍、育った環境、生きかた、信念、つまりすべてにおいて——かえって、慣習に縛られたり、無用に寡黙になったりすることなく、お互いをあるがままに受け入れようという気になっていたのだろう。まるで二人きりで絶海の孤島に打ちあげられるか、筏《いかだ》に乗って、いつ救われるとも知れず、漂流しているかのようだった。彼らはほとんど子どものように飾り気なく、何でも率直に話しあうことができた。

晩餐は質素ではあったが、たいへん美味で、給仕も行き届いていていた。

「ウィスキーの方がよろしいでしょうか？」

勧められたワインをルウェリンが断わるのを見て、ワイルディングがこういうと、ルウェリンは首を振った。

「いや、私は水をいただきましょう」

「ワインをあがらないのは、主義としてなのですか？　立ち入った質問で恐縮ですが」

「いや、禁酒ということにも、今はもうこだわる必要はないのです。飲んでいけない理由はぜんぜんありません。ただ私がさしあたってまだ慣れていないというだけです」

ルウェリンが「今はもう」といったとき、ワイルディングははっと顔をあげて、強い関心を示した。そしてちょっと何かいいかけたが、ようやく思いとどまったらしく、まったく関係のないことを話しはじめた。

ワイルディングは話術がたくみで、話題が豊富だった。ゴビ砂漠とか、サマルカンドなど、聞き手が行ったことのない地域について、目《ま》のあたりに見るように話して聞かせることができた。講義口調で滔々としゃべりまくるというのではなく、いかにも自然な、生き生きとした話しかただった。

ワイルディングの話に興味深く耳を傾けながらルウェリンは、彼その人にますます惹かれるものを感じていた。その魅力に当の彼はまったく気づかず、その態度はいかにも自然だった。才能ゆたかな、明敏な男だが、たかぶったところは少しもなく、自分の旅行する土地だけでなく、そこに住む人間、彼らの考えかたに生き生きとした関心をもっていた。何についても専門家ではなく、自分でもそうなろうとはけっして考えなかっただろう。それが彼の人間らしく、温かい、親しみやすい人となりの秘密なのかもしれなかった。

ルウェリンは、自分はなぜこの男にこんなにも好感をもつようになったのだろうと、我ながらふしぎでならなかった。それはおそらくワイルディングの人柄からくるものであろう。そんなことを思いめぐらしているうちに、ルウェリンははっと気づいた。もしかしたらそれは、多くのすぐれた点をもっているにもかかわらず、彼がきわめて過りやすく、欺かれやすい人間だからではないだろうか？　温かい、やさしい心根の人は、他人について誤った判断を下しやすい。そしてその誤った判断の結果、ひどい打撃を受けるのだ。

ワイルディングは人間についても、物事についても、冷徹な、論理的な判断をするかわりに、温かい、衝動的な信頼の念をもって対象に近づく。その判断はつねに、事実よりも心情に基づいている。だから彼の信頼は、しばしば裏切られることになるのだ。もっともそんな点が、彼をいっそう愛すべき人間にしているのだが。この男を傷つけることになったら、自分は大きな痛みを感ぜずにはいられないだろう、とルウェリンはしみじみ思ったのだった。

ふたたび書斎にもどって、二人は大きな肘掛椅子に思い思いにくつろいで坐った。暖かい晩だったが、炉には気持ちのよい火が燃え、窓の外にはあいかわらず海鳴りの音が聞こえていた。夜咲く花のかすかな香りが部屋の中にまで漂ってきた。

「私という男は、いつも人間に興味をひかれるのです。というより個々の人間を動かしているものが何かということに、強い関心をもっていると申しましょうか」とワイルディングは隔意のない口調でいった。「こんないいかたをすると、心理分析のようで、妙に冷たく聞こえるかもしれませんが」

「あなたの口から伺うと、そんなふうには聞こえません。たぶんあなたという方は、人間が好きだから、人間に関心をもっているから、個人個人についていろいろにお考えになるのでしょう」

「その通りです」ワイルディングはちょっと言葉を切って、また続けた。「この世に自分とひとしく生を享《う》けた他の人間が助けを必要としているときに、もしも手を貸すことができるなら、これほどすばらしいことはないと思います」

「そうできるものならね」とルウェリンは呟いた。

ワイルディングは鋭いまなざしで相手を見返した。

「これはまた、あなたのような方から伺うにしては、ひどく懐疑的なおっしゃりようですね」

「いや、私はただ、本当の意味で他人に手を貸すということは非常に難しいということを、認めているにすぎないのです」

「そうでしょうか？　苦しいときには、人間誰しも助けを求めたくなるものではないのですか？」

「そう、我々はみな、自分にできないこと、自分では達成したいとさえ思わないことを、他人が自分にかわって魔術のようになしとげてくれると考える傾向をもっていますから」

「同情——そして信頼」とワイルディングは熱のこもった口調でいった。「人のうちの最良のものを信じることは、それを存在させることにつながります。人間は信頼に応える生きものなのですから。これまで私は幾度もそうした経験をしてきました」

「そうした信頼が裏切られることはなかったのですか？」

ワイルディングは、痛いところを衝かれたようにたじろいだ。ルウェリンは続けた。

「子どもの手を取って文字を書かせることはできる。しかし、いつかは添えた手をとりのけなくてはなりません。そのとき子どもは、自ら字を書くすべを新しく学ばなければならないのです。手を添えることによって、そのプロセスを遅らせるという可能性もないわけではありません」

「あなたは人間性に対する私の信頼をくずしたいとお思いになるのですか？」

ルウェリンは微笑していった。

「というよりはむしろ、人間性に対して同情をもっていただきたいと申しあげているのです」

「人間の中にひそむ最良のものが引き出されるように人を励ますことは――」

「平地に住んでいる人に、標高の高い山地に移り住むことを命じるようなものです。他人の期待に添うべくつとめることによって人は、過度の緊張を課される。緊張が甚だしすぎると、しばしばつぶれてしまいます」

「するとあなたは、人間のうちに最悪のものを見ようとおっしゃるのですか？」とワイルディングは皮肉な口調でいった。

「少なくともその可能性は認めるべきでしょうね」

「宗教家であるあなたから、そんなことを伺おうとは思いませんでした」

ルウェリンは微笑した。

「キリストは弟子のペテロに、〝鶏が鳴く前におまえは三度わたしを裏切る〟といわれました。ペテロの弱さを当の彼よりもよくご存じだったイエスは、その弱さにもかかわらず、彼を深く愛しておられたのです」

「いや」とワイルディングは力をこめていった。「あなたのご意見には賛成できません。私の最初の妻は――」といいさして、ちょっと黙し、それからまた続けた。「じつにいい女でした――人並すぐれた女性ともなる可能性を十分にもっていたのです。それが悪い友だちとつきあうようになって――ただひたすらに愛し、信じてやること、あれにはそれが必要だったのです。戦争さえなかったならば――これも戦争のもたらした小さな悲劇と申せましょう。私は家をあけており、あれはひとりきりでした。悪い影響力をまともに受けたのです」

ちょっと口をつぐんで後、ワイルディングは唐突にいった。

「私は彼女を責めてはおりません。いろいろな事情があったので、むしろ気の毒だとさえ思っています。むろん、その当座は私もひどくまいりました。二度と昔の自分にはもどれない、そう考えたものでした。しかし、時は人の心の傷を癒してくれます……」

ちょっと肩をすくめて彼はいった。

「しかし、なぜあなたに身の上話などをするのでしょう？　むしろ私はあなたのお話を伺いたいと思っているのです。あなたのような方には、これまで一度も会ったことがありません。私はあなたに、〝なぜ？〟、〝どうして〟と問いたくてならない。あのオリンピアの集会で、私は深い印象を受けました。あなたが聴衆を感動させたからではなく――そうした磁力については、私はよく知っています。ヒットラー、ロイド・ジョージ、今でも政治家、宗教家、俳優、多くの人々が多かれ少なかれ、そうした才能を発揮しています。それは一種の天分です。いや、私はあなたが聴衆に及ぼした効果には、およそ何の関心ももちませんでした。私が興味をもったのは、あなたご自身です。なぜあなたは、大衆伝道という特殊な道に意義を見出されたのですか？」

ルウェリンはゆっくり頭を振った。

「あなたは、私自身にもわからないことを訊ねておられます」

「もちろん――確たる宗教的信念がおありになってのことでしょうが」とワイルディングはいささか困惑した様子で口ごもった。

ルウェリンは笑いを含んでいった。

「平たくいえば、神への信仰ですか？　しかし、それだけでは答えになりませんね。信仰は私に、密室にひとりこもってひざまずくことを命じてもよかったはずです。信念ということだけでは、あなたが説明を求めていらっしゃることに対する答えにはならないでしょう。なぜ、おまえはことさらに大衆の前に立ったのか——あなたはそうお訊きになりたかったのでしょう?」

ワイルディングはあやふやな口調でいった。

「おそらくその方が、より大いなる善をなし得るから、より多くの人々に接触し得るからでしょうが」

ルウェリンはつくづくと相手の顔を見た。

「あなたご自身はどうやら、神を信じてはいらっしゃらないようですね?」

「私にも、本当のところはわからないのです。ある意味では、私はいまだに信じています。信じたいと思っています。……具体的にいえば、善を、親切を、倒れている人々を助けることを、公正を、赦しを信じております」

ルウェリンはワイルディングの顔をしばらく黙って見つめ、それからいった。

「善き生涯、善き人間——そうしたものに価値をおくことは、神を認めようとする態度よりはるかに容易です。神を認めるのはなまやさしいことではない。むしろそれは困難なこと、恐ろしいことでさえある。しかしそれ以上に恐ろしいのは、あなたを認めておられる神のまなざしの前に立つことでしょう」

「恐ろしい?」

「ヨブは震えおののきました」ルウェリンはふと微笑した。「かわいそうに彼には、それがどういうことを意味するのか、さっぱりわからなかったのですから。かっちりとまとまった規範や規則で固めた世界、信賞必罰の秩序ある世界から、彼が――ただひとり彼が――選び出されたのです（なぜだか、それはわかりません。彼のうちに、時代に一歩先んじるところがあったからか、生まれながらに人にすぐれた識別力をもっていたからなのか）。ともかくも、ほかの人間たちはよいことをすればよき報いを得、悪いことをすれば罰せられたのに、ヨブはいわばまったく新しい世界に足を踏みいれたのです。それは彼の目には、今まで関知しなかった新しい次元の世界とも思われたことでしょう。非の打ちどころのない生涯を送ってきた彼が、もはや家畜の群れに豊かに恵まれることもなく、耐えがたい苦しみに耐え、信仰を失い、友人たちが自分から尻ごみし、遠ざかるのを見たのです。彼はいわば、つむじ風に耐えねばならなかったのです。そしておそらく、いわば悲劇の立役者になる十分な資格が備わったところで、彼は神の声を聞くことができたのです。何のために？　神がどういう方であるかを認める糸口をつかむために。〝静まりて、わが神たるを知れ〟とその声は呼びかけました。それは恐ろしい経験でした。その一瞬ヨブは、およそ有限の人間の到達し得る最高の高みに立ったのです。もちろん、その啓示は長くは持続しませんでした。続くはずもなかったのです。後にそれを人に語ろうとしたとき、ヨブはおそらく言葉を見出せずに口ごもるばかりだったでしょう。それにふさわしい語彙は存在しないからです。霊的経験をこの世の言葉で描きだすことは不可能です。ヨブ記をあんなふうに小ぢんまりとまとめあげた記述者にしても、ヨブの経験が何を意味していたかは少しもわかっていなかったのです。彼は彼の時代の考えかたに従って、道徳的な幸福な結末をそれに付しました。まあ、賢明なことでしたがね」

ルウェリンはちょっと言葉を切ってまた続けた。

「私がより多くの善をなすことができるように、また、より多くの人に接することができるように、大衆伝道者として立つことを選んだのだろうとおっしゃるのは、ですから、まったく的はずれなのです。多数ということ自体には、何の価値もありません。善を行なうというのも、実はひどく無意味な言葉です。第一、何を指して善というのですか？異端者の生命を救うために彼らを火刑に処することですか？　悪魔の手先だといって、魔女を生きながら火の中にほうりこむことですか？　そうしたことを、弁護する言い分だってあるのですよ。不遇な人々の生活水準をあげることですか？（今日では、それが何よりも肝心だと考えられています）不正や残虐さに対して戦うことですか？」

「むろん、あなただって、それには賛成なさるでしょうね？」

「私のいおうとしているのは、それらはすべて、人間の行為の問題だということです。何をなすべきか？　何が善か？　何が正しいことなのか、悪いことなのか？　我々は人間です。人間はそうした問いに、できるだけ一生懸命答えていかなくてはなりません。この世に生きているのですから。しかし、そうしたことは、霊的経験とは何のかかわりもないのですよ」

「なるほど」とワイルディングはいった。「わかってきたようです。あなたご自身、そうした経験をなさったことがあるのですね？　そのような経験をどのようにして得られたのですか？　いったい何が起こったのです？　あなたは子どものときから、他日そうした経験をなさることを――」と問いかけて思いとどまり、ワイルディングはゆっくりいった。「それとも、まったく予知していらっしゃらなかったのですか？」

「私にとってそれは、まったく予期せぬ出来事でした」とルウェリンは答えた。

第五章

1

　予期せぬ出来事……ワイルディングの問いはルウェリンを、一足跳びに遠い過去へと引きもどした。

　清澄な山の空気。寒い冬。暑い、乾いた夏。小ぢんまりとまとまった地域社会。父親は背の高い、痩せたスコットランド系農民で、めったに笑うことのない、厳格な男だった。神を畏《おそ》れる、正直な人間で、農夫として質朴《しつぼく》な暮らしを送っているにもかかわらず、なかなかに知性があって、剛直ではあったが誠実な深い愛情を心に秘めていた。黒い髪の母親はウェールズの出で、歌うようなその声は、ごくありきたりのことをいっているときでも美しい音楽のようだった。夜になるとおりおり彼女は、その昔、自分の父親がウェールズ古来の詩人大会のために作った詩を吟誦することがあった。ウェールズ語をほとんど知らない子どもたちには、そうした詩の意味はほとんど理解できなかったが、その響きはルウェリンの心を、なぜとも知らぬぼんやりとした憧れに掻きたてた。母親は一風変わった、直観的な知識の持ち主で、彼の父親のように知的ではなかったが、自然と身に備わった独特の知恵をもっていた。

黒い目で子どもたちをゆっくりと見まわすようなとき、彼女はいつも長男のルウェリンにいちばん長く目を留めた。そのまなざしには、ひそかに値ぶみするような、訝《いぶか》しむような、ほとんど畏《おそ》れに近い表情がこもっていた。

母親のそうしたまなざしは、ルウェリンをいつも落ち着かない気持ちにさせた。

「何なの、母さん？　ぼく、何か悪いことをした？」

こう彼が心配そうに訊くと、母親は温かい、愛撫するような微笑を向けて答えるのだった。

「何でもないよ、ぼうや。おまえはいつも、母さんのいい子だよ」

こんなとき父親のアンガスは、ぐっと顔を振り向けてまず妻を、それから息子を黙って眺めた。

それは幸福で、ごく正常な子ども時代だった。贅沢とはおよそ縁が遠く、日常生活はスパルタ式でさえあった。両親は厳格で、躾《しつ》けにやかましく、家の内外の雑用は数限りもなかった。年下の四人の弟妹の面倒を見ることも、ルウェリンの義務の一つだったし、地域社会の活動にも積極的に加わった。信心深く、ある意味では狭い生きかた、彼はそれに適合し、それを受け入れて暮らしていた。

しかし彼は教育を受けることを願った。父親がこの願いを励ましてくれた。アンガス・ノックスは、学問に対してスコットランド人らしい畏敬の念をいだいており、自分の長男が単なる農夫の身分にとどまらないことを望んでいた。

「わしにできる手助けはしてやるがな、ルウェリン」と彼はいった。「あまりたくさんのことはできん。おおかたは何とか自力でやらなきゃならんぞ」

ルウェリンはその言葉に従った。受持ちの教師に励まされて彼は大学に進み、休暇にはホテルやキャンプで働き、夜は皿洗いをして、学資を稼いだ。

彼は自分の将来について、父親と話しあった。教師か、医者になろう、自分ではこう心を決めていた。これという召命の意識はなかったが、どちらの道も自分の性分に合っていると思われた。彼は結局医学を専攻することにした。

そうした年月の間、何かに献身しようとか、特別な使命を感じるといったことは、まったくなかったのだろうか？　ルウェリンは過去の年月を振り返った。

何かあったに違いない……今考えてみればはっきりそれとわかる何かが……当時は自

分でもよくわからなかったようなことが。一種の不安――というのがもっともぴったりした表現であろうか。何の変哲もない日常の生活を一皮めくると、彼自身も理解できないあるものに対する不安が、確かに存在していた。彼はひとりきりでいるときに、よりしばしばこの不安を感じた。だから彼はことさらに熱心に地域の青年たちと交わり、さまざまな行事に参加したのだった。

そのころ彼はキャロルの存在を強く意識するようになっていた。

キャロルのことは、ごく小さいときから知っていた。二人は同じ学校に通った。キャロルは彼より二つ年下、愛らしい性質の、しかしどっちかといえば、ぶさいくな子で、歯列矯正器をつけ、いつも恥ずかしそうにしていた。双方の両親が親しかったので、幼いころのキャロルはしょっちゅうノックス家に遊びにきていた。

最終試験を受ける年帰省したルウェリンは、新しい目でキャロルを眺めた。歯列矯正器はすでに取り去られ、彼女はぶさいくどころか、たいへんかわいらしい、人目をひく娘に成長していた。青年たちは誰もが彼女とデートしようとやっきになっていた。

これまでルウェリンの生活に、若い娘が大きな部分を占めたことはなかった。彼は勉強にあまりにも忙しく、感情的にもおくてだった。しかし今、男としての彼が突如目覚めた。彼は身なりに何かと気をくばるようになり、なけなしの金をはたいて新しいネクタイや、キャロルに贈るキャンディーの箱を買った。母親は息子が一人前の男になったと知って、世の多くの母親たちと同じように、喜びもし、また同時に少しさびしくも思った。息子をほかの女に渡さなければならないときがきた、と彼女は思った。結婚という段どりはまだ先のことだろうけれど、どうせいつかはそういうときがくるのだから、息子がキャロルを選んだとすればむしろ結構なことではないか。育った家庭も躾けも申し分がない。性質も愛らしいし、おまけに健康だ──見も知らぬ都会生まれの娘と結婚されるより、どんなにいいかしれない。「でもわたしの子の相手としては物足りないわ」と母親らしい身びいきから彼女は考えるのだった。しかし彼女はそんな自分を笑い、大昔から母親はみんな、そんなふうに、親馬鹿を発揮してきたのだろうと思った。彼女はためらいがちに、このことをアンガスに話した。

「まだ早い」とアンガスはいった。「ルウェリンはこれから世の中に出て、身を立てて行かなきゃならないんだから。しかし、キャロルを選んだのは結構なことだ。あの子はいい子だ。特別頭がいいってこともなさそうだが」

美しくて人気のあるキャロルは、その事実を大いに楽しんでいた。次から次へとデートを申しこまれたが、青年たちの中ではルウェリンがいちばん好きだということをかなり目立つほど明らかにしていた。彼の今後の計画について、キャロルはおりおり真面目に彼に問いかけた。はっきり態度には表わさなかったが、彼女はルウェリンが将来についていっこうにはっきりしたことをいわず、野心がなさすぎるように思えることについて、少々失望を感じていた。

「だってルー、資格を取ったらどうするか、はっきりした計画はあるんじゃなくて？」

「仕事はちゃんと見つかるさ。いくらでも道は開けるよ」

「でも何か専門をもつってことが、必要なんじゃなくて、近ごろは？」

「特にやりたいことがあればね。ぼくの場合はこれといってないんだから」

「でもルウェリン、あなただって出世したいと思うでしょうに？」

「出世？　どんな意味で？」彼はちょっとからかうような微笑を浮かべた。

「出世といえば――出世よ」

「人生ってものはね、キャロル、いずれにせよ、ひとつところにじっと止まっているわけじゃない。必ず動いて行くわけだよ」こういってルウェリンは指で砂の上に線を引いて見せた。「誕生、成長、学校、就職、結婚、子ども、家庭、仕事、隠退、老齢、死。一つの国の境から、次の国の境まで。とにかく人は旅をして行くものさ」

「そんなこと、いってるんじゃないわ、ルー、あなたにだってわかってるくせに。出世して、名をあげる、トップクラスにおどり出る、そういうことをいっているのよ。みんながら誇りに思うように」

「出世しようが、しまいが、べつにどうってことはないと思うけどなあ」とルウェリンはぼんやりいった。

「どうってことはありますとも、もちろん！」

「旅で肝心なのは、どこへ行くかということより、どうやって旅をするかってことだよ」

「そんな馬鹿げた話、聞いたこともないわ。あなたは成功したくないの？」

「さあ、べつに」

いい加減にあしらっているうちに、キャロルがすっと遠くなり、ルウェリンはたったひとりで立っている自分を意識した。恐怖が彼をとらえていた。尻ごみしたい、わけもなく恐ろしく、逃げだしたい気持ちだった。

「ぼくでなく――誰かほかの人を」彼はほとんど声に出してこう呟いていた。

「ルー、ルウェリン！」はるか遠くから、キャロルの声がかすかに響いてきた。その声は荒野の中を彼にむかって呼びかけていた。「どうしたの？　あなた、とっても変よ」

彼ははっと我に返った。キャロルが困惑したような、怯えているような表情で見つめていた。キャロルに対するやさしい気持ちが、突如潮のように彼のうちにこみあげた。

キャロルが救ってくれたのだ。あの荒涼たる荒野から呼びもどしてくれたのだ。ルウェリンは彼女の手を取った。

「きみはかわいい人だ」彼はこういって彼女を引き寄せて、やさしく、ほとんどおずおずとくちづけを与えた。彼女の唇がやさしく応えた。

ルウェリンは考えた。

〝今いおう……愛している、と……資格を取ったら婚約しようと。待っていてくれと頼むのだ。キャロルを得れば、もう二度と不安を感じることはないだろう〟

しかし、彼はついに何も告げなかった。あたかも一本の手が彼の胸の前に突き出され、彼を押しもどし、言おうとした言葉を封じたかのようだった。いかにもまざまざと現実的なその感じが、彼を驚かせた。ルウェリンは立ちあがった。

「いつか、キャロル」と彼はいった。「いつかぼくは――きみにちゃんと話をしなくちゃいけない」

キャロルは彼を見あげて笑い、満足した。彼女はルウェリンが今すぐ結婚の意志を明らかにすることを、必ずしも欲していたわけではなかった。もう少しこのままでいい。彼女は、若い男たちにいいよられるおとめらしい勝利感を無邪気に楽しんでいたのであった。いつか、きっと、彼女とルウェリンは結婚するだろう。彼のくちづけの背後にひそむ感情を彼女は感じ取っていた。彼が他日、自分のものとなるということを、確信していた。

ルウェリンが奇妙な意味で野心を欠いているということについては、彼女は本気で心配してはいなかった。この国の女たちは男性に対する自分たちの力に自信をもっていた。計画を立ててそれを達成するように夫を促すのは、女性の役目であった。女性と、彼女たちの主な武器である子どもたちだった。彼女とルウェリンは、子どものために最上のものを望むだろう。それがルウェリンを促す拍車となることは疑いのないところだった。

一方ルウェリンは、ひどく心を騒がせつつ家路についた。何という奇妙な経験だったろう。最近聞いた心理学の講義で頭がいっぱいだった彼は、不安を感じつつ自己を分析した。セックスに対する一種の嫌悪感だろうか？　しかし、どうして、そんな抵抗をする必要があるのだ？

彼は夕食を食べながら母親をじっと見つめ、これは一種のエディプス・コンプレックスだろうかと気を回したりした。

しかし大学にもどる前に、彼は母親に自分の心配を打ち明けた。何とか安心したかったのである。

「母さんはキャロルが好きでしょう？」と彼は唐突にいった。

ああ、いいよと、母親は軽い胸の痛みを覚えつつも、落ち着いた口調で答えた。

「キャロルはいい子だよ。おまえの父さんもわたしも、あの子が大好きですよ」

「この間、キャロルに——いおうと思ったんだ」

「愛しているってかい？」

「うん。待っていてくれるかどうか、訊こうと思ったんだよ」

「あの子がおまえを愛しているなら、わざわざそんなことを訊くには当たらないよ」

「でも、結局いえなかったんだ。言葉が出てこなかったんだよ」

母親は微笑した。

「心配することはないさ。男ってものはね、そういうときにはうまく口がきけなくなるものなのさ。おまえの父さんがちょうどそんなふうだった。毎晩のように訪ねてくるんだけれど、まるでいっそ憎らしくてたまらないとでもいうように坐って、わたしの顔をじっと睨みつけていたものさ。〝こんにちは〟とか、〝いい天気ですね〟というのがせいぜいで、思ったことを一言も口に出せずにさ」

ルウェリンは考えこんだような口調でいった。

「そうじゃなかったんだ。まるで強い手に押しもどされたような、誰かが〝よせ〟と叫んだような——そんな感じがしたんだよ」

母親はこのときようやく、息子の悩みの深さとゆゆしさを感じた。彼女はゆっくりいった。

「もしかしたら、キャロルはおまえにふさわしい相手ではないのかもしれないよ。いえ――」と異議を唱えかける彼をとどめて続けた。「若くて血気さかんなときは、自分で自分のことがよくわからないものだよ。おまえの中には何かが隠れているのさ。本当のおまえ自身というようなものかしらね。それが、していいことと、してはいけないことをちゃんと見わけてくれる。そしてそれがおまえ自身から、また、間違った衝動から、本当のおまえを救うんだよ」

「ぼくの中に隠れているもの……」と彼は思い悩むようにいった。

そしてふと苦しげな目で母親を見つめた。

「ぼくは実際のところ――ぼく自身について何一つ知らないんだ」

2

大学にもどったルウェリンは、勉学や友だちとのつきあいで毎日を寸暇なく過ごした。

不安もやがて消え、彼はふたたび自信をとりもどしていた。そして青年期の性衝動の種々の表われについての難解な論文をいくつか読み、自分なりに納得のいく自己分析を行なった。

やがて彼は優秀な成績で大学を卒業した。このことも彼に自信を与えるのに役立った。彼ははっきりと決意を固めて、自分の将来を具体的に思い描きつつ、故郷に帰った。キャロルに結婚を申しこもう。医師の資格を得た今、自分の前に開けているさまざまな可能性について、彼女と話しあおう。自分の将来がこのようにはっきりした形で目の前に繰りひろげられていることが、彼に大きな安堵の念を与えていた。自分の性《しょう》に合った、また自分になしとげる能力があると感じられる仕事をもち、ともに家庭を営み、ともに子どもを育てるべき、愛する女が傍らにあれば。

帰郷した彼は、村の行事のすべてに喜んで参加した。いつも友だちの群れの中に身を投じていたが、ダンスでも、ゲームでも、キャロルと組むことが多く、二人の仲は友だちからも半ば公然と認められていた。ひとりになることはほとんどなく、夜は床につくとすぐ熟睡し、キャロルの夢を見た。たいていはエロティックな夢であったが、彼はむしろそれを歓迎した。すべてが楽しく、ノーマルで、あるべき形をとっているように思われた。

こう信じこんでいた彼にとって、ある日父親につぎのように訊かれたのは、まったく意外なことだった。

「どうしたんだね、おまえはこのごろ、おかしいぞ」

「おかしい？」彼は父親の顔を見つめた。

「どうかしているようだが？」

「そんなことはありませんよ！　こんなに元気だったことはないくらいです」

「体は健康かもしれないがな」

ルウェリンはまじまじと父親の顔を見返した。痩せた、寡黙な父親は、燃えるように輝く、くぼんだ目で息子の顔を眺めながら、ゆっくりとうなずいた。

「人間には、ひとりにならなきゃならんときがある」

それっきり彼はぷいと横を向いた。ルウェリンはあの説明のつかぬ不安が、たちまちにして胸に湧き起こるのを感じていた。ひとりになるなんてぜったいにいやだ——たまらない。ひとりになんかなれない。いや、なってはいけないのだ。

三日後、彼は父親にいった。

「ぼく、山でキャンプをしてこようと思います。ひとりきりで」

「そうか」とアンガスはうなずいた。

神秘家らしい彼の目は、それ以上何も聞くことはないというように、息子の顔にじっと注がれていた。

ルウェリンは思った。

「ぼくには父から受けついだ何かがある。父はそれについて知っているが、ぼくにはまだ、それがどういうものだか、わかっていないのだ」

3

ルウェリンが砂漠で暮らすようになってから、ほとんど三週間近くも経った。何とも奇妙なことが、次々に彼に起こっていた。しかし彼は初めから、孤独にたやすく適応した。なぜ、ひとりになることを、あんなにも長い間拒み続けてきたのだろう、とふしぎに思うほどだった。

最初のうち彼は、自分自身について、キャロルとともにするはずの将来の生活について、さまざまなことを考えた。そうした考えはすべて、きわめてはっきりと、論理的に繰りひろげられた。かなり時が経ってから彼はようやく、自分が自分の生活を当事者としてでなく、一個の傍観者として、外側から眺めていることに気づいた。それは、そうした生活、細かいところまで計画された将来がおよそ現実的でない——論理的で首尾一貫してはいるが、実際にはまったく存在しないからなのだった。彼はキャロルを愛し、欲している。しかし、彼女と結婚することはないだろう。なすべきことがほかにあるからだ、彼はこう悟るようになった。けれども彼はまだ、その〝ほかの何か〟がどんなものであるかを知らなかった。彼がこのことを認めた後に、第二の段階が始まった。それは、こだまばかりがいたずらに返ってくる虚無としか形容し得ぬ一時期であった。彼は無であり、彼の内包する世界もまた無だった。しかし、かつてのような不安はなかった。虚無を受け入れることによって、彼は不安を追い出したのであった。

この時期の間、彼はほとんど飲み食いをしなかった。少し頭がおかしくなっているのではないかと思うことさえあった。

そしてまるで蜃気楼のように、いろいろな場面や人々が入れかわり立ちかわり現われた。

一、二度、一つの顔がたいへんはっきりと浮かびあがった。女性の顔で、それを見ていると、彼は何ともいえぬ興奮を感じた。美しい、華奢な骨格で、こめかみのところがちょっとくぼみ、黒い髪の毛が波立って、深みのある、ほとんど悲劇的にさえ見える目をしていた。一度はその背後に燃えさかる炎が見え、もう一度は教会堂の輪郭のようなものが影のようにぼんやりと浮かんで見えた。そしてこのとき彼は突然、彼女がまだいたいけな少女であることに気づいたのであった。どちらの場合にも彼は、少女の苦しみをひしひしと感じた。ルウェリンは、何とか助けてやりたいと思った。しかし同時に、助けようと思っても助けられないこと、そう思うことからして間違っており、欺瞞であることをよく知っていたのであった。

次の幻は、光沢のある、淡い色の大きな事務机の後ろに坐っている、二重顎の男の姿だった。小さな青い目が抜け目なさそうに光っていた。男は何かいおうとしているように身を乗りだし、手にした定規を大きく振って、自分の言葉を強調しようとしていた。

どういう角度から見たものか、それはわからないが、一つの部屋の内部が第三の幻だった。つい近くの窓から、雪をいただいている松の木が見えた。ルウェリンのいるところとその窓の間に、一つの顔が突き出して、彼を覗きこんでいた。眼鏡をかけた、赤い丸顔の男で、もっとよく見ようと思っているうちに、ふっと消えてしまった。

こうした幻は、どれもみな自分の描きだしたきれぎれの妄想にすぎないのだとルウェリンは考えていた。いずれも彼にとってまったく意味をなさぬ、見たことのない顔であり、情景であった。

けれどもやがて、そうした幻も現われなくなった。彼の意識していた空虚も大きな、莫たるものではなくなり、次第に小さくまとまって意味と目的をおびるようになった。彼自身もはやその中を漂うことをやめ、むしろ空虚が彼のうちに入りこんだかのようであった。

そして彼は何かを持ち受けている自分に気づいたのだった。

4

砂嵐の襲来はまったくだしぬけだった。それは山の多い砂漠地帯によく起こる急激な嵐で、赤っぽい砂塵の雲が唸りをあげ、絶叫しつつ、突如襲いかかってきた。まるで生きもののようにひとしきり荒れ狂い、始まったときと同じように唐突におさまった。

嵐の後には、これと対照的な静けさが砂漠を包んだ。

ルウェリンのキャンプ用のテントや道具は、激しい風に残らず吹き飛ばされていた。テントは空中高く舞いあがり、騒々しくはためきながらグルグルと旋回して、遠くの谷底に落ちて行った。彼は無一物で、まるで創造されたばかりのようにすがすがしく静まりかえった世界に、ただひとり坐していたのであった。

これまでも心の奥底でひそかに予知していたあることが、今まさに起ころうとしているのだ、ルウェリンはそう思った。彼はふたたび不安を感じていた。しかしそれは以前とは違って、抵抗の衝動からくる不安ではなかった。彼は何ものかを受け入れようとしていた――波の中に空虚があった。掃き清められ、磨きあげられた空虚が。それは今や、何か大いなる存在をおのがうちに迎え入れようとしていた。彼が恐れていたのは、自分が何とちっぽけな、取るに足らぬ存在であるかを、へりくだった思いをもってひしひしと感じていたからであった。

次に起こったことをワイルディングに説明しようとして、ルウェリンは言葉に苦しんだ。

「それを説明できるような言葉がないからです」とルウェリンはいった。「しかし、それが何であったかということは、きわめてはっきりしています。それは神の臨在の認識でした。これまで書物で太陽について読み、その温かみを掌に受けていた者が、閉じていた目をパッと開き、日輪の輝きを目《ま》のあたりに見た、こうたとえたらわかっていただけるでしょうか。

私はそれまで、神の存在を信じていました。しかしそのとき、私は初めてさだかに知ったのです。それはおよそ形容を絶する、直接的な、パーソナルな認識でした。怖気をふるわしめられるような経験でした。そのとき私は、神が人間に近づこうとしたもうたとき、なぜ彼がイエスという人のかたちをとりたまわねばならなかったか、初めて理解したのでした。

その後で――それは数秒間しか続きませんでした――私は踵《きびす》をめぐらして家路についたのです。帰りの旅は二、三日かかりました。よろめくように家に入ったとき、私は弱りはて、疲れきっていました」

ルウェリンはちょっと口をつぐんだ。

「母はひどく心を痛めました。私にどういうことが起こったのか、測りかねたからでした。父はおそらく、おぼろげながら理解していたと思います。少なくとも、私が何か大きな経験をしたということは。私が母に、何ともいえぬ奇妙な幻を見たことを話すと、母はいいました。〝おまえの父さんの家系には、未来を透視する力をもった人がときおり出るということだった。おまえのひいおばあさんがそうだったし、叔母さんにもそういう人がいたっけ〟

二、三日休んで栄養をとると、私はまた元気になりました。私の将来のことが話題にのぼるとき、私は沈黙していました。自分にとっては、事はすでに決せられているのだということを知っていたからでした。私は差し出されたものをただ受け入れるだけだ——いや、すでに受け入れたのだ——そう思いながらも、自分が何を受け入れたのかは、まだわからなかったのでした。一週間後に、近くの町で大きな伝道集会がありました。信仰復興集会《リヴァイヴァリスト》といったら、わかっていただけるでしょうか。母が行きたいというと、父も同行すると申しました。父自身はあまり関心がなかったのですが。それで私も一緒に行きました」

ワイルディングの顔を眺めながら、ルウェリンは微笑した。

「それは、あなたのお気に召すようなたぐいのものではありませんでした——粗野で、少々メロドラマティックな雰囲気がありました。私は何の感銘も受けませんでした。自分が感動しないということに少々失望しながら、私はそこに坐っていました。いろいろな人がかわるがわる立ちあがって、証しをしました。そのとき、ごくだしぬけに、私は感じたのです、きわめてさだかに、疑いようもなく、一つの呼びかけを。

私は立ちあがりました。私の方を振り返ったいくつもの顔を、私は今もありありと覚えています。

何を語ろうとしていたのか、私自身にもわかりませんでした。思いめぐらすこともなく、自分の信じていることを説明しようと思ったのでもありませんでした。言葉は私の頭の中にありました。それは先を争って口から迸《ほとばし》りいで、取り逃すまいとして早口でしゃべらなければならないほどでした。それを何と描写したらよいか、私にもわかりません。炎のように熱く、蜜のように甘い言葉、そういったら、おわかりになるでしょうか？　炎は私を焦がしました。しかし、そこにはまた、蜜の甘さもあったのです。神への従順の美しさが。神の使者となることは、実に恐ろしく、同時に限りなく喜ばしいことなのでした」

「旗を掲げたる軍勢のごとく、いと恐るべく」とウィルディングは呟いた。

「そうです。神を万軍の主と歌った詩篇の詩人は、自分の用いる言葉をよく承知していたのです」

「そして——その集会の後？」

ルウェリン・ノックスは両手をひろげた。

「四、五十分、話したでしょうか、疲労困憊《こんぱい》して、私は坐りました。家に帰ると、私は炉の傍に坐って震えていました。手をあげる元気も、口を開く勇気もなく。母はわかってくれました。〝私の父さん——おまえのおじいさんが、詩人大会から帰ってきたときを思い出すよ〟、こういって熱いスープを作り、ベッドに湯たんぽを入れてくれました」

ワイルディングは低い声で呟いた。

「あなたは、父上と母上の両方から、必要な素質を受けついでおられるのです。スコットランド系の父上からは神秘家の素質、ウェールズ系の母上から詩人の創造性と、そして声を。あなたが描きだされたのは真に創造的な一幅の絵画です――恐怖、挫折感、空虚。ついで急激な力の迸り、さらに疲労」

一瞬沈黙した後、ワイルディングは訊ねた。

「続けていただけませんか?」

「申しあげることとは、もうあまりないのです。翌日私はキャロルのところに行って、医者になるつもりはない、どういう形をとるかはわからないが、説教者になるつもりでいる、と告げました。彼女と結婚したいと思っていたが、今はその望みも捨てるほかないと。キャロルは理解してくれませんでした。〝お医者になっても、世の中のためになることはできるでしょうに〟、そういいました。私は答えたのです。いいことができるかどうかではない。私は命令を受けたのだ。それに従うほかはないと。結婚できないなんて、カトリックの僧侶になるわけでもあるまいし、そう彼女はいうのでした。私は答えました。今ではもう、私のもっているすべて、私という人間のすべては神のものとならねばならないのだと。けれどももちろん、キャロルはわかってくれませんでした。かわいそうに、どうしてわかるわけがあったでしょう？　それは彼女の語彙のうちには存在しない言葉だったのですから。私は家に帰って、事の次第を母に告げ、キャロルを慰めてやってほしい、そして自分の気持ちを理解してもらいたい、と申しました。母はいいました。〝わたしにはよくわかる。おまえにはもう、女に与えるものは何一つ残されていないんだろうね〟そういって悲しみに耐えきれず、泣きました。〝わたしにはわかっていた――いつもわかっていた――おまえには小さいときから、どこかほかの子と違うところがあった。ああ、だけど母親たち、妻たちにとっては、これはとても辛い、悲しいことなんだよ〟

母はまたいいました。

〝おまえをほかの女の手に渡すのなら、諦めもしよう。それは当然のことなんだから。それにいつかはおまえの子どもたちを膝に乗せるという望みもあるのだから。でもこの場合は違う。おまえはわたしから永久に失われてしまうのだからね〟

そんなことがあるものかと私は母を慰めました。けれども二人とも知っていたのです。本質的には永遠の別れであることを。人間的な絆――それはことごとく断たれねばならなかったのです」

ワイルディングは落ち着かぬ様子で身動きをした。

「お気に障ったら、赦して下さい。しかし、人間的な絆をすべて断つというのは人間の生きかたとしては、間違っていないでしょうか？　人間的な愛情、共感、人類への奉仕はたしかに――」

「いや、生きかたなどというものではないのですよ！　私は選びを受けた者について語っているのです。神に選ばれた者、それはぬきんでて高くあげられた者であると同時に、人間のうちでもいと小さく、取るに足らない者なのです。彼はそのことをけっして忘れてはならないのです。自分は、他の何者よりもはるかに小さい者である、またそうあらねばならないということを」

「お言葉の意味がよくわかりませんが――」

ルウェリンはむしろ自分にいって聞かせるように、低い声でいった。

「当然ながら、危険はそこにひそんでいるのです――人がそれを忘れがちだというところに。今にして思えば、神はそのことで私に憐れみをお示し下さったのです。私は危ういところで救われたのでした」

第六章

1

ワイルディングはちょっと戸惑ったような顔をして、いささかいいにくそうに口ごもりながらいった。

「いろいろとお聞かせ下さってありがとうございました。単に卑俗な興味から伺ったわけではないということを、おわかりいただきたく思います」

「それはわかっています。あなたは人間に心からの関心をもっておいでなのですね」

「それに、あなたのような方にはめったにお目にかかれませんから。私は新聞や雑誌であなたのご経歴について読みました。けれども私が関心をもったのは、そういうことではなかったのです。そうした記事に書かれているのは表面的な事実ばかりですから」

うなずきながらルウェリンは、過去の日々を思い返していた。高層ビルの三十六階にエレベーターで上った日。背の高い、金髪の優雅な女性に迎えられて応接室に通され、ここでがっしりした、背の低い青年に引きつがれ、それから最後に奥の至聖所、実業界の大立者のオフィスに案内されたのだった。光沢のある、大きな木の机の向こうに坐っていた男が立ちあがって、手を差し伸べ、歓迎の言葉を述べた。巨大な二重顎、小さな、鋭い目。それはあの砂漠の幻そっくりだった。

「お目にかかれて、たいへんうれしく存じます、ノックスさん。私はこの国が神に帰る機運が熟していると思うのですよ……大掛かりな計画を立てることが必要です……何らかの成果を得るには、資金も投入しなくてはならない……私はあなたの集会に二度ほど出席して、じつに大きな感銘を受けました。あなたは聴衆の心をがっちりつかんでおられた——みんなは貪るようにあなたの一語一語に聞きいっていました……じつに驚くべきことです！　じつに！」

神と大企業——一見相容れぬように思われるが、はたしてそうなのか？　商才というものもまた、人間が神から賜った才能であるならば、神のためにそれを用いて悪いということがあるだろうか？

ルウェリンは何の疑いも懸念も感じなかった。この部屋も、この実業家も、すでにあの砂漠の幻の中で彼に示されたものであった。それはあらかじめ定められている、彼自身のパターンの一部だった。その男が心から神の言葉のつたえられることを望んでいたのかどうか、それは疑問であった。古い洗礼盤に刻まれた初期の彫刻のようにグロテスクにも見える真摯な願い、彼はそうしたものに促されていたのだろうか？　それとも、これもまた、儲けをあげる機会を取り逃さぬ商魂の表われであったのか？　神のうちにも、金儲けの可能性を見る商魂の？

ルウェリンにもわからなかった。考えてみようともしなかった。それは、パターンの一部だった。彼は神の言葉の伝達者に過ぎず、神への服従の義務を負うていたのだった。

十五年間……はじめは小さな野外集会、ついで講演会場、ホール、大スタジアム。

顔。居並ぶ多くの顔、顔、顔。何列もの層をなし、階段状の座席の上の方は霞んで見えないほど遠い。待ちかねている、飢えている顔……

そして彼自身の役割は？　それはいつも同じであった。

寒々とした心もとなさ。たじろぎ、空虚。そしてじっと待つひととき。

やがてルウェリン・ノックス博士は立ちあがり、そして……言葉が押し寄せるのであった。頭の中をはやてのように駆けめぐり、唇を衝いて迸り出る言葉……それはどんなときにも、彼自身のものではなかった、けっして。けれどもそれを語る光栄と恍惚感は紛れもなく彼のものであった（もちろん、危険はその点にあるのだった。今までそれを悟らなかったのは、ふしぎなくらいだとルウェリンは思った)。

話し終わった後、群がり寄る人々——お世辞を並べる女たち、感激を語る男たち——に囲まれ、彼自身は体中の力が抜けきったような疲れと、激しい吐き気を覚えるのがつねだった。各地での歓迎。追従。ヒステリックな激情。

彼はそうしたすべてに、できる限り応えようとつとめながら、もはや神の言葉の伝達者ではない、弱き器である自分を意識していた。渇仰するような、愚かしい目で彼を見あげている人々。しかし自分はその群衆にくらべて、はるかに小さな、取るに足らぬ人間なのだ。それまで彼をとらえていた力は消え、人間に尊厳を賦与《ふよ》するすべては涸渇していた。疲れきって、半病人のようになった彼を、さらに黒い、うつろな、むなしい絶望が蝕むのであった。

「お気の毒に、何て疲れた顔をしていらっしゃるんでしょう」と人々はいいあった。

疲労。日毎に増し加わる疲労……

ルウェリンは頑丈な体質に恵まれていた。けれども十五年間も無理な生活を続けてもまいらぬほどに頑健ではなかった。吐き気、眩暈、動悸、呼吸困難、脳貧血——一口でいえば体が老朽化してしまったのだった。

というわけで、彼は山のサナトリウムでしばしの療養生活を送ることを余儀なくされた。ベッドから見える窓の外には、青空をよぎって松が黒々と枝を差し伸べていた。じっと身動きもせずに横たわっている彼の上に赤ら顔の医師がかがみこんだ。度の強い眼鏡の後ろの目は、生真面目な表情をたたえ、ちょっと梟《ふくろう》のような感じがした。

「これは長くかかりますね。辛抱なさらなくてはいけません。幸い、あなたはもともとご丈夫です。しかし、ずいぶん体を酷使なさったようですから。心臓も肺も——いわば体中の器官が多少とも影響を受けているのです」

「つまり、早晩死ぬということでしょうか？」こう訊ねながらもルウェリンは、自分の健康状態についてはごく控え目な好奇心しか感じていなかったのだった。

「そんなことはありませんとも。きっと元通りの健康体にしてさしあげますよ、時はかかりますが。ただ——」

医者はちょっとためらった。

「ただ——？」

「このことはよくご理解いただきたいのですが、ノックス博士、あなたは今後は静かな生活をなさらなくてはいけません。公人としての生活をなさることはとても無理です。心臓がやられてしまいますからね。講演会、過度の緊張、演説、いっさいおやめになることです」

「少し休養すれば――」

「いや、いくら休養なさっても、私の診断は同じですよ、ノックス博士」

「そうですか。わかりました。つまり、私の体は老朽品というわけですか？」

「まあ、そういうことです」

老朽品。神の目的のために、神によって用いられた体は、脆い人間の器であるがゆえに、長もちしなかったのだ。ルウェリンの有用性は終わりを告げた。使い古され、見切りをつけられ、捨てられたのだった。

それで、次には何が？

何が彼を待っているのだろうか？

結局のところ、ルウェリン・ノックスとは誰なのか？

それを彼は見出さねばならなかったのである。

2

ちょうどそんな思いにふけっていた彼の耳に、ワイルディングの声が響いた。

「今後のご計画についてお訊ねしたら、あまりにも差し出がましいでしょうか？」

「計画というようなものはないのですよ」

「本当ですか？　たぶん、以前のご生活におもどりになることを——」

ルウェリンはちょっときびしい声で遮った。

「もどるということはあり得ません」

「しかし、違った形で活動を続けられるということは？」

「いや、あれはもう完全に終わったのです。終わらねばならなかったのです」

「医者がそう命じたのですか？」

「医者は、私にとって公的生活はもう問題外だと強調しました。今後は講壇に立つなと。つまりそれは、大衆伝道者としての生活が終わったことを意味します」

「どこか静かな所に聖職禄をもたれるといったことは？　いや、あなたのお国ではそういう言葉は使わないんでしたね。どこかの教会で牧師として奉仕されるというようなことは、お考えにならないのですか？」

「私は大衆伝道者でした、サー・リチャード、それはまるで違うことなのです」

「失礼なことを申しあげました。おっしゃる意味はわかるようです。あなたはまったく新しい生活を始めなければならないのですね？」

「そうです。一私人としての生活を」

「そうした展望は、あなたを混乱させ、脅かしはしませんか？」

ルウェリンは首を振った。

「そんなことはありません。この島にきて以来私は、自分が大きな危険を免れたことにはっきり気づいたのです」

「危険とおっしゃると？」

「人間に権力を与えることは危険なのです。権力をもつと、人間は腐敗しますから――腐敗は内部から始まります。私自身、以前のような生活を続けていたら、いつまでそうした内的腐敗を避け得たでしょう？　いや、腐れはすでに始まりかけていたのではないかと思います。スタジアムを埋める聴衆の前に立ったとき――私は語っているのはこの自分だと考えるようになってはいなかったでしょうか？　聴衆にメッセージを与え、なすべきこと、なすべからざることを告げているのは自分だと。神の言葉の伝達者でなく、神の代理人だと自負するようにならなかったと、はたしていえるでしょうか、他にぬきんでて高くあげられ、他の人々の上に置かれたと思いこむことによって」彼は静かに付け加えた。「恵み深き神は、そこから私を救い出すことをよしと見たもうたのです」

「するとあなたの信仰は、あなたの身に起こったことによって、少しも減じなかったのですか？」

ルウェリンは笑った。

「信仰ですって？　私にはその言葉はむしろ奇異な感じがします。人間は太陽を、月を、自分の坐っている椅子を信じますか？　自分の立っている大地を信じますか？　知っているものについて、なぜ、〝信ずる〟必要があるでしょう？　私が何か悲劇の渦中にあったというような印象をお持ちなら、どうか、訂正していただきたい。そんなことはまったくなかったのです。私は自分に割り当てられた行程を走ったに過ぎません——いや、今もなお走りつつあるのです。私がここに、この島にきたのはいいことでした。時がきたら私はここを出て行くでしょう。それはそれでいいことです」

「つまり、そのうちにべつの——命令を受けるだろうとおっしゃるのですか？」

「いや、命令というほど、はっきりしたものではないでしょう。しかし、少しずつ、ある行動のコースが願わしいばかりでなく、不可避と思われるようになり、私はその道を取ることになるでしょう。私の考えに、次第にはっきりした筋道がつき、どこに行くべきか、何をなすべきか、明確にわかるようになるでしょう」

「そんなにたやすく？」

「そう思います。いってみれば、不調和という感じがしないかどうかという問題なのです。間違ったコースを取ると——間違ったコースというのは、道徳的に悪いということではなくて、取るはずでなかったコースということなのですが——すぐそれとわかります。たとえば、ダンスのステップを踏みはずしたとき、楽譜を読み違えたときのように——不快な感じがするのです」ふと思い出して彼はいった。「もしも女の人だったら、編み物の目を一つ落としたときのように、というでしょうか」

「女性についてはいかがです？　故郷にお帰りになって、初恋の人をお探しになりますか？」

「そして感傷的な結末をつけるというわけですか？　まず、ないでしょうね、そういうことは。それに」とルウェリンは微笑した。「キャロルはもう何年も前に結婚しましたよ。三人子どもがあって、夫は不動産業者としてなかなか羽振りがよいと聞いています。キャロルと私は、もともと結ばれるべき相手ではなかったのです。二人の間にあったのは、大して深いともいえない、子どもっぽい愛でした」

「これまでの年月の間、ほかの女性があなたの心を占めたことはなかったのですか？」

「いいえ、ありがたいことに。もしそんな女性がいて、伝道に従事していたころの私が彼女に会っていたら——」

いいさしてルウェリンが唐突に言葉を切ったので、ワイルディングは少々戸惑ったような顔をした。このときルウェリンの胸に浮かんだ幻を、ワイルディングは夢にも知りようがなかったのだから。翼のような黒い髪の毛。華奢なこめかみの骨格。悲しそうなまなざし。

いつか、自分はきっと彼女に会うだろう。彼女はあのオフィスの机やサナトリウムのように、一つの現実であり、確かな実在であった。福音伝道に献身していた間に彼女に出会ったとしたら、当然ながら彼女を思い切らなくてはならなかっただろう。彼に、はたしてそれができただろうか？　その黒髪の女性への想いは、キャロルの場合とはまったく違っていた。それは青春と若者の胸のときめきから生まれたかりそめの恋ではなかった。しかし、彼女を諦めるという犠牲は、要求されなかった。彼は今は自由の身であった。二人がやがて会うとき……彼はいずれそのときがくることを疑わなかった。どんな状況のもとに、どこで、いつ、会うのか、それはわからなかった。教会、石の洗礼盤、燃えさかる炎、それだけが彼の指標であった。しかし彼は自分がその運命の瞬間に徐々に近づきつつあること、そのときがあまり遠くないことを感じていたのだった。

書棚の間のドアがひどくだしぬけに開いたとき、彼はびくっとした。ワイルディングも振り返って、驚いたように立ちあがった。

「おや、もういいのですか、起きてきても？」

彼女の肩にはあのスペイン風のショールはなく、ハイネックの黒いドレスのかわりに淡い藤紫色のふわふわした薄物を身にまとっていた。その色のせいか、ルウェリンは昔風のラヴェンダーの香りが彼女の出現とともに部屋の中に馥郁《ふくいく》と漂いはじめたような感じを受けた。ルウェリンを見て、彼女ははっと足を止めた。うわぐすりのかかったような大きな目が、ひたと彼を見つめた。およそ何の感情も表われていないそのまなざしは、ルウェリンをいささか驚かした。

「もう頭痛は治ったのですか？　こちらはノックス博士。博士、妻です」

ルウェリンは進み出て彼女の手を取り、慇懃にいった。

「お初にお目にかかります」

大きく見開かれた目が、ふと和み、ほんのかすかではあるが安堵の色が動いた。ワイルディングの手を借りて椅子に腰をおろすと、彼女は口早にスタッカートで話しだした。

「ノックス博士でいらっしゃいますの？　もちろんあなたのことはいろいろと聞いておりました。ふしぎでございますわ、こんな——辺鄙な島においでになるなんて。でもなぜ、こちらへ？　どんなわけがあっておいでになりましたの？　この島にはあまりたくさんの観光客は見えませんのよ。ねえ、リチャード？」彼女は頭を夫の方に半ば振り向けて、とりとめもなく話し続けた。

「ぜんぜんこないというわけでもございませんけれど、滞在客はいったいに少のうございますわ。船できて、じきまた帰ってしまいます。みんな、どこに帰って行くのだろうって、あたくし、よく考えますのよ。果物とか、土地の名産のつまらない木彫りの人形とか、麦藁帽子を買いこんで、船で帰って行きますわ。どこに帰るのでしょうね？ マンチェスター？ リヴァプール？ それともチチェスターあたりかしら？ チチェスターの寺院の中の教会に行くときに、きっとあの麦藁帽子をかぶって行くんでしょうね。おかしいこと。おかしいのは、そればかりじゃありませんわ。〝何が何だか、わからなくなった〟なんて、人はよくいいますけれど。うちに昔いたばあやが、気が転倒したときによくそう申しましたわ。本当いって、それが人生ってものなんでしょうね。いったい、何が何やらあたくしにもわからないんですから」

頭を振って、彼女は急に笑いだした。坐ろうとして、ちょっとよろめいた。ルウェリンは思った。〝一、二分もしたら、彼女は完全に意識を失ってしまう。ワイルディングは気づかないのだろうか？〟

ちらりとワイルディングを見やって、ルウェリンは悟った。この男は何も気づいていない。経験を積み、十分に世慣れているこの男にして、妻の状態について何も知らないとは。妻の上に身をかがめているワイルディングの顔は愛情に満ちあふれ、いかにも心配そうだった。

「熱でもあるんじゃありませんか？　起きてきてはいけなかったのに」

「少し気分がよくなりましたの。薬を多目に服みましたから、頭痛も直りました。ただ少しぼうっとしてしまって」心もとなげな小さな笑い声をたてて、彼女はきらきら光る金髪を額から掻きあげた。「あたくしのことはよろしいのよ、リチャード。それよりノックス博士にお飲み物をさしあげて下さいな」

「あなたも、少しブランデーでも飲みますか？　すっきりしますよ」

彼女はちょっと顔をしかめた。

「いいえ、ライムジュースをいただきますわ」

渡されたグラスを、彼女は微笑して受け取った。

「酒が命とりになるってことは、あなたに限ってなさそうだな」とワイルディングはいった。

一瞬、彼女が表情を固くするのを、ルウェリンは目ざとく見て取った。

「さあ、どうですかしら？」

「それはたしかだ。ところでノックスさん、あなたはどうです？　軽い飲み物を、それともウィスキーですか？」

「ブランデーソーダをいただきましょう、お差し支えなければ」

彼の手にしたグラスに、ミセス・ワイルディングはじっと目を注いでいたが、だしぬけに夫にむかっていった。

「あたくしたち、どこかに行くことだってできますわね？　どこかほかの土地に行きましょうか、リチャード？」

「この邸から？　島を出て、という意味ですか？」

「ええ、そういう意味ですの」

ワイルディングは自分のグラスにウィスキーを注ぐと、妻の椅子の後ろに立った。

「どこへでも、あなたの行きたい所に行きましょう。どこへでも、いつでも。今夜、出かけてもかまわないのですよ」

彼女は溜息をついた。長い、深い吐息であった。

「あなたはいつもとても——よくして下さいますのね。もちろん、あたくし、ここを離れる気はありませんわ。いずれにしろ、あなたにはとてもご無理ですわ。土地の管理や、こまごまとしたご用がおありですもの。何もかも、やっと目鼻がついてきたところじゃありませんの？」

「そう。しかし、そんなことは問題ではない。あなたのことが第一だから」

「ひとりで出かけることだってできますわ——ほんのしばらくなら」

「いや、私も行く。私はね、あなたに、守られているという安心感をもってもらいたいんだ。誰かがいつも傍で見守っているということを知ってほしいのですよ」

「つまり、あたくしには番人が要るってわけかしら?」こういって、少し甲高い声で笑いだしたが、急に口に手をあてて黙った。

「いや、ただあなたにはいつも私がついていることを感じてもらいたいんだ」

「もちろん、感じていましてよ」

「イタリアに行きましょう。イギリスでもいい。そうだ、あなたはホームシックにかかっているのではないだろうか?」

「いいえ、やっぱりやめましょう。ここにいることにしますわ。どこに行っても、同じことですわ。いつだって」

少しぐったりと椅子にもたれて、彼女は憂鬱《ゆううつ》そうに前方を見つめた。それから急に肩ごしに振り返って、ワイルディングの怪訝そうな、気遣わしげな顔を見あげた。

「リチャード、あなたはいつも、あたくしに本当によくして下さいますのね、忍耐強く」

「これだけは知っていて下さい。私はあなたのことしか、考えていないのだよ」と彼は低い声でいった。

「わかっていましてよ――そのことは」

「この島に住めば、あなたはきっと幸せになるだろうと思ったのだが――ただ――ここには気を紛らすものがほとんどないから――」

「ノックス博士がいらっしゃるじゃありませんの」

急に客の方を振り向くと、思いがけなく陽気な、いたずらっぽい笑いがひらめいた。〝この人はその気になれば、じつに朗らかな、魅力溢れる女性ともなり得るのだ――今見せたあの笑顔でもわかるように〟とルウェリンは考えた。

彼女はまた言葉をついだ。

「島もこの家も、まるでこの世の楽園のようですわ、リチャード。ずっと以前に、あなたはそうおっしゃいましたわね。あたくし、あなたのその言葉を信じました。そしてそれは本当でした」

「そう思いますか？」

「でも、だめ。あたくしがそれを受け入れられないのですわ。ねえ、ノックス博士？」とまたもや早口のスタッカートで彼女はいった。「楽園に住むには、よほど強い個性が必要じゃありませんかしら？　昔の絵に、祝福された人々が冠をかぶって木の下に並んで坐っている図がありましたわね。あの人たちにはそれだけの個性があったのでしょうね。冠ってとても重そうに見えますわ。〝黄金の冠を玻璃の海原になげうち――〟なんて讃美歌があったような気がしますけれど？　重いなら捨ててもいいって、神さまがおっしゃったのでしょうか？　しょっちゅうかぶっていると、いくら冠だって、重く感じますもの。過ぎたるは及ばざるがごとしって本当のことですのね。あたくし――」急に立ちあがって歩きだしかけて彼女はちょっとつまずいた。「あたくし、もう休もうと思います。おっしゃる通りよ、リチャード、熱があるんですわ、きっと。とにかく冠って、重いものですわ。この家は本当に夢が現実になったようにすてきな所ですけれど、でもあたくし自身はもう、夢の中に住んではいないんですもの。どこか、ほかの所にいるべきなんですわ、よくはわからないけれど。ただ――」

いい終わらぬうちに、彼女はぐったりとくずおれた。そんなこともあろうかと予期していたルウェリンは倒れかかる体をあやうく抱きとめ、ワイルディングの手に失神した彼女を委ねた。

「すぐベッドにお連れした方がいいでしょう」とルウェリンはてきぱきといった。

「そうです、そうです。すぐ医者を呼びましょう」

「ぐっすりひと眠りなされば、大丈夫、よくなられますよ」とルウェリンはいった。

ワイルディングはまだ心配げだった。

「お手伝いしましょう」とルウェリンはいって、二人してミセス・ワイルディングを、さっき彼女が入ってきたドアから運びだした。廊下を少し行くと、ドアをあけはなった寝室があった。彫刻を施した、大きな木のベッドに、二人は彼女をそっと横たえた。どっしりした濃い色の金襴の天蓋が垂れさがっていた。ワイルディングは廊下に出て叫んだ。

「マリア――マリア！」

ルウェリンは素早く部屋の中を見回し、カーテンを引いた控えの間から浴室に入り、ガラス板を張った戸棚を覗くと、ふたたび寝室にもどった。

「マリア！」とワイルディングはまだいらいらと呼んでいた。

ルウェリンは化粧台の前に立った。

間もなくワイルディングがもどってきた。背の低い、浅黒い顔の女が後に従っていた。女はすぐベッドに近寄って、ミセス・ワイルディングの上に身をかがめ、驚いたような叫び声をあげた。

ワイルディングはぶっきらぼうにいった。

「奥さまを頼む。私は医者に電話をかけてくるから」

「お医者さまをお呼びになることはありませんですよ、旦那さま。万事わたしが心得ております。あすの朝までには、きっとよくおなりになりますとも」

ワイルディングは頭を振って、気が進まぬ様子で部屋を後にした。

一緒に出ようとして、ルウェリンは戸口で立ち止まった。

「どこにしまってあるんだね？」

女は黙って彼の顔を見つめた。瞼がかすかに震えた。

それからほとんど無意識のように、彼女の視線は彼の後ろの壁に注がれた。振り返ると、壁に掛っている小さな額が目についた。コローに似た風景画であった。ルウェリンがそれを釘から持ちあげると、昔風の小さな壁金庫が現われた。婦人が宝石類をしまっておくたぐいの戸棚だが、現代の泥棒にはこんな隠し場所はたちまち見破られてしまうに違いなかった。鍵穴には鍵が差しこんだままになっていた。ルウェリンはそっと鍵を回し、戸棚の中を覗いた。それからうなずいてふたたび扉を閉ざし、わかったというようにマリアを見返した。

部屋を出てワイルディングのところに行くと、ちょうど受話器を置こうとしていた。

「医者は出かけているそうです。産褥に呼ばれたとかで」

「そうですか」とルウェリンは一語一語注意しながらいった。

「あのマリアという女がよく心得ているようです。こういうことは前にもあったのでしょう」

「ええ……まあ……あの女は妻にはたいへん献身的です」

「そうらしいですね」

「妻は誰からも愛されているのです。あれは人の心のうちに愛を呼びおこします。愛と——保護したいという気持ちを。この島の人々は美に対して強い感受性をもっています。とくに苦しみ悩んでいる美しいものに対して」

「それでいてここの人たちは、我々アングロサクソン民族には及びもつかないほどのリアリストなのですね」

「たぶん」

「ここの人たちは事実を回避しません」

「我々は事実を避けるとおっしゃるのですか？」

「きわめてしばしば。それはそうと、あのお部屋はたいそう美しい寝室ですね。私がちょっとふしぎに思ったのは、たいていのご婦人の部屋と違って強い香水の香りがまったくしないことです。ただラヴェンダーとオーデコロンの香りだけで」

リチャード・ワイルディングはうなずいた。

「そうなんです。近ごろ私は、ラヴェンダーとシャーリーを結びつけて考えるほどですよ。私の子どものころ、母がよくラヴェンダーの香袋を作って戸棚に吊るしておいたものですが。真っ白なリネンと母の作った香袋。清らかな、さわやかな春の匂い。素朴な田園の香りです」

ほっと溜息を洩らしてワイルディングは目をあげて自分にじっと注がれている客の静かなまなざしを訝しそうに見返した。

「さあ、もうお暇いたしましょう」とルウェリンは手を差し伸べた。

第七章

「今でもここへおいでになるのですね？」

注文を聞いてボーイが去ると、ルウェリンはすぐこう訊ねた。ミセス・ワイルディングはすぐには答えなかった。今夜の彼女は波止場でなく、手もとのグラスの中を見つめていた。グラスには濃い黄金色の液体がたたえられていた。

「これはオレンジジュースですの」と彼女はいった。

「なるほど。真似ごとというわけですか」

「ええ、真似ごとでも――支えにはなります」

「たしかにね」

「この店であたくしに会ったことがあると、あの人におっしゃいまして？」

「いいえ」

「なぜですの？」

「苦痛を与えるだろうと思ったからです。ワイルディングさんにも、あなたにも。それに、とくにお訊ねもありませんでしたし」

「もしもあの人が訊いたら、お話しになったでしょうか？」

「はい」

「どうして？」

「何事についても、単純にふるまう方がよいと思っていますから」

彼女は嘆息した。

「あなたには、本当におわかりになっているのでしょうかしら？」

「さあ、どうですか」

「あたくしには、あの人を傷つけることはできないのです。あの人がどんなにいい人か、どんなにあたくしを信じ、あたくしのことだけを考えてくれるか、たぶんあなたにも、それはおわかりと思いますが」

「ええ、わかります。あなたを悲しませないように、あなたに悪いことがふりかからないように、彼はあなたをおびやかす可能性のあるすべての禍いの前に立ちふさがっているのです」

「でもそれでは、過保護ですわ」

「のっぴきならない境遇に陥り、逃れ出ることもできなくて、自分を偽る――日夜たえまなく偽り続ける。そのうちにどうにもたまらないほど疲れてきて、〝やめて、あたしを愛するのを、見守るのを。お願いだからあたしのことを心配しないで！　あたしのことで心を遣うのを、庇うのをやめて！〟そう叫びたくなる。ああ」と彼女は両の拳を握りしめて叫んだ。「あたくし、本当にリチャードと幸せな生活を送りたいのです。なぜ、だめなのでしょう？　心からそうしたいのに、どうしてこんなにやりきれない気持ちがするんでしょうか？」

「そう、過保護です」

「〝美酒をもて我をとどめ、木の実もて慰めんとすれど、我は愛をしも疎む〟」とルウェリンは低くくちずさんだ。

「そうですわ。ちょうどそんな気持ちですの。あたくしのせいなのです。あたくしがいけないのですわ」

「なぜ、彼と結婚したのです？」

「ああ、それは！」と目を大きく見開いて彼女はいった。「その答えは簡単ですわ。あの人が好きだったからです」

「なるほど」

「一時はあの人に夢中だったのだと思いますわ。彼はとても魅力のある人です、男として。おわかりいただけるでしょうか？」

「ええ、わかります」

「ロマンティックな意味でも、あたくし、強くあの人にひきつけられました。あたくしを小さい時分から知っているあるおじいさんがいいました。"リチャードと恋愛をするのはいい。しかし、結婚してはいけない〟って。その通りだったのです。あたくしはとても不幸せでした。そこにリチャードが現われました。夢でも見ているような気持ちだったのです。恋、リチャード、島、そして月夜。そうした夢は、それなりにあたくしを助けてくれましたし、誰を傷つけるわけでもありませんでした。けれども夢が現実となった今——あたくしはもう夢の中のあたくしではなくなってしまったのです。ただ夢を見ていたあたくしだけがいる——でもそれでは何の役にも立ちません」

彼女はテーブルの向こうから、彼の目をまっすぐに見つめた。

「夢の中の自分には、二度とふたたびもどれないのでしょうか？」

「それが本当のあなたでないとすれば」

「この島を出ることもできますわ——でもどこへ行けばいいのでしょう？　もう一度過去にもどることはできませんわ。すでに終わったこと、結末のついたことなのですから。

あたくし、やり直さなくてはいけないのです。でもどこから、どうやって？　それにリチャードを傷つけることはできません。もうすでに十二分に傷を受けているのですから」

「傷を？」

「ええ、あの人の前の奥さんは生まれながらの娼婦といったタイプの人でした。たいへん魅力のある、気だてのいい人でしたが、道徳観念がまったく欠けていたのです。でもリチャードの目に映った彼女は、けっしてそんな女ではありませんでした」

「彼はそんな彼女を見たくなかったのでしょうね」

「彼女はリチャードを裏切りました、手ひどく。このことで、リチャードはとても苦しんだのです。彼は自分に足りないところがあったのだと、自責の念に駆られました。彼女を咎めるどころか、むしろ憐憫を感じて」

「おそらく過度にね」

「憐憫にも、過度ということはあるものでしょうか？」

「あります。それは物事を直視することを妨げます。それに、憐憫は侮辱でもあります」

「どういう意味で？」

「あのパリサイ人の祈りですよ、〝主よ、わたしがこのようでないことを感謝します〟という」

「あなたご自身は、人に対して憐憫を感じられることはないのですか?」

「ありますすよ、私も人間ですから。しかし、私はそうした気持ちをもつことを恐れます」

「でも、どんな害を及ぼす可能性がありまして?」

「憐憫に動かされて、人は思わぬ行動に出ることがあります」

「それはいけないことでしょうか?」

「たいへん困った結果が生ずることがあるのです」

「あなたご自身にとって?」

「いやいや、憐れまれる相手にとってです」

「では、誰かを気の毒に思った場合、あなただったらどうなさいますの?」

「その人を彼が本来属するところに委ねるでしょう——すなわち、神の御手に」

「そんなおっしゃりようはひどく非情に聞こえますけれど——。冷たく、苛酷に」

「そうかもしれません。しかし、それはいい加減な憐憫ほど、危険ではありませんよ」

彼女は身を乗りだした。

「おっしゃって下さい。あたくしのことも気の毒に思っていらっしゃいますの、少しは？」

「そう思わないようにつとめているのです」

「なぜ？」

「その結果、あなたが自己憐憫に陥られることを警戒するからです」

「いまのあたくしは、自己憐憫に陥ってはいないとお思いになります？」

「ご自分ではどうお考えになりますか？」

「いいえ」と彼女はゆっくりいった。「本当の意味では。ただあたくし――何もかもめちゃめちゃに混乱させてしまって。たぶん、あたくし自身のせいなのでしょうけれど」

「たいていの場合はそうです。でもあなたの場合は、そうとも限らないでしょう」

「おっしゃって下さい――あなたは賢い方です。たくさんの人に神さまのことを話していらっしゃったんですもの。お教え下さい、あたくしはこれからさき、どのように生きていったらよろしいのでしょう？」

「それはあなたご自身、よくわかっておいでだと思いますが」

彼女はルウェリンを見つめ、そして、ふと思いがけず、明るく笑った。健気な、せいいっぱい朗らかな笑い声であった。

「ええ、わかっていますわ、よく。〝闘いなさい〟、そうおっしゃりたいのでしょうね、きっと」

第四部　初めのごとくに（一九五六）

第一章

ルウェリンは建物の中に入ろうとしてちょっと足を止め、上を見あげた。

それはそのあたりの街路と同じように、およそぱっとしない建物であった。ロンドンもこの界隈にはまだ復興の手が届かず、戦争の爪跡もそのままに残されて、一般的荒廃は覆うべくもなかった。建物から受ける感じと同じように。ルウェリン自身も、心中ひどく重苦しいものを感じていた。彼のおびている用向きは辛いものだった。ここまできて心臆するというのではないが、委託された役目をできる限り忠実に果たしおえたら、さぞ気が軽くなるだろうと彼は思った。

ほっと溜息をつくと、ルウェリンは思い直したように肩を張って短い階段をのぼり、回転ドアを押して中に入った。

建物の内部には忙しげな空気がみなぎっていた。しかしその忙しさには、秩序と規律が感じられた。人々はせかせかと足早に歩いていたが、その足どりは訓練された実務家のそれであった。そのうちにくすんだ青色の事務服を着た一人の若い婦人が、ルウェリンの傍らで足を止めた。

「失礼ですが、どういうご用件でいらっしゃいますか？」

「ミス・フランクリンにお目にかかりたいのですが」

「あいにくとミス・フランクリンは、けさはどなたにもお会いできないのです。オフィスにご案内いたしますから、ご用件を秘書に仰《おお》せいただけませんか？」

ルウェリンは物柔らかに、ぜひともミス・フランクリンに会わなければならないのだといった。

「重要な用件がありますので。この手紙をお渡し下されば、おわかりいただけるはずです」

若い婦人は彼を狭い待合室に案内して、急いで立ち去った。五分後、善意にみちた親切そうな小ぶとりの女性が現われていった。

「わたくし、ミス・フランクリンの秘書のハリスンと申します。申しかねますが、二、三分お待ちいただけましょうか？　ミス・フランクリンは手術を受けた子どもが麻酔から醒めるまで付き添っておられますので」

ルウェリンは彼女に礼をいって、さまざまなことを問いかけた。ミス・ハリスンはたちまち元気づき、知的障害のある子どもの収容施設であるこの〈ワーリー・ファウンデーション〉について熱心な口調で話しはじめたのだった。

「ご承知かと思いますが、これはかなり古い施設でございます。一八四〇年に創立されまして、創立者のナサニエル・ワーリーは工場主でございました」と彼女はいった。「残念なことに、その後、基金が少なくなりまして。投資金の利潤も減り、物価はあがりますし……もちろん、管理者の無能ということもあったのです。けれどもミス・フランクリンが院長になられてからというものは……」

ミス・ハリスンは顔を輝かして、ますます早口にしゃべり続けた。

ミス・フランクリンは、どうやらこの女性の小さな天国の太陽のようなものらしかった。ミス・フランクリンは困難きわまるこの施設の仕事に筋道をつけ、これを整理し、組織の再編成に着手した。また、うるさ型の理事たちを相手に闘って、勝利を博し、院長としての権利を確立し、それからというもの、万事が申し分なく円滑に回転しているのであった。傾聴しながらルウェリンは、女性の指導者に対する同性の崇拝者の讃辞はなぜこうも歯の浮くような感じがするのだろうとふしぎに思った。そんな有能な女性はどうも苦手だ、という気もした。いってみれば女王蜂というところか。まわりには他の蜂がブンブンと群がり、女王蜂は与えられた権力の上に立ってますます肥えふとるのだ。

しばらくして、彼はようやく階上に案内された。廊下づたいに少し行った後、ミス・ハリスンは一つのドアの前で立ち止まってノックし、彼を中に招じいれた。そここそ、この建物の至聖所、ミス・フランクリンのオフィスなのだった。

ほっそりした体つきの、ひどく疲れた顔の女性が事務机に向かっていた。立ちあがって彼に近づいた彼女を、ルウェリンは畏れと驚きの思いを隠そうともせず、まじまじと見つめた。

口の中で彼は呟いていた。「あなただったのですか……」

かすかに訝るような表情が彼女の眉をしかめさせた。その細く描いたような眉を彼はよく知っていた。それは紛れもなく、あの幻の女性の顔であった。青ざめた、デリケートな顔、悲しげな、心もち大きな口もと。特徴のある目鼻だちで、とくに黒い目が印象的だった。そしてこめかみから誇らかに、翼のように突っ立って後ろに撫でつけられている黒髪。それは悲劇的な顔だった。しかし大らかな口もとは、本来は笑うために創られたものであるに相違なかったし、きびしく、誇りにみちた顔そのものも、やさしい想いによっていちじるしい変貌をとげそうにも思われた。

彼女は静かな声音でいった。

「ルウェリン博士でいらっしゃいますか？　義弟からおいでを知らせてきておりました。ご親切を感謝いたします」

「お妹さんの突然のご不幸をお聞きになって、さぞショックをお感じになったことでしょう」

「はい、ショックでございました。妹はまだたいそう若かったのですから」

一瞬声が震えたが、取り乱しはしなかった。自己をきびしく鍛えてきた人なのだろう、とルウェリンは思った。

彼女の服装は、ちょっと尼僧のような感じを与えた。飾り気のない黒服で、胸もとに小さな白い襟があしらわれていた。

ふたたび低い声で、彼女はいった。

「わたしが代わってやれたらと思いました。愛する者を失った人は、誰しもそう思うのでしょうけれど」

「とは限りません。愛情がとくに深いとき――あるいはその人自身にとって、生きていることが耐えがたく思われる場合は別でしょうが」

暗い目をいっそう大きく見開いて、彼女は物問いたげに彼を見つめた。

「あなたは本当は、ルウェリン・ノックス博士でいらっしゃいましょう？」

「かつては。今は、マリ・ルウェリンと名乗っております。その方が不必要な同情の言葉を繰り返し聞かされずにすみますから。つまりその方が、私自身も、ひとも、あまり間の悪い思いをせずにすむのです」

「わたし、新聞であなたのお写真を拝見いたしておりました。けれども義弟から何も聞いておりませんでしたら、お目にかかってもわからなかったでしょうと思います」

「たいていの人は気づかないでしょう。今ではもう私の顔は、新聞には載りませんし――それにたぶん、私は前よりずっと小さくなっているでしょうから」

「小さくなっていらっしゃる――？」

彼は微笑した。

「重要性において縮小したということです。ところで私は、妹さんの遺品を少々おあずかりしてまいりました。ワイルディングさんは、あなたが手もとに置きたいと思われるだろうといわれました。ホテルに置いてあるのですが、ご都合のいいときにご一緒に食事でもして、お渡ししようと存じます。それともこちらへお届けした方がよろしいでしょうか？」

「妹の形見はぜひいただきとうございます。それに妹のことを――シャーリーのことを、いろいろと伺えれば。わたしども、ずいぶん長いこと会っておりませんでした。ほとんど三年近くも。わたし、いまだに信じられませんの——あの子が死んだということを」

「お察しいたします」

「あなたがご存じのことを、何から何までお聞かせいただきとうございます。でも——でも——どうか、慰めようなんてお思いにならないで下さいませ。あなたは今でも神を信じておいでなのでしょうね。わたしは信じていないのです。こんなこと申しあげたら、ひどくぶしつけに聞こえるかと思いますけれど、わたしの気持ちをわかって下さった方がよろしいかと存じますので。神がいるとしたら、それは残酷で不当な神ですわ」

「妹さんをみすみす死なせたからですか？」

「そのことに、これ以上触れる必要はありません。それにどうか、宗教のお話はなさらないで下さいまし、それよりシャーリーのことを伺わせて下さい。どうしてあんな事故が起こったのか、わたし、いまだにふしぎでなりませんの」

「妹さんは通りを横切っておられるときに大きなトラックにひかれたのです。即死でした。苦痛はまったくお感じにならなかったのです」

「リチャードもそう書いてよこしました。でもわたし——わたしをかわいそうに思って、本当のことをいわなかったのではないかと思っておりました。リチャードはそういう人です」

「そうですね。しかし、私はワイルディングさんとは違います。妹さんが何の苦しみもなく、瞬間的になくなられたということは本当なのです」

「どうしてそんなことが起こりましたの？」

「あの夜だいぶ遅く、妹さんは波止場に面するカフェのテラスに坐っていらっしゃったのです。カフェを出て、左右を見ずに通りを横切ろうとされたとき、角を曲がって走ってきたトラックがぶつかったのです」

「シャーリーはひとりでしたの？」

「たったひとりでした」

「でも、リチャードはどこにいましたの？　なぜ、あの子と一緒にいなかったのでしょう？　妙な話ですわ。リチャードがそんな時刻にシャーリーをひとりで外出させるなんて。あの人なら妹の面倒をよく見てくれると思っていましたのに」

「彼をお責めにならないように。妹さんのことはそれはそれは大事にしておられたのですから。あらゆる点で、妹さんのためによく気を遣っておられました。その晩彼は、妹さんが家を出られたことを知らなかったのです」

きびしい表情がふと和んだ。

「わかりましたわ。心ないことを申しました」

彼女は両手を握り合わせた。

「でも、残酷な、不公平な、無意味なことですわ。シャーリーが——あんなにも苦しい目にあったシャーリーが、たった三年間しか幸せを味わわなかったなんて」

ルウェリンはすぐには答えずに、黙って彼女の顔を見守っていた。少しして彼はいった。

「お赦し下さい、こんなことを伺うのを。あなたは妹さんをたいへん愛していらっしゃったのでしょうね？」

「この世の誰よりも」

「それなのに、三年間もお会いにならなかった。ワイルディングさんご夫妻は何度もあなたを招かれたのに、一度もおいでにならなかったのですね？」

「仕事をほっておくわけにまいりませんでしたから。代わりもなかなかありませんでしたし」

「それもあるでしょう。しかし、その気になれば、何とかできたのではありませんか？　なぜ、行こうとお思いにならなかったのです？」

「行きたくてたまりませんでしたわ」

「しかし、行かない理由が何かおありになった？」

「いま申しあげた通りです。ここの仕事が――」

「仕事をそんなに愛していらっしゃるのですか？」

「愛しているかとおっしゃるのですか？　仕事を？　いいえ」と彼女は驚いたようにいった。「でもやり甲斐のある仕事ですし、わたしのうちの、ある必要に応えてくれます。ここの子どもたちは世間から余計者扱いにされている子どもたちですの。わたし――わたし――自分のしていることは世の中の役に立っていると思っております」

妙に力のこもった口調に、ルウェリンは奇異な感じを受けた。

「もちろん有益なお仕事ですとも」

「わたしが着任したとき、この施設は考えられないくらい、ひどい状態にありました。立て直すのは一通りの骨折りではなかったのです」

「あなたは立派な管理者でいらっしゃる。私にはそれが感じられます。強い個性とすぐれたリーダーシップをお持ちだ。たしかにあなたは、ここで必要かつ有益な仕事をなさっています。けれども、それはあなたにとって楽しい仕事だったでしょうか？」

「楽しい仕事？」

彼女は彼の顔をびっくりしたように見つめた。

「外国語で話しているわけではありませんよ。もしも愛しておられるなら、楽しいはずです」

「愛するって、誰をですか？」

「ここの子どもたちを」

ローラ・フランクリンはゆっくりと悲しげにいった。

「いいえ、愛してはいませんでした——本当の意味では——あなたのおっしゃるような意味では。愛することができればと思います。そうすれば——」

「そうすれば、義務でなく、喜びとなったはずだ——あなたは今、そう考えておいでになったのでしょう？　義務こそ、あなたのもたねばならないものだったのです」

「どうしてそんなことをお考えになるのでしょう？」

「義務という言葉があなたの全身に書いてあるからですよ。なぜですか？　どうしてですか？」

彼は不意に立ちあがって、落ち着きなく部屋の中を行ったりきたり歩きまわりはじめた。

「いったいあなたはこれまで何をしていらっしゃったのです？　あなたをこんなにもよく知っていながら、同時にあなたについて何一つ知らないなんて、何ともふしぎな、不可解なことです——情けなく思います。ああ、何から申しあげたらよいのか——」

いかにも苦しげなその様子を、ローラはまじまじと見つめるばかりだった。

「狂気の沙汰だとお思いになるでしょうね。あなたは何もご存じないのだから。どうしてわかるわけがありましょう？　私はこの国に、あなたにお目にかかるためにやってきたのです」

「シャーリーの遺品をわたしに手渡して下さるために——」

彼はもどかしげに手を振った。

「そうです。私自身もそう思っていました。悲嘆に暮れているリチャードが果たす勇気のない辛い仕事を、彼に代わって果たすためにと。しかしあなたにお目にかかろうとは——」彼は机ごしに彼女の方に身を乗りだした。

「聞いて下さい、ローラ、いつかは知らなければならないのだから、今お話しして悪いということはないでしょう。何年も前のこと、まだ私が伝道をはじめる前に、私は幻を見たのです。私の父の家系には、未来を見透す能力をもった人間がときおり出たようです。たぶん私自身もそうした素質をもっているのでしょう。三つの幻を私は見たのでした。今あなたを見ているようにはっきりと。まず、事務机とその後ろに坐っている二重顎の男を。もう一つの幻は窓ごしに見える松林と赤らんだ丸顔の男でした。その後私はこの男たちに会い、そっくり同じ場面を経験しました。大きな事務机の後ろに坐っていたのは、私の大衆伝道活動のスポンサーとなった億万長者でした。後に私がサナトリウムのベッドに横たわっていたとき、窓ごしに梢に雪をいただいた松の木が見えました。赤ら顔の医者がベッドの傍らに立って、福音伝道者としての私の生活と使命は終わったと告げたのでした。

そしてさらにもう一つの幻、それこそあなただったのですよ、ローラ。そうです、それはあなたでした。今こうしてあなたにお目にかかっているようにはっきりしていました。もっと若いあなた、しかし同じように悲しそうな目、悲劇的な感じの顔でした。とくに背景というほどのものはありませんでしたが、ただぼんやりと、ごく目立たない布でも張ったように、教会と、それからもっと後には、燃えさかる炎が見えました」

「炎が？」

ローラは愕然《がくぜん》と目を見張った。

「そうです。あなたは火事にあったことがおありですか？」

「一度だけ。まだほんの子どものころに。でも、教会とおっしゃいましたわね？　どんな教会でしたか？　カトリックの教会ですか？　青いマントのマリア像のある？」

「内部の一つ一つのものは見えませんでした。色も――光もなかったのです。ただ、冷たい灰色で——そしてそうです、洗礼盤が見えました。あなたはそのすぐ脇に立っておられました」

ローラが色を失うのを、ルウェリンは見た。ローラは両手をのろのろとこめかみの方にあげた。

「それには、何か意味があるのですね？　どんな意味ですか？」

「シャーリー・マーガレット・エヴリン……父と子と聖霊のみ名において……」声はかぼそくとだえた。「シャーリーの命名式ですわ。わたし、名親の役をつとめて、赤ん坊のあの子を抱いて立っていました。もし今手を放してこの子を石の床の上に落としたら、とそのときわたしはひそかに考えていたのでした。いっそ、死んでしまえばいいのにと……そして今——あの子は死んでしまったのです」

ローラは両手でパッと顔を覆った。

「ローラ、ローラ、そうだったのですか。それでわかりました。で、炎は？　それにも何か意味が？」

「わたしは祈りました。蠟燭に火をともして願をかけました。何を祈ったか、おわかりになりますか？　シャーリーが死ぬようにわたしはそう祈ったのです。それが今——」

「おやめなさい、ローラ。そんなことばかりいうのはおやめなさい。火事とあなたはいわれましたね——それからどうなりました？」

「その晩、わたしは目を覚ましました。あたりには煙がいっぱいに立ちこめて、家が燃えていました。わたしは自分の祈りがきかれたのだと、愕然としました。そのとき、赤ん坊の奇妙な、小さな泣き声が聞こえたのです。そしてたちまち、すべては一変しました。わたしはただもう、シャーリーを無事に火の中から救いだすことしか、考えませんでした。そしてそれをやりとげたのです。シャーリーの髪の毛一本焦げませんでした。わたしはあの子を外の芝生に助けだしました。そしてあの嫉妬と、誰よりも愛されたいという思いがことごとく消え去っているのに気づいたのです。わたしはシャーリーを愛していました。強く、深く。その日からずっと愛し続けました」

「かわいそうに——かわいそうに」

ルウェリンはこう口走って、ふたたび身を乗りだした。

「おわかりになったでしょう？　私がここにきたのは——」

そのときドアがあいて、彼の言葉は中断された。

ミス・ハリスンが戸口に立ち、息をはずませて告げた。

「専門医の方が見えています、ブラック先生とおっしゃる方です。A棟でお待ちですが」

ローラは立ちあがった。

「すぐ行きます」ミス・ハリスンがひきさがると、ローラは口早にいった。

「お許し下さい。わたし、行かなければなりません。シャーリーの形見をここにお送りいただければ……」

「それよりホテルで一緒に食事をして下さいませんか？　チャリング・クロス駅の近くの〈ウィンザー・ホテル〉です。今夜はいかがです？」

「今夜はとても」

「ではあす」

「夜は出にくうございますの」

「夜分はお仕事はないのでしょう？　そのことはたしかめてあります」

「ほかにもいろいろと——会合があったりして……」

「そうではありますまい。あなたは恐れていらっしゃるのです」

「そうですね。たしかにわたし、恐れております」

「私を？」

「たぶん」

「なぜです？　私を狂人だとお思いなのですか？」

「いいえ、あなたは狂人ではありませんわ。そんなことではないのです」

「しかし、あなたは私を恐れていらっしゃる。どうしてです？」

「ほうっておいていただきたいのです。わたしなりの――生きかたを乱されたくないのです――ああ、何て下らないことを申しあげているのでしょうか？　本当にもう行かなくては」

「ともかくも、一緒に食事をして下さいますね？　いつ？　明日ですか、それとも明後日？　会って下さるまで、私はロンドンを離れずにおります」

「では今夜」

「いやなことは早いところ、済ませてしまおうというわけですか」と彼は笑った。すると驚いたことに、ローラ自身も声をあわせて笑っていたのだった。次の瞬間、また沈鬱《ちんうつ》な顔に帰って、彼女はつかつかと戸口に歩みよった。ルウェリンは一歩脇に寄って彼女を通し、ドアを開けた。「では八時に〈ウィンザー・ホテル〉で。おいでをお待ちしています」

第二章

1

ローラは彼女の寝室の鏡の前に立って、鏡に映った自分の顔をつくづくと眺めていた。口もとには奇妙な微笑が漂い、右手に口紅を握っていた。金属のケースに目を落として彼女は、彫られている文字を読んだ。〝運命のりんご〟

毎日その前を通りすぎる高級化粧品店のドアを押して、贅沢な匂いのする店内に彼女を立たせた衝動は何だったのか？

店員はいくつかの口紅を並べ、外国人のような感じの長い指と真っ赤に塗った爪の目立つ、ほっそりした手の甲に、それを次々に塗りつけて見せてくれた。

ピンク、桜んぼ色、緋色、海老茶、シクラメン色。そのあるものはただ名前だけがほかの口紅と違うだけで、大して特徴があるとも思われなかった。ファンタスティックな名前ばかりだ、とローラは思った。

ピンクの稲妻、美酒、霧の珊瑚礁、静寂のばら色、運命のりんご……

運命のりんご――名前にひかれて、ローラはその口紅を買ったのだった。エデンの園のイヴを、誘惑を、女らしさを思わせる名であった。

鏡の前に坐って、ローラは丹念に唇をいろどった。

ふとボールドック氏のことが思い出された。サンシキヒルガオを引き抜きながら、彼女に懇々と説教をしたボールディー。〝あんたも女なら、女性の旗を掲げて男の後を追いかけるんだね……〟

そんな意味のことをいった。それこそ今彼女がやっていることではなかったか？

〝そうだわ〟とローラは思った。〝今夜だけ。ただの一度だけ、わたしは女になりたいのだ。世の女たちのように身繕いをし、男の心をひくために化粧する――こんなことをしたいとは、思ったこともなかった。自分はそんな女ではないと考えていた。でも、そうなのだ、結局は。ただそれに気づかなかっただけで〟

ボールディーの面影がひしひしと胸に迫り、まるで彼がすぐ後ろに立って、例の大きな頭でうなずきながらしゃがれた声でこういうのが聞こえるような気がした。

〝そうだよ、ローラ、その調子だ。今からでも遅くはない……〟

なつかしいボールディー……

彼女の生涯のどの瞬間にも、ボールディーは彼女の傍近くにいた。ただ一人の本当の、忠実な友であった。

二年前の彼の死の床を、彼女は今思い出していた。急を聞いて駆けつけたのだが、医者は彼女に、おそらくもうあなたということはわかるまい、と告げた。急激に衰弱して半ば昏睡状態なのだと。

彼女はベッドの傍らに坐り、節くれだった手を自分の両手ではさんで、彼の顔にじっと目を注いでいた。

ボールドック氏はほとんど身動き一つしなかった。ときどき低い呻き声をあげ、憤懣《ふんまん》に堪えぬように鼻息荒く呼吸していた。ときおりきれぎれの呟きがその唇を洩れた。

一度彼は目を開けて、それと気づかずに彼女を見やっていった。「あの子はどこにいる？　あの子を呼んでくれ。人の死ぬところを子どもに見せるのはよくないって？　何を馬鹿な。これも一つの経験じゃ……子どもは子どもなりに死を受けいれる、我々おとなよりよほどよく」

彼女はそっといった。

「わたし、ここにいますのよ、ボールディー」

けれども目を閉じたまま、彼はただ怒ったように呟くばかりだった。

「死にかけてるって？　とんでもない。わしゃ、死にやせん。医者なんぞ、どいつもこいつも、陰気なことばかりいう大馬鹿野郎だ。元気になって鼻をあかしてやるよ」

それからまたうつらうつらとしはじめた。ただときおり洩らす呟きから、彼の心が自分の生涯のさまざまな出来事の中をとりとめなくさまよっていることが知られるのであった。

「馬鹿なやつだ——あの男は歴史的感覚というものをまったく欠いておる……」こういったかと思うと、急に満足げに高笑いして、「カーチスの老いぼれめ、いくらたんまり骨粉をまいたってだめだよ、あいつのバラは。わしのバラの方がどんなに見事か」

そして彼女の名……

「ローラに——あの子に犬を飼ってやりたまえ」

犬を？　なぜ、犬を？

今度は家政婦が相手らしかった。

「——みんな、かたづけてくれ、その胸糞の悪い、甘ったるいものを。子どもは好きかしれんが——いやはや……」

そうだ、ボールディーのお茶の会——子ども時代の輝かしい饗宴。彼女のためにあんなことまでしてくれたのだ。エクレア、メレンゲ、マカロン……熱い涙がこみあげた。

するとと突然、ボールドック氏はパッと目を見開いて彼女を見やり、はっきりそれと認めたらしく、ごく当たり前の口調でいった。

「あんなことをやっちゃあ、いけなかったよ、ローラ」と非難がましく、「あれはいけない。厄介なことになるばかりだ」

そして、眠りにでもつくようにまったく自然に、ちょっと枕の上で頭をそむけ、そのまま息を引き取ったのであった。

彼女の友……

たった一人の友人。

ローラはもう一度、鏡の中の自分の顔を見つめた。そして思わずはっとした。唇が濃く赤くいろどられているだけで、こんなにも変わるものだろうか？　禁欲的な感じなどおよそない、花のような唇。そして顔。

ローラは半ば声に出して呟いた。自分であって自分でない誰かにむかって、あらがうように。

「なぜ、いけないの、今夜一晩だけ美しくあろうとするのが？　ほんの一度だけ。今夜だけ。もちろん、もう遅すぎるわ。でも、どんな心持ちがするか、せめてもの思い出ぐさに、一度だけ女らしくあろうとするのが、そんなに恥ずかしいことかしら？」

2

彼女を見るなり、ルウェリンはいった。

「何が起こったのです？　あなたはまるで違って見える」

ローラは彼のまなざしを平静に受けとめ、ふっと襲った気恥ずかしさを隠すために、相手の顔をつくづくと眺めた。

彼は若くはなかった——彼女が新聞で読んで知っている実際の年齢より老けて見えるほどだった。けれどもどことなく少年らしいういういしさが感じられるのが、ふしぎでもあり、好もしくもあった。熱心な、しかし、少し気後れを覚えているような態度。表情のよく動く顔は、一種、風変わりな、何かを待ちうけているような印象を与えた。まるで世界も、その中のすべてのものも彼にとっては目新しく、新鮮であるかのようだった。

「べつにどうもしませんわ」彼にコートを渡しながら、彼女はこう答えた。

「いや、しかし、あなたは違って——まったく違って見える——けさのあなたとは」

彼女は素っ気なくいった。

「口紅をつけて、少しお化粧したからでしょう。それだけですわ」

「なるほど。そういえば、あなたの唇はほかの女の人の場合より血色がよくないと思ったのでしたが。けさは、あなたはまるで尼僧のように見えた」

「ええ——そうでしょうね」

「でも今夜のあなたはとても美しい。本当に。あなたは美しい人だ、ローラ。こんなことをいっても怒りはしないでしょうね」

ローラは首を振った。

「いいえ、怒りませんわ」

〝おっしゃって、もっとおっしゃって下さい〟と内なる声が叫んでいた。〝どうか、もっと。そんな言葉を聞くことは、今後もうけっしてないでしょうから〟

「食事はここに——居間の方に運んでもらおうと思います。あなたもその方がいいと思われるのではないかと考えましたので。しかし——かまいませんか？」と心配そうに彼女の顔を見た。

「けっこうですわ」

「料理もうまいといいのですが。どうも自信がありません。これまでは食べもののことなど、あまり考えたことがなかったのです。けれどもあなたのために、今夜はすばらしい晩餐にしたいと思います」

テーブルにつきながら、ローラは彼に笑顔を向けた。ルウェリンはベルを鳴らして給仕を呼んだ。

まるで夢でも見ているような心地で、ローラはそこに立っていた。

ここにいるのは、けさ〈ワーリー・ファウンデーション〉で彼女に面会した男ではなかった。もっと若く、うぶで、熱心で、それでいて自信がなく、彼女の心を得ようとひたすらに願っている男であった。ローラはふと思った。二十代のころ、この人は、ちょうどこんなふうに見えたに違いない。このようなひとときを、彼はついぞ経験せずに年を重ねたのだ——それを見出すために、彼は今、過去の中にふたたび足を踏み入れているのだ。

一瞬、やるかたない悲しみが彼女を襲った。これは現実ではないのだ。かくあったかもしれない場面を二人で演技しているにすぎないのだ、若いルウェリンと若いローラが。いささか滑稽で、物悲しく、非現実的なひととき。しかしそれには奇妙な甘美さもあった。

食事は可もなく不可もない平凡なものだったが、どちらもそんなことには気づかなかった。二人はあいたずさえて、愛の国《ペイ・ド・タンドル》を渉猟していたのだった。間断なく談笑しながらも、何を話しているのか、どちらもほとんど念頭になかった。

給仕がコーヒーをテーブルの上に置いて去ると、ローラはいった。

「あなたはわたしのことをかなりよくご存じのようですね。でもわたしはあなたのことを何一つ知りません。話していただけませんか」

そこでルウェリンは彼女に自分の少年時代について、両親について、両親から受けた訓育について話した。

「ご両親はご存命ですの？」

「父は十年前に死にました。母は昨年」

「ご両親は――お母さまはあなたのことを誇りに思っていらっしゃいまして？」

「父はたぶん、私の伝道の形を嫌っていたと思います。もともと感情的な宗教には反感を持っていましたから、しかし、私自身にとってはこれよりほかに道はないのだということは受け入れていたでしょう。その点、母は父よりもよき理解者でした。私の名が世界的に知られているということを誇りに思ってもいたようです。母親とは、そうしたものです。しかし、同時に、悲しんでもいました」

「悲しんでいらした？」

「私が失ったもの——つまり私があずかり知ることのなかった人間的なものを惜しんでいたといいましょうか。そうしたものを欠いているために、私は他の人間、ことに母自身から切り離された存在となってしまいましたから」

「ええ、わかるようですわ」

ローラがそのことについてまだじっと考えているうちに、ルウェリンは今度は自分の受けた召命について語りはじめた。それは彼女の経験を絶するファンタスティックな話と思われ、彼女は軽い不快感をさえ覚えた。

「営利的な企業——そんな感じがしますけど」

「組織そのものは、まさにその通りです」

「わたしがもっとよく理解できるとよろしいのですけれど。あなたはお感じになっているのでしょうね——いえ、当時もむろんお感じになっていたのでしょうね、お仕事の重要性を。とても価値のあるお仕事だということを」

「価値のある仕事？　神にとってですか？」

ローラは一瞬驚いたような顔をした。

「いえ——あなたにとってですわ」

ルウェリンは嘆息した。

「うまく説明ができないのですがね。リチャード・ワイルディングにも一度説明しようとしたのですが、わかってもらえたかどうか。つまり価値のある仕事かどうかということは、問題にもならなかったのです。それは私が果たすべき仕事だった――それだけです」

「では、人っ子一人いない砂漠が相手だったとしても、あなたにとっては同じことだったとおっしゃいますの？」

「私の考えている意味では。しかし、もちろん、その場合には、あまり感銘深い話はできなかったでしょうがね」とにっこりした。「俳優は、劇場がからっぽの時には最上の演技ができません。作家は読者を、画家は鑑賞者を必要とします」

「まるで――結果はあなたの関心事ではないように聞こえますけれど――そこがわたしにはわからないのです」

「どのみち、結果については、知るすべもないのですから」

「でも、数字や統計、回心者の存在――そうしたものは記録として残り、明確に示されるでしょうに」

「そう、しかし、それも組織自体の問題です。つまりは人間の側の計算です。神はどんな結果を望まれたか、実際に何を獲《か》ち得られたか、私にはわからないのです。けれども、ローラ、私の話を聞いた何万人かのうちの、ただ一人の魂を神が欲したまい、その魂に近づく手段として私を用いたもうたとすれば、それで十分ではないでしょうか」

「まるで小さな胡桃《くるみ》を割るために蒸気ハンマーを振るうたぐいのお話ですのね」

「その通りです、人間の基準から考えれば。そしていうまでもなく、そこがむずかしい点なのです、いつも我々は神に対して、つねに人間の価値基準、人間の正、不正の観念を適用しなければならない。神が人間に何を望んでいたもうか——我々はそれについてはおぼろげにすら知らない、いや、むしろ、知ることができないのです。おそらく人間が人間としてなり得る最上のもの、しかし、自分にそんな資質があろうとは夢にも思わなかったものになることを、神が求めておいでになるらしいというほかには」

「あなたご自身については」とローラはいった。「今のあなたには何が求められているのですか？」

「ただ平々凡々たる市井の人として生きることでしょうね。働いて生計の資を得、結婚して家庭をもち、隣人を愛することでしょう」

「あなたはそれで満足なさいますの？」

「満足ですって？　それ以外の何を——いや、およそ人間としてそれ以上に何を求むべきでしょうか？　しかし、私は十五年という歳月を失っています。だからローラ、あなたに助けていただく必要があるのですよ」

「あなたを助ける？」

「私があなたに結婚していただきたいと考えていることは、あなたもおわかりだと思います。私は心からあなたを愛しているのです」

ローラは蒼白な顔で彼を見つめた。何かの祝宴のように楽しかったその現実離れのしたひとときは終わった。二人はふたたび本来の彼ら自身にもどり、自分たちのここに、そして今に、立ち帰っていたのであった。

ローラはゆっくりいった。

「そんなこと、できませんわ」

彼は落ち着いた口調で訊き返した。

「どうして？」

「わたし、あなたとは結婚できないのです」

「時をかけて、考えていただきたいとお願いしてもですか？」

「同じことですわ」

「私を愛するようにはなれないとおっしゃるのでしょうか？　ぶしつけに聞こえたら、

赦して下さい。それは嘘です。あなたはすでに私という人間を、少しは愛しはじめていらっしゃると思うのですが」

燃えあがる感情を、ローラは抑えかねていた。

「ええ、愛することはできますわ。だって、もうあなたを愛していますもの」

ルウェリンはやさしくいった。

「それはすばらしい、ローラ……ああ、ローラ」

ローラは相手を遠ざけようとするように、片手を差し伸べた。

「でもだめ、わたし、結婚なんてできないのです、誰とも」

ルウェリンはローラの顔をじっと見つめた。

「いったい、何が頭にひっかかっているのです？　何かあるのですね？」

「ええ、ありますの、あることが」

「よき事業への献身を誓約したからですか？　一生結婚しないと神に誓ったとおっしゃるのでしょうか？」

「いいえ、そんなことでは――」

「赦して下さい、愚かしいことばかりいって。しかし、どうか話して下さい」

「お話ししなければなりませんわね、あなたには。誰にも話すまいと固く心を決めていたのですけれど」

「そう、私にはもちろん、話して下さらなければいけません」

ローラは立ちあがって、炉の傍に歩み寄った。ルウェリンの顔を見ずに、彼女はごく当たり前の話でもしているような、静かな声音で語りはじめた。

「シャーリーの最初の夫は、わたしの家で死にました」

「知っています。妹さんから伺いました」

「その晩、妹は外出しており、わたしがひとりでヘンリーと留守番をしていたのです。ヘンリーは毎晩、睡眠薬を服用していました。かなり強い薬でした。シャーリーは出がけに後ろを振り返ってわたしに、薬はもう服ませたからと申しました。けれどもそのときには、わたしはすでに家の中に入っていたのです。何か用事はないかと思って十時ごろ病室をのぞきますと、ヘンリーは〝いつもの薬をまだ服んでいない〟といいました。そこでわたしが薬を取ってきて与えたというわけなのです。実際にはもう薬のせいで頭が朦朧として、まだ服んでいないと勘違いしたのですが。倍量を服用したために、ヘンリーは死にました」

「その責任をお感じなのですね？」

「責任はわたしにあったのです」

「形の上ではね」

「いいえ、それ以上に。わたし、知っていたのです、ヘンリーが薬を服んでいるということを。シャーリーの言葉がちゃんと耳に入っていたのですから」

「倍量を服めば死ぬだろうということも、ご存じだったのですか？」

「その可能性があることは承知しておりました」彼女はゆっくり付け加えた。「むしろ、そうなればいいと思っていました」

「そう」ルウェリンの態度は冷静であった。「もともと彼は治る見込みのない病人だったのでしょう？　障害者のまま、一生を終わることは、明らかだったのではありませんか？」

「安楽死ということをお考えなのでしたら、それはまったく違います」

「で、どういうことになりました？」

「わたしは、すべては自分の責任だと申しました。けれども咎められることはなかったのです。はじめは自殺だったのではないかということが問題になりました——つまりヘンリーが嘘をいって、二度目の薬を手に入れたのではないかという。ヘンリーがひどくじれたり怒ったりするものですから、薬はいつもあの人の手の届かない所に置いてあったのでした」

「自殺ではないかという疑念に対して、あなたは何とお答えになりましたか？」

「それはまったくありそうにないことだと申しました。ヘンリーは自殺なんて考えるはずもなかったのですから。シャーリーにかしずかせ、我儘いっぱいあの子に当たり散らしながら、あの人は何年も何年も生きながらえたでしょう。その結果、シャーリーはあの人のために、一生を棒に振ったことでしょう。わたし、シャーリーに幸せになってほしかったのです。あの子なりの生活を持たせてやりたかったのです。ヘンリーが病気になる少し前に、シャーリーはリチャード・ワイルディングと出会い、二人は愛しあうようになりました」

「それも聞いております」

「普通の場合なら、ヘンリーと別れることができたかもしれません。けれども障害者として妻に頼るほかなくなったヘンリーを、シャーリーが捨てるはずはありません。たとえ、もうヘンリーを愛さなくなっていたとしても、捨てるようなことはけっしてなかったでしょう。シャーリーは誠実な性質の子でした。あんな誠実な人間はまたといないと思われるくらいに。おわかりになるでしょう？　わたし、シャーリーがむなしい一生を送るのを、あの子の幸福がめちゃめちゃになるのを、とても見ていられなかったのです。わたしがそのためにどんな罰を受けようとも、かまわないと思ったのです」

「しかし、実際には、何の罰も受けなかったのですね？」

「ええ、ときにはわたし、いっそ罰せられた方がどんなによかったかとさえ思いました」

「そうでしょうね。しかし、罰しようにも、どうにもできなかったのでしょう。たとえ過ちでなかったにしても、すなわち、あなたが衝動的に安楽死を思いつかれたのではないかという疑念、もしくは殺そうとして故意に余分の薬を服ませたのではないかという疑いを医師がいだいたとしても、それを証拠だてることはできないということもわかっていたでしょう。警察沙汰にしようとは、まず考えなかったと思います。シャーリーが手を下したという疑惑が起こったとすれば、これはまた別ですが」

「その点は、問題にもなりませんでした。ヘンリーがわたしに、薬はまだ服んでいないといったのを、メイドが聞いておりましたし」

「なるほど。あなたにとっては、万事何の支障もなく運んだわけですね——何から何まで安易すぎるくらいに」こういってルウェリンはローラの顔を見あげた。「それであなたは今、このことについて、どう感じておいでなのですか？」

「わたし、シャーリーを自由の身にしてやりたかったのです」

「シャーリーのことを持ちだすのはおやめなさい。これはあなたとヘンリーの問題です。

ヘンリーについては？　ヘンリーはやっぱり死んでよかったとお思いですか？」

「いいえ！」

「ああ、それを伺ってほっとしました」

「ヘンリーは少しも死にたくなかったのです。それをわたしが手を下して殺したのですから」

「後悔していらっしゃいますか？」

「必要なら、またやったかとおっしゃいますの？　ええ、おそらく」

「良心の呵責もなしに？」

「良心の呵責？　もちろん、ございますわ。あれは悪いことでした。よくわかっております。あの日からわたし、地獄の苦しみを味わってきました。けっして忘れることができないのです」

「それで養護施設で働くようになられたのですね？　よき事業への献身、きびしい義務の道をせめてもの償いの手だてとして」

「わたしにできることはそれしかなかったのですから」

「それで、何かの役に立ちましたか？」

「どういう意味ですの？　あれは価値ある仕事ですわ」

「ほかの人の役に立ったかどうかを伺っているのではありません。あなたのことを伺っているのです。仕事はあなたの気持ちを軽くしてくれましたか？」

「さあ、それは……」

「あなたは罰を受けたいとお思いなのでしょう？」

「というより、償いをしたいという気持ちです」

「誰に対してです？　ヘンリーに？　しかしヘンリーは死んでしまった。それに私がヘンリーについて聞き及んでいるところから察すると、知的障害のある子どものことになど、ヘンリーはおよそ何の関心もなかったと思いますよ。ローラ、勇気を出して真実に直面することです。あなたには償いなどできはしないのです」

ローラは一瞬手痛い打撃を受けたように、身を固くして立っていたが、急にぐっと頭をそらせた。その頬は紅潮していた。挑戦するようなその表情をルウェリンは、突然きざした讃嘆の思いを抑えつつ見返した。

「おっしゃる通りですわ。わたし、たしかに問題を回避しようとつとめてきたようです。あなたはそれができない相談だということをお示し下さいました。わたし、さっき、神なんか信じていないと申しあげましたわね。でも本当は信じているのです。自分のしたことが悪いことだということも承知しております。心から悔い改めない限り、このことのために神に詛《のろ》われるだろうとも思っていますわ、心の奥底では。でもわたし、悔い改めてはおりません。何もかも承知しながらやったことなのです。わたしは、シャーリーに新しい生活をはじめるチャンスを与えてやりたかった、幸せになってほしかったのです。リチャードと結ばれて、シャーリーは幸せでしたわ。たしかにその幸せは長くは続きませんでした――たった三年しか。でもその三年の間、あの子が幸福な、満ち足りた生活を送ることができたとしたら、たとえ若くて死んだにしても、それだけのことはあったのですから」

こういいきるローラを眺めながら、ルウェリンは彼の生涯の最大の誘惑を感じていた――すなわち、口をつぐんで真実を告げ知らせたくないという思いであった。彼女のたった一つの生き甲斐である虚構、彼はそれを打ち砕くに忍びなかった。彼は彼女を愛している。愛していながら、どうしてこの雄々しい魂を、むざむざ塵の中に踏みにじることができるのだ？　知らせる必要はない。

ルウェリンは窓の所に歩いて行き、カーテンを引くと、明かりのともった外の街路を見るともなく見つめた。

やがてくるりと振り返って、ルウェリンはしゃがれ声でいった。

「ローラ、シャーリーがどうして死んだか、あなたはご存じない」

「トラックにひかれて――」

「そう、でもなぜ、そんなことになったか――シャーリーはひどく酔っていたのです」

「酔って？」ローラは理解できないというように繰り返した。「何かパーティーでもあって――」

「そうではありません。シャーリーはそっと家を抜けだして、町に行ったのです。その夜だけに限ったことではなく、おりおり出かけては、カフェでブランデーを飲んでいたのでした。もっともそう頻繁に行ったわけではありません。たいていは家でラヴェンダーの香りをつけたオーデコロンを、意識を失うまで飲み続けていたようです。使用人たちは知っていましたが、ワイルディングはまったく気づきませんでした」

「シャーリーが――お酒を？ でもあの子は一度もそんな――なぜですの？ どうしてですの？」

「生きていることが耐えがたく思われたからです。逃避したかったのでしょう」

「そんなことって！」

「本当です。彼女自身の口から聞いたのですから。ヘンリーが死んだとき、シャーリーは道に迷って途方に暮れている子どものようになったのです」

「でもあの子はリチャードを愛していましたわ。そしてリチャードもあの子を」

「リチャードは彼女を熱愛していました。しかし、彼女自身はどうだったのでしょう？束の間、愛しているような気になっただけだったのではありませんか？　悲しみに打ちひしがれていたシャーリー、いらだちやすい病人を看護した長い間の緊張から気が弱くなっていた彼女は、愛してもいないのにリチャードと結婚してしまったのです」

「リチャードとの生活が、シャーリーにとって幸せでなかったとおっしゃるのですか？　とても信じられませんわ」

「いったい妹さんについて、あなたはどれだけのことをご存じなのです？　人間、誰についても、それぞれの見かたがあるものです。あなたはシャーリーにか弱い、保護を必要とする妹を、かつて火の中から救い出した、いたいけな赤ん坊をごらんになった。私だって間違っていないとはいいません。しかし私は彼女のうちに、健気な、愛に生きる女性、冒険をさえ恐れない勇敢な魂を見たのです。艱難辛苦《かんなんしんく》も雄々しく受けとめ、あくまでも自分を見失わず、屈せず、困難にあっていよいよ真価を発揮する人間を。ヘンリーとの生活はたしかに彼女を疲れさせ、打ちひしぎました。けれども、闘いはすでに半ば以上、彼女のものだったのです。彼女は自ら選びとった生活をせいいっぱい生き、絶望のどん底に陥っていたヘンリーを光明に導きつつありました。ヘンリーの死んだ夜まで、シャーリーは喜ばしい勝利感に満たされていました。彼女はヘンリーをひたむきに愛しました。彼こそ、彼女の欲するただひとりの男性だったのです。シャーリーの生活は辛い苦しいものだった。けれども同時に、限りなく価値あるものだったのでした。

そこへ突然の彼の死。そしてまた、おかいこぐるみの安易な生活。気遣わしげに見守られる毎日。彼女は闘った。けれども自由になることができなかった。そのとき彼女は、アルコールが一つの救いであることを知ったのです。それは現実をおぼろに霞ませてくれました。いったん女性が飲酒癖にとらわれると、それを振り切るのは容易なことではありません」

「あの子が不幸せだったなんて……シャーリーは一度もそんなことをわたしに申しませんでした——ただの一度も」

「あなたに知らせたくなかったのです」

「わたしがそれをシャーリーにしたのですね、このわたしが？」

「そう——ああ、ローラ、かわいそうに」

「ボールディーは知っていたのですわ」とローラはゆっくりいった。「〝あんなことをやっちゃあ、いけなかったよ、ローラ〟といったとき。何年も前に、ボールディーはわたしに警告しました、人の生活に干渉してはいけないって。どうして人間は、ほかの人にとって何がいちばんいいことか、当人より自分の方がよく知っているような気になるのでしょう？」

彼女は突然、激しい身ぶりで彼の方を振り向いた。「まさか、わざと――あれは自殺ではなかったのでしょうね？」

「考えられないことではありません。走ってくるトラックの前に踏みだしたのですから。ワイルディングはひそかにそう考えています」

「そんな――そんな――」

「しかし、私はそうは思いません。シャーリーはもっと強い人間です。絶望に駆られることもたしかにあったでしょうが、本当の意味でそれに身を任せることはなかったと思うのです。彼女はファイターでした。最後まで闘い続けるファイターだったと私は思っています。ただ、飲酒癖は一朝一夕に治るものではありません。おりおりは後もどりすることもありましょう。あの夜彼女は、まったく前後不覚に街路に踏みだしたのだと思います」

ローラはくずおれるようにソファに腰を落とした。

「ああ、わたし、どうしたらよいのか――どうしたら――」

ルウェリンは近よって両腕をかけた。

「私と結婚して、新しい出発をすることです」

「そんなこと、とてもできませんわ！」

「なぜです？　あなたには愛が必要だ」

「おわかりにならないのですわ、あなたには。わたしは償いをしなくてはなりません。自分の犯した罪の償いを。過ちは誰でも償わなくてはならないのです」

「あなたは償いという固執観念にとらわれていらっしゃる」

ローラは繰り返した。

「誰でも償いをしなくてはならないのです」

「そう、それは本当でしょう。しかし、ローラ、あなたにはわからないのですか？」ルウェリンはちょっと言葉を切った。これから告げようとしているもう一つの苦い真実、彼女の知らなければならない真実を口にするには、少なからぬ勇気を必要とした。「あなたのしたことに対して、すでに身をもって償った人がいるとは思いませんか？　シャーリーですよ」

ローラはぎょっとした顔で相手を見つめた。

ルウェリンはうなずいた。

「そうです、そのことを心に留めて、あなたは生き続けなければならないのです。シャーリーが支払ったのです。あなたに代わって。シャーリーは死に、負債は償われました。

あなたは雄々しく生きなければならない。過去を忘れるわけでなく、それをその属するところに——毎日の生活の中にではなく、あなたの思い出の中にとどめて。あなたは刑罰でなく、幸福を受け入れなくてはいけない。そうです、幸福を。与えることをやめて、受けることを学ばねばならないのです。神の計らいは奇《くす》しい。神はあなたに幸福と愛を贈ろうとしておられる——そう私は心から信じています。へりくだって、その賜物をお受けなさい」

「できません！　わたしにはできませんわ！」

「しかし、そうしなければならないのですよ」

彼は彼女を引き寄せてそっと立たせた。

「私はあなたを愛している、ローラ。そしてあなたも私を——私ほどではないにしても、愛していて下さる」

「ええ、愛していますわ」

彼は彼女にくちづけをした——飢えた人のように、長い熱いくちづけであった。

二人がようやく離れたとき、ローラは震える声で低く囁いた。

「ボールディーが知ったら、きっと喜んでくれたと思いますわ」

歩きだしてちょっとよろめいた彼女を、ルウェリンはさっと手を伸ばして支えた。

「気をつけて——大丈夫ですか？——あなたはあの大理石のマントルピースの角で頭を打つところだった」

「馬鹿なことを」

「そう、馬鹿なことです。しかし、私にとって、あなたはとても大切な人なのですから……」

ローラは彼に微笑を向けた。彼の愛と心遣いがひしひしと身にしみていた。

彼女は今、子どものとき、切に望んだように愛され、求められているのだった。

そして突然、ほとんど無意識に、彼女の肩はこころもちさがった。あたかも荷が、ごく軽いながらも、一つの荷が、今その肩の上にそっと置かれたように。

生まれてはじめてローラ・フランクリンは、愛の荷の意味を理解したのだった。

訳者あとがき

アガサ・クリスティーがメアリ・ウェストマコット名義で書いた小説のうち、『春にして君を離れ』についで『愛の重さ』をお届けする。六冊のうちではもっとも新しいもので、これも『婦人之友』に部分訳を載せた。

クリスティーのファンは日本でもたいへん多いが、ほかの推理作家の作品はあまり関心がなく、もっぱらクリスティーにばかりとびつく向きもかなりあるようだ。クリスティーの場合には、単なる謎ときの興味プラス・アルファーがその魅力なのだろうとかねて思っていたが、『春にして君を離れ』の愛読者カードを読んで、このことをいっそう強く感じた。

一九七〇年九月、クリスティーの八十歳の誕生日を祝して、タイムズ・リテラリー・

サプルメントはその推理作家としての五十年間の業績に対して敬意を表し、彼女を他の推理作家から際立たせているのは、推理小説にありがちな俗物根性《スノバリー》から彼女がまったく自由だという点にある、といっている。

『春にして君を離れ』以下、ウェストマコット名義の小説でもクリスティーは自分の属する上流あるいは中流上層階級《アッパーミドルクラス》の自己満足にたいへん厳しい目を向けていることを、私たちは感じる。すでに八十歳を越えたクリスティーが、今後またウェストマコット名義の小説を書くことはまずないような気がする。推理小説の枠外でいいたかったことを、クリスティーはある程度この六冊に織りこんでしまっているのではないかと思いながら、本書を訳した次第である。

一九二六年といえば『アクロイド殺し』の出版された年だが、この年の十二月七日、イギリス警察は次のような告示を出した。

バークシャー、サニングデールのスタイルズ荘よりアーチボード・クリスティー大佐夫人アガサ・メアリ・クラリッサ・クリスティー失踪す。三十五歳。身長五フィート七インチ。灰色がかったブロンドの断髪。灰色の眼。色白。体格よし。服装は灰色のストキネットのスカートに緑色のジャンパー、濃淡の灰色のカーディガンと小さな緑色のベレー帽、真珠をはめたプラチナの指環をはめている。モリス・カウリー型の車で、金曜の午後九時四十五分にドライヴに行くと自宅を出たまま。車は翌朝サリーで発見。

これがクリスティーの有名な失踪事件であるが、タイムズ紙は「女流作家失踪」の見出しでこの事を大きく報じ、大規模な捜索が行なわれた。一週間後、記憶喪失症にかかってある療養所に（ホテルともいう）いるところを発見されたが、その際彼女は夫クリスティー大佐の愛人の名を用いて入所していたという。この後夫と離婚、二年後、考古学者マックス・マローワンと再婚するのであるが、おそらくこの間彼女は愛情の問題でひどく苦しんだことだろう。誰もが多くを語らないこの時期の経緯が作品に織りこまれるとしたら、六冊のリリカル・ロマンスの中に間接的にその投影が見られるのではないだろうか。そこで推理小説との関連において、本書の道具だてについて少し考えてみようと思う。

『愛の重さ』の第一部では何よりも私たちは、幼いローラの激しい苦悩に強い印象を受ける。子どもの疎外感や嫉妬、子どもなりの思いつめた気持ちについては、クリスティーはあちこちに書いている。たとえば『ねじれた家』、『白昼の悪魔』。おとなには想像もつかぬ深淵が幼い心のうちにぽっかりあいている。

第二部「シャーリー」で登場するヘンリーは、クリスティーがしばしば描く無責任で、朗らかな魅力に富む青年である。彼が小児麻痺になってからのこと、シャーリーとヘンリーの会話は、『無実はさいなむ』の一節を思い起こさせる。

いわば狂言まわしの役割をつとめるボールドック氏とルウェリン・ノックスとでは、読者は気むずかし屋で変わり者のボールドック氏に、より多くひきつけられるものを感じるかもしれない。伝道者とか、聖職者は案外しばしば彼女の推理小説に登場するのだが、初期の『牧師館の殺人』や、『蒼ざめた馬』、『バートラム・ホテルにて』におけるように、慣習的な社会との違和感を少しも感じさせぬ、いってみれば毒にも薬にもならぬ人々と違って、ルウェリンはビリー・グレアムのような大衆伝道者として、クリスティーの小説の中ではきわめて珍しい人物像だと思う。クリスティー自身の父もアメリカ人だったし、彼女の作品にアメリカ人が出てくるのは珍しいことではないが、大衆伝道者としてのルウェリンは絶対にアメリカ人——しかもスコットランドとウェールズの背景をもったアメリカ人でなければならなかった。seer——すなわち未来を見る目をそなえた人は、クリスティーの作品に一再ならず取りあげられている題材（短篇「暗い鏡の中に」、「赤信号」など）だが、真正面からシリアスに扱っているのは、本書だけのように思う。

さて『春にして……』で夫婦の愛情について語ったクリスティーは、この『愛の重さ』では姉と妹のそれを取りあげている。ローラはシャーリーを愛するあまり、あらゆる害悪から彼女を守ろうとして、かえってその一生を台なしにしていたことを知り、愕然とする。

すぐれた英文学者であり、『ナルニア国物語』等のファンタジーを書いたC・S・ルイスは『四つの愛』という本の中で、人間の愛情の中には「必要とされることを必要とする愛」があるといっている。ローラの愛は与える愛であるとともに、与えることを必要とする愛であった。本書を読みながら、私はルイスの言葉を思い出し、人間の犯し得る過ちの範囲の途方もない大きさを思った。

クリスティーはいいたいことをたくさん持っている人だ。「執筆中、四分の三を過ぎるあたりからが一番苦労だ」という彼女自身の言葉通り、『愛の重さ』の後半は前半にくらべていささか息切れを感じさせる。けれども「愛することをやめて愛されることを学べ」とルウェリンにいわれ、ローラの肩がさながら軽い荷が肩の上に置かれたように目立たぬほどさがったというあたり、クリスティーはやはりすぐれたストーリー・テラーだなと思わされる。

なお、本文中に登場人物の一人がハンセン病について語るくだりがあるが、当時のハンセン病に対する認識の低さから生まれたと思われる表現になっていることをお断りしておく。

一九七三年五月

麗人アガサ・クリスティー

作家
馬場啓一

ミステリの女王アガサ・クリスティーには非ミステリの、我国では叙情小説と呼び習わされている作品群がある。本書はその六冊のうちのひとつである。

彼女が最初のメアリ・ウェストマコット名義作品『愛の旋律』を上梓したのは一九三〇年、考古学者マックス・マローワンと再婚した年であった。世間を騒がせた「謎の失踪事件」の後、夫だったアーチボルド・クリスティーとの離婚が叶い、傷心の時期に出会った十三歳年下のマックスと出会い、結婚する。以来彼女の死までの四十五年間、二人は見事に添い遂げるのだが、その再婚の年、つまり幸福の絶頂期に、メアリ・ウェストマコット名義の叙情小説はスタートするのだ。

ミステリの至宝とも呼ばれる『アクロイド殺し』や『そして誰もいなくなった』ほど

にはポピュラーではないが、それでもウェストマコット名義の六冊には独特の味わいがあり、ファンも多い。いわゆる恋愛小説の範疇に属するものだが、そこにはいかにもクリスティーらしい英国小説ならではの格調とウィット、そして当然だが恋愛の甘さと切なさ、そして厳しさが描かれているからだろう。

本書はその六冊のうちで最後に書かれたもので、一九五六年クリスティー六十六歳の時の作品である。恋愛小説と呼ぶには厳しい筋立てで、登場人物も象徴性を帯びたキャラクターになっている。だが、恋愛の喜びに浸り、有頂天になっている場面にそっと暗い影が忍び寄る情景を提示する筆致には、小説巧者アガサ・クリスティーの筆力が充分に感じられる。ミステリではないのに、それで次はどうなるのと、ページをめくるのがもどかしくなることが再三あるのだ。

今回ハヤカワ・ノヴェルズ文庫版からクリスティー文庫に版を改めるにあたり、再読して思ったことがひとつある。それは、アガサ・クリスティーの容姿についてである。アンガス・マクビーンの撮影による有名な彼女のポートレートは欧米のミステリ作家中、最も知られたもので、そのふくよかで慈愛と知性が見事に同居したたたずまいは、読者の脳裏にしっかりと刷り込まれている。一部上場企業の役員夫人の余裕と、名門女子大学学長の教養、みたいなものを感じさせ、エレガントであり、豊かな感性が感じ取れる。

だが、綺麗だなと思う人はあまりいなかったのではないか。ミス・マープルに似ているけど、それは決して女性に対する誉め言葉ではあるまい。このことが、大恋愛小説の集まりであるメアリ・ウェストマコット名義の叙情小説を読む際に、多少のこだわりを生んでいたように思われるのだ。

欧米特にアメリカの出版界では女流作家のポートレートはひじょうに重要で、それはベストセラー・リストに名を連ねるような作品ほど顕著だと聞く。その傾向を鑑みると、アガサ・クリスティー女史のポートレートは、ことウェストマコット名義の作品の場合だとどうかな。ずっとそう思っていた。

彼女の失踪事件を描いた映画ではヴァネッサ・レッドグレイブがアガサを演じた。その映画を見たときも、調査員役のダスティン・ホフマンの小柄な体型とは不釣合いだけど、まずまず美しいヒロインに、映画だからこうなるのさ、と思っていた。本物はもっと普通の顔だったんだよね、と。

ところが違った、実際も綺麗だったのである。当時の写真を見ると、これはもう結構な美人で、それだから娘時代は周囲の若い男たちにもてはやされていたのだった。

中年までの彼女は実に美しく、また実際その頃の彼女を評する文章には、クリスティーが美形であることが書かれている。我々が知っているアガサ・クリスティーとは別の、もっと積極的な意味での好ルックスを、彼女は擁していたのだ。

そのことに気づいて、もう一度本作を読み返すと、後半姉のローラが久しぶりに化粧をし、鏡の中の自分を見てその美しさを自覚する場面が、ひじょうにリアリティを感じさせるのを知った。妹シャーリーが遊び人タイプのヘンリーに一目惚れされるほどの美形であったように、現実のアガサも器量がよく、そのため最初の夫に一目惚れされたのである。要するにどちらも彼女自身のことなのだ。

その意味で、メアリ・ウェストマコット名義の作品は殺人や犯罪を専らにするアガサ・クリスティー名義の作品とは意趣が異なる。彼女の美しさとエレガンスを念頭に置きながら、味わうべきものだ。古い写真、というより老けた写真に惑わされてはいけない。

作家と容姿、書くものと作者の姿、というのは、今の時代にはなかなかに重要な結びつきをするものだと、我々は知っている。ディック・フランシスは、やはりディック・フランシスの顔をしているではないか。そしてそれで安心する。読者はシッド・ハレーに作者のイメージを重ねているのだ。だから、本書を手にするときは、くれぐれもクリスティーの中年以後の容姿は思い浮かべないこと。これが肝要である。英国伝統の、やや面長の、しかしすこぶるつきの美人時代のアガサ・クリスティーを、思い浮かべていただきたい。

バラエティに富んだ作品の数々

〈ノン・シリーズ〉

名探偵ポアロもミス・マープルも登場しない作品の中で、最も広く知られているのが『そして誰もいなくなった』（一九三九）である。マザーグースになぞらえて殺人事件が次々と起きるこの作品は、不可能状況やサスペンス性など、クリスティーの本格ミステリ作品の中でも特に評価が高い。日本人の本格ミステリ作家にも多大な影響を与え、多くの読者に支持されてきた。

その他、紀元前二〇〇〇年のエジプトで起きた殺人事件を描いた『死が最後にやってくる』（一九四四）、『チムニーズ館の秘密』（一九二五）に出てきたロンドン警視庁のバトル警視が主役級で活躍する『ゼロ時間へ』（一九四四）、オカルティズムに満ちた『蒼ざめた馬』（一九六一）、スパイ・スリラーの『フランクフルトへの乗客』（一九七〇）や『バグダッドの秘密』（一九五一）などのノン・シリーズがある。

また、メアリ・ウェストマコット名義で『春にして君を離れ』（一九四四）をはじめとする恋愛小説を執筆したことでも知られるが、クリスティー自身は四半世紀近くも関係者に自分が著者であることをもらさないよう箝口令をしいてきた。これは、「アガサ・クリスティー」の名で本を出した場合、ミステリと勘違いして買った読者が失望するのではと配慮したものであったが、多くの読者からは好評を博している。

72 茶色の服の男
73 チムニーズ館の秘密
74 七つの時計
75 愛の旋律
76 シタフォードの秘密
77 未完の肖像
78 なぜ、エヴァンズに頼まなかったのか？
79 殺人は容易だ
80 そして誰もいなくなった
81 春にして君を離れ
82 ゼロ時間へ
83 死が最後にやってくる
84 忘られぬ死
86 暗い抱擁
87 ねじれた家
88 バグダッドの秘密
89 娘は娘
90 死への旅
91 愛の重さ
92 無実はさいなむ
93 蒼ざめた馬
94 ベツレヘムの星
95 終りなき夜に生れつく
96 フランクフルトへの乗客

灰色の脳細胞と異名をとる
〈名探偵ポアロ〉シリーズ

本名エルキュール・ポアロ。イギリスの私立探偵。元ベルギー警察の捜査員。卵形の顔とぴんとたった口髭が特徴の小柄なベルギー人で、「灰色の脳細胞」を駆使し、難事件に挑む。『スタイルズ荘の怪事件』（一九二〇）に初登場し、友人のヘイスティングズ大尉とともに事件を追う。フェアかアンフェアかとミステリ・ファンのあいだで議論が巻き起こった『アクロイド殺し』（一九二六）、イニシャルのＡＢＣ順に殺人事件が起きる奇怪なストーリーが話題をよんだ『ＡＢＣ殺人事件』（一九三六）、閉ざされた船上での殺人事件を巧みに描いた『ナイルに死す』（一九三七）など多くの作品で活躍し、最後の登場になる『カーテン』（一九七五）まで活躍した。イギリスだけでなく、イラク、フランス、イタリアなど各地で起きた事件にも挑んだ。

映像化作品では、アルバート・フィニー（映画《オリエント急行殺人事件》）、ピーター・ユスチノフ（映画《ナイル殺人事件》）、デビッド・スーシェ（ＴＶシリーズ）らがポアロを演じ、人気を博している。

1 スタイルズ荘の怪事件
2 ゴルフ場殺人事件
3 アクロイド殺し
4 ビッグ4
5 青列車の秘密
6 邪悪の家
7 エッジウェア卿の死
8 オリエント急行の殺人
9 三幕の殺人
10 雲をつかむ死
11 ABC殺人事件
12 メソポタミヤの殺人
13 ひらいたトランプ
14 もの言えぬ証人
15 ナイルに死す
16 死との約束
17 ポアロのクリスマス
18 杉の柩
19 愛国殺人
20 白昼の悪魔
21 五匹の子豚
22 ホロー荘の殺人
23 満潮に乗って
24 マギンティ夫人は死んだ
25 葬儀を終えて
26 ヒッコリー・ロードの殺人
27 死者のあやまち
28 鳩のなかの猫
29 複数の時計
30 第三の女
31 ハロウィーン・パーティ
32 象は忘れない
33 カーテン
34 ブラック・コーヒー〈小説版〉

好奇心旺盛な老婦人探偵
〈ミス・マープル〉シリーズ

本名ジェーン・マープル。イギリスの素人探偵。ロンドンから一時間ほどのところにあるセント・メアリ・ミードという村に住んでいる、色白で上品な雰囲気を漂わせる編み物好きの老婦人。村の人々を観察するのが好きで、そのうちに直感力と観察力が発達してしまい、警察も手をやくような難事件を解決するまでになった。新聞の情報に目をくばり、村のゴシップに聞き耳をたて、それらを総合して事件の謎を解いてゆく。家にいながら、あるいは椅子に座りながらゆったりと推理を繰り広げることが多いが、敵に襲われるのもいとわず、みずから危険に飛び込んでいく行動的な面ももつ。

長篇初登場は『牧師館の殺人』（一九三〇）。「殺人をお知らせ申し上げます」という衝撃的な文章が新聞にのり、ミス・マープルがその謎に挑む『予告殺人』（一九五〇）や、その他にも、連作短篇形式をとりミステリ・ファンに高い評価を得ている『火曜クラブ』（一九三二）、『カリブ海の秘密』（一九六四）とその続篇『復讐の女神』（一九七一）などに登場し、最終作『スリーピング・マーダー』（一九七六）まで、息長く活躍した。

35　牧師館の殺人
36　書斎の死体
37　動く指
38　予告殺人
39　魔術の殺人
40　ポケットにライ麦を
41　パディントン発4時50分
42　鏡は横にひび割れて
43　カリブ海の秘密
44　バートラム・ホテルにて
45　復讐の女神
46　スリーピング・マーダー

冒険心あふれるおしどり探偵

〈トミー&タペンス〉

本名トミー・ベレズフォードとタペンス・カウリイ。『秘密機関』（一九二二）で初登場。心優しい復員軍人のトミーと、牧師の娘で病室メイドだったタペンスのふたりは、もともと幼なじみだった。長らく会っていなかったが、第一次世界大戦後、ふたりはロンドンの地下鉄で偶然にもロマンチックな再会をはたす。お金に困っていたので、まもなく「青年冒険家商会」を結成した。この後、結婚したふたりはおしどり夫婦の「ベレズフォード夫妻」となり、共同で探偵社を経営。事務所の受付係アルバートとともに事務所を運営している。トミーとタペンスは素人探偵ではあるが、その探偵術は、数々の探偵小説を読破しているので、事件が起こるとそれら名探偵の探偵術を拝借して謎を解くというユニークなものであった。

『秘密機関』の時はふたりの年齢を合わせても四十五歳にもならなかったが、

最終作の『運命の裏木戸』（一九七三）ではともに七十五歳になっていた。青春時代から老年時代までの長い人生が描かれたキャラクターで、クリスティー自身も、三十一歳から八十三歳までのあいだでシリーズを書き上げている。ふたりの活躍は長篇以外にも連作短篇『おしどり探偵』（一九二九）で楽しむことができる。

ふたりを主人公にした作品が長らく書かれなかった時期には、世界各国の読者からクリスティーに「その後、トミーとタペンスはどうしました？　いまはなにをやってます？」と、執筆の要望が多く届いたという逸話も有名。

47　秘密機関
48　NかMか
49　親指のうずき
50　運命の裏木戸

名探偵の宝庫

〈短篇集〉

クリスティーは、処女短篇集『ポアロ登場』（一九二三）を発表以来、長篇だけでなく数々の名短篇も発表し、二十冊もの短篇集を発表した。ここでもエルキュール・ポアロとミス・マープルは名探偵ぶりを発揮する。ギリシャ神話を題材にとり、英雄ヘラクレスのごとく難事件に挑むポアロを描いた『ヘラクレスの冒険』（一九四七）や、毎週火曜日に様々な人が例会に集まり各人が体験した奇怪な事件を語り推理しあうという趣向のマープルものの『火曜クラブ』（一九三二）は有名。トミー&タペンスの『おしどり探偵』（一九二九）も多くのファンから愛されている作品。

また、クリスティー作品には、短篇にしか登場しない名探偵がいる。心の専門医の異名を持ち、大きな体、禿頭、度の強い眼鏡が特徴の身上相談探偵パーカー・パイン（『パーカー・パイン登場』一九三四、など）は、官庁で統計収集の事務を行なっていたため、その優れた分類能力で事件を追う。また同じく、ハーリ・クィンも短篇だけに登場する。心理的・幻想的な探偵譚を収めた『謎のクィン氏』（一九三〇）などで活躍する。その名は「道化役者」の意味で、まさに変幻自在、現われてはいつのまにか消え去る神秘的不可思議的な存在として描かれている。恋愛問題が絡んだ事件を得意とするというユニークな特徴をもっている。

ポアロものとミス・マープルものの両方が収められた『クリスマス・プディングの冒険』（一九六〇）や、いわゆる名探偵が登場しない『リスタデール卿の謎』（一九三四）や『死の猟犬』（一九三三）も高い評価を得ている。

世界中で上演されるクリスティー作品

〈戯曲集〉

劇作家としても高く評価されているクリスティー。初めて書いたオリジナル戯曲は一九三〇年の『ブラック・コーヒー』で、名探偵ポアロが活躍する作品であった。ロンドンのスイス・コテージ劇場で初演を開け、翌年セント・マーチン劇場へ移された。一九三七年、考古学者の夫の発掘調査に同行していた時期にオリエントに関する作品を次々執筆していたクリスティーは、戯曲でも古代エジプトを舞台にしたロマン物語『アクナーテン』を執筆した。その後、『そして誰もいなくなった』、『死との約束』、『ナイルに死す』、『ホロー荘の殺人』など自作長篇を脚色し、順調に上演されてゆく。一九五二年、オリジナル劇『ねずみとり』がアンバサダー劇場で幕を開け、現在まで演劇史上類例のないロングランを記録する。この作品は、伝承童謡をもとに、一九四七年にクイーン・メアリの八十歳の誕生日を祝うために書かれたBBC放送のラジオ・ドラマを舞台化したものだった。カーテン・コールの際の「観客のみなさま、どうかこのラストのことはお帰りになってもお話しにならないでください」の一節はあまりにも有名。一九五三年には『検察側の証人』がウィンター・ガーデン劇場で初日を開け、その後、ニューヨークでアメリカ劇評家協会の海外演劇部門賞を受賞する。一九五四年の『蜘蛛の巣』はコミカルなタッチのクライム・ストーリーという新しい展開をみせ、こちらもロングランとなった。

クリスティー自身も観劇を好んでいたため、『ねずみとり』は初演から十年がたった時点で四、五十回は観ていたという。長期にわたって劇のプロデューサーをつとめたピーター・ソンダーズとは深い信頼関係を築き、「自分の知らない芝居の知識を教えてもらった」と語っている。

訳者略歴　東京大学文学部卒，英米文学翻訳家　著書『鏡の中のクリスティー』訳書『火曜クラブ』『春にして君を離れ』クリスティー，『なぜアガサ・クリスティーは失踪したのか？』ケイド（以上早川書房刊）他多数

愛《あい》の重《おも》さ

〈クリスティー文庫91〉

二〇〇四年　九 月十五日　発行
二〇一〇年十一月十五日　二刷

（定価はカバーに表示してあります）

著　者　アガサ・クリスティー
訳　者　中《なか》村《むら》妙《たえ》子《こ》
発行者　早　川　浩
発行所　株式会社　早川書房

郵便番号　一〇一 - 〇〇四六
東京都千代田区神田多町二ノ二
電話　〇三 - 三二五二 - 三一一一（大代表）
振替　〇〇一六〇 - 三 - 四七七九九
http://www.hayakawa-online.co.jp

乱丁・落丁本は小社制作部宛お送り下さい。
送料小社負担にてお取りかえいたします。

印刷・星野精版印刷株式会社　製本・株式会社明光社
Printed and bound in Japan
ISBN978-4-15-130091-2 C0197

＊本書は活字が大きく読みやすい〈トールサイズ〉です